DICTA SELECTA LATINA

ラテン語名句小辞典

野津 寛
[編著]

研究社

まえがき

　英語やフランス語等の西洋近代語で書かれた文章を読んでいると，ラテン語の引用句に出会うことが多い．言うまでもなくラテン語は，古典ギリシア語と並んで西洋の古典語であり，西洋諸国の教養ある人々は日本人が漢文学に親しむようにラテン語とラテン文学に親しんでいる．従って，彼らの文章の中にラテン語の引用句が頻出するのは当然のことと言えよう．こうした句はそれ自体が興味深く，豊かな知恵と思いがけない発想の源泉として有益なものだが，西洋の古典語にそれほど馴染みの深くない我々日本人にとっては厄介なものでもある．明治時代以降我が国では，これらラテン語引用句の意味を手っ取り早く理解するために作られた辞典が幾つも出版されている．田中秀央氏・落合太郎氏の『ギリシア・ラテン引用語辞典』(岩波書店)や柴田光蔵氏の『法律ラテン語格言辞典』(玄文社)は非常に多くの引用句を収録しており大変便利だが，個々の句に説明が付けられていない．また，柳沼重剛氏の『ギリシア・ローマ名言集』(岩波書店)や小林標氏の『ローマが残した永遠の言葉　名言百選』(NHK 出版)では個々の句については十分な解説がなされているが，いずれも採録された引用句数の上でやや規模が小さい．

　数年前のある日，ラテン語の引用句をアルファベット順に並べ，それらが引用元の作家において実際にどのように用いられているかを簡潔に説明した辞書を作って欲しいという依頼を研究社の編集部から受け，作ったのがこの『ラテン語名句小辞典』である．実際にラテン語の引用句を集めてみると実に膨大な数に上り，今回は紙幅の関係で相当数(特に，英和辞典などにそのまま収録されている短いフレーズなど)を割愛せざるを得なかったが，結果的に約 1000 項目を採録することとなった．また，個々の引

用句について行った解説は引用元の作家における使い方に関するものが多く，それ以後の数えきれない引用者たちがどのような目的で，どのような文脈で，これらの句を利用したかを説明することは十分にはできなかったが，随所に文法説明も加えたので，ラテン語の初級を終えた方にはちょっとした読み物としても役立つのではないかと思う．願わくば，多くの読者にとってこの小辞典が，これら名句の数々を生み出したラテン文学に接するきっかけとなれば幸いである．

　最後に，この辞典の企画から制作の全般にわたって，編集担当者の中川京子さんを始め研究社の方々には大変お世話になった．この場を借りて厚くお礼申し上げる．

　　2010年7月

　　　　　　　　　　　　　　　　　　　　　　　野　津　　寛

目　　次

まえがき ……………………………………………………… iii
この辞典について …………………………………………… vi
主要参考文献 ………………………………………………… xi

ラテン語名句小辞典 ……………………………………… 1–317

索引
　総合索引 ………………………………………………… 319
　諺・慣用句 ……………………………………………… 339
　モットー ………………………………………………… 345

この辞典について

1. 長音記号（マクロン）

母音の上に付された ¯ は，その母音の長いことを示す長音記号である．本辞典では，古典期の詩の韻律によって，その単語のその母音が確実に長いと判定される場合に限って長音記号を付けた．ただし，ラテン語の引用句に関しては，その引用元と個々の引用者が属する地域と時代が多岐にわたり，実際に発音された母音の長短は正確に知ることができない場合が多い．

2. 発音

本辞典では，紀元前 50 年頃の教養あるローマ市民の発音に範を取り，おおよその発音をカタカナ表記で記した．なお，長音節に含まれる母音については，便宜上見出し句にマクロンが付された箇所にのみ音引を付した．ラテン語の文字と発音の正確な対応は下表のとおりで，いわゆる「ローマ字発音」にほぼ等しいといってよい．また，ラテン語には時代・地域・分野によって下表とは若干異なる慣用的な発音があることもご了解いただきたい．

文字	発音	文字	発音
A a	[a, a:]	N n	[n]
B b	[b]	O o	[ɔ, o:]
C c	[k]	P p	[p]
D d	[d]	Q q	[k]
E e	[ɛ, e:]	R r	[r]
F f	[f]	S s	[s]
G g	[g]	T t	[t]
H h	[h]	(U) (u)	[u, u:]
I i	[i, i:]	V v	[w]
(J) (j)	[j]	X x	[ks]
K k	[k]	Y y	[y, y:]
L l	[l]	Z z	[z]
M m	[m]		

*なお，元来ラテン語では，文字Ⅰを用いて母音[i]と半母音[j]の両方を表し，また文字Ⅴを用いて母音[u]と半母音[w]の両方を表していたが，中世になってこれらの母音・半母音の区別をするためにJとUが考案された．本辞典でも母音・半母音を文字によって区別することとし，JとUを採用している．

3. 典拠
句の典拠が明らかな場合は，見出し句の日本語訳の後に[　]で囲って示した．**6. 略記一覧**〈典拠〉を参照．

4. 文法
一部の見出し句に限って，その句の文法構造を簡単に示す 文法 欄を設けた．**6. 略記一覧**〈文法欄〉を参照．

5. 諸記号の説明
(　) 括弧内の部分が省略可能であることを示す．また，ある語句の補足説明にも(　)を用いた場合がある．
[　] 括弧内の部分が先行の語(句)と置き換え可能であることを示す．
cf. 関連項目または関連箇所を示す．
⇨ 参照項目を示す．
⇔ 反対語を示す．

6. 略記一覧
〈典拠〉
Apul. = Apuleius（2世紀）著述家・雄弁家
　M. = *Metamorphoses*
Aug. = Aurelius Augustinus (354–430) 教父・哲学者
　Conf. = *Confessiones*
　Serm. = *Sermones*
Bed. = Beda（673頃–735）イギリスの神学者・歴史家
　Hist. = *Historia Ecclesiastica*
Caes. = C. Julius Caesar（前100–44）軍人・政治家・歴史家
　G. = *De Bello Gallico*
Catul. = C. Valerius Catullus（前84頃–54頃）抒情詩人
Cic. = M. Tullius Cicero（前106–43）雄弁家・政治家・著述家
　Amer. = *Pro Sex. Roscio Amerino*
　Amic. = *De Amicitia*
　Att. = *Epistulae ad Atticum*
　Cat. = *In Catilinam*

de Orat. = *De Oratore*
Fam. = *Epistulae ad Familiares*
Fin. = *De Finibus*
Leg. = *De Legibus*
Mil. = *Pro Milone*
Mur. = *Pro Licinio Murena*
Nat. = *De Natura Deorum*
Off. = *De Officiis*
Phil. = *Philippica*
Q. = *Epistulae ad Fratrem Quintum*
Rep. = *De Republica*
Sen. = *De Senectute*
Tusc. = *Tusculanae Disputationes*
Verr. = *In Verrem*

[**Cic.**] ＊キケロの作と伝えられるが不詳
  Rhet. Her. = *Rhetorica ad Herennium*

Col. = L. Junius Moderatus Columella（1世紀中頃）農学者

Curt. = Q. Curtius Rufus（1世紀中頃）歴史家

Dig. = *Digesta Justiniani*「学説集」(Corpus Juris Civilis「ローマ法大全」の主要部分；533 発布)

Erasm. = Desiderius Erasmus (1466頃-1536) オランダの人文学者
  Adagia = *Adagiorum Chiliades*

Flor. = L. Annnaeus Florus（2世紀）歴史家

Gell. = A. Gellius（2世紀中頃）文法家・著述家

Hor. = Q. Horatius Flaccus（前65-8）抒情詩人
  Carm. = *Carmina*
  Ep. = *Epistulae*
  Epo. = *Epodi*
  P. = *Ars Poetica*
  S. = *Satirae*

Juv. = D. Junius Juvenalis（1-2世紀）諷刺詩人

Liv. = T. Livius（前59-後17）歴史家

Lucr. = T. Lucretius Carus（前94頃-55頃）哲学詩人

Mart. = M. Valerius Martialis（40頃-104頃）エピグラム詩人

Maur. = Terentianus Maurus（2世紀後半）文法学者

Nep. = Cornelius Nepos（前99頃-24頃）伝記作家
  Reg. = *De Regibus*

Ov. = P. Ovidius Naso（前43-後17）詩人
  A. A. = *Ars Amatoria*
  Am. = *Amores*
  F. = *Fasti*
  H. = *Heroides*
  M. = *Metamorphoses*
  Pont. = *Epistulae ex Ponto*
  Rem. = *Remedia Amoris*
  Tr. = *Tristia*

Pers. = A. Persius Flaccus（34-62）諷刺詩人

Petr. = Petronius Arbiter（1世紀中頃）諷刺作家

Phaedr. = Phaedrus（前15頃-後

50 頃) 寓話作家
Plaut. = T. Maccius Plautus (前 254 頃-184) 喜劇詩人
  Amp. = *Amphitruo*
  As. = *Asinaria*
  Aul. = *Aulularia*
  Bac. = *Bacchides*
  Cap. = *Captivi*
  Cas. = *Casina*
  Curc. = *Curculio*
  Men. = *Menaechmi*
  Pers. = *Persa*
  Poen. = *Poenulus*
  Ps. = *Pseudolus*
  Ru. = *Rudens*
  St. = *Stichus*
  Trin. = *Trinummus*
  Truc. = *Truculentus*
Plin. = C. Plinius Secundus (Plinius Major) (23-79) 博物誌家
Plin. Min. = C. Plinius Caecilius Secundus (Plinius Minor) (62 頃-113 頃) 政治家・著述家
  Ep. = *Epistulae*
Prop. = Sex. Propertius (前 50 頃-15 頃) 詩人
Quint. = M. Fabius Quintilianus (35 頃-100 頃) 修辞学者
Sall. = C. Sallustius Crispus (前 86 頃-35 頃) 歴史家
  C. = *De Conjuratione Catilinae*
Sen. = L. Annaeus Seneca (Seneca Minor) (前 4 頃-後 65) 哲学者・悲劇作家・政治家
  Apoc. = *Apocolocyntosis*
  Ben. = *De Beneficiis*
  Brev. = *De Brevitate Vitae*
  Clem. = *De Celementia*
  Ep. = *Epistulae*
  Herc. f. = *Hercules Furens*
  Ir. = *De Ira*
  Med. = *Medea*
  Phaed. = *Phaedra*
  Prov. = *De Providentia*
  Thy. = *Thyestes*
  Tranq. = *De Tranquillitate Animi*
  Tro. = *Troades*
  Vit. = *De Vita Beata*
[**Sen.**] ＊セネカの作と伝えられるが不詳
  Mor. = *De Moribus*
  Herc. Oet. = *Hercules Oetaeus*
Suet. = C. Suetonius Tranquillus (69 頃-140 頃) 伝記作家
  Aug. = *Augustus*
  Caes. = *Caesar*
  Calig. = *Caligula*
  Claud. = *Claudius*
  Ner. = *Nero*
  Tib. = *Tiberius*
  Tit. = *Titus*
  Vesp. = *Vespasianus*
Syr. = Publilius Syrus (前 1 世紀)『格言集』の作者
Tac. = Cornelius Tacitus (55 頃-120 頃) 歴史家
  Agr. = *Agricola*
  An. = *Annales*
  H. = *Historiae*

Ter. = P. Terentius Afer (前190頃-159) 喜劇詩人
  Ad. = *Adelphi*
  And. = *Andria*
  Eun. = *Eunuchus*
  Haut. = *Heauton Timorumenos*
  Phorm. = *Phormio*
Tert. = Q. Septimius Florens Tertullianus (160頃-220頃) 教父・神学者
  Carn. = *De Carne Christi*

Tib. = Albius Tibullus (前48頃-19) 詩人
Veg. = Flavius Vegetius Renatus (4世紀後半) 兵学著述家
  Mil. = *De Re Militari*
Verg. = P. Vergilius Maro (前70-19) 詩人
  A. = *Aeneis*
  Ecl. = *Eclogae*
  G. = *Georgica*

〈文法欄〉

男	男性名詞	前	前置詞
女	女性名詞	接	接続詞
中	中性名詞	間	間投詞
代	代名詞	数	数詞
人代	人称代名詞	疑代	疑問代名詞
動	動詞	関代	関係代名詞
形	形容詞	疑形	疑問形容詞
副	副詞	複	複数

主要参考文献

Adeleye, Gabriel G., Kofi Acquah-Dadzie, Thomas J. Sienkewicz & James T. McDonough. 1999. *World Dictionary of Foreign Expressions: A Resource for Readers and Writers*. Wauconda, Illinois: Bolchazy-Carducci Publishers.

Gaffiot, Félix. 1934. *Dictionnaire latin-français.* Paris: Hachette. Nouvelle édition, 2000.

Glare, P.G.W. 1968–82. *Oxford Latin Dictionary*. Oxford: Clarendon Press.

Morwood, James. 1998. *A Dictionary of Latin Words and Phrases.* Oxford: Oxford University Press.

Otto, August. 1890. *Die Sprichwörter und sprichwörtlichen Redensarten der Römer.* Hildesheim : G. Olms

Riley, Henry Thomas. 1866. *Dictionary of Latin Quotations, Proverbs, Maxims, and Mottos.* London: Bell & Daldy.

Stone, Jon R. 2005. *The Routledge Dictionary of Latin Quotations.* New York: Routledge.

高津春繁. 1960. 『ギリシア・ローマ神話辞典』. 岩波書店.

小林 標. 2005. 『ローマが残した永遠の言葉 名言百選』. NHK出版.

柴田光蔵. 1985. 『法律ラテン語格言辞典』. 玄文社.

田中秀央・落合太郎 (編著). 1963. 『ギリシア・ラテン引用語辞典(新増補版)』. 岩波書店.

水谷智洋 (編). 2009. 『羅和辞典(改訂版)』. 研究社.

柳沼重剛 (編). 2003. 『ギリシア・ローマ名言集』. 岩波書店.

以上の他,『キケロ選集』(岩波書店),〈西洋古典叢書〉(京都大学学術出版会), The Loeb Classical Library (Harvard University Press) を始め内外で刊行されている翻訳書, および, キリスト教・法律などの各種専門辞典も参照した.

A

ad Kalendas Graecas
ギリシアの朔日に

ab asinō lānam

アブ アシノー ラーナム

ロバから羊毛を(求める[刈り取る]) [*cf.* Erasm. *Adagia* I iv 79]
▶ロバから羊毛を刈り取ることもロバに羊毛を要求することももちろん不可能である．この表現は，そもそも存在しない物を得ようとすること，あるいは持ち合わせのない人に金や援助などを求めることを表す．*cf.* de lana caprina rixari / ad Kalendas [Calendas] Graecas.

参考 ない袖は振れぬ; 木に縁りて魚を求む

abeunt studia in mōrēs

アベウント ストゥディア イン モーレース

勉学[熱意]が習性に変わる，熱心に学んだことが性質となる [Ov. *H.* 15.83]
▶オウィディウス『名婦の書簡』第15歌「サッポーの手紙」(恋人パオーンに宛てた架空の書簡) の中で，サッポーが恋に陥りやすい自分の性質について語った言葉から:「私の心は柔らかく，軽い矢にも傷つけられる．それゆえ，私はいつも恋をしてしまうのだ．私が生まれたとき，運命の三姉妹がそのように法を定め，私の

人生に厳めしい(運命の)糸が与えられなかったのか、あるいは、勉学が転じて習性となり、技術の教師である女神ターリアが私の生まれつきの性質を柔弱に変えてしまったのか」。習慣は第2の自然であり、後天的な学習や熱心な追求によって獲得された習性や習慣が生まれつきの性質に取って代わることがある. *cf.* usus [consuetudo] est altera natura.

参考 習(なら)性となる

文法 abeunt 変わる〈動 abeo の直説法現在・三人称・複数〉/ studia 熱意が〈中 studium の複数・主格〉/ in mores 習性へ〈前 in ＋ 男 mos の複数・対格〉

ab honestō virum bonum nihil dēterret

アブ ホネストー ウィルム ボヌム ニヒル デーテッレト

何事も善き人を高潔な行いから遠ざけはしない [*cf.* Sen. *Ep.* 76. 18]

▶セネカによれば、「善き人」はたとえそれが自分にとって害であっても、苦痛であっても、危険を冒してでも、いつでも高潔な行いをなし、下劣な行為を避けるという.

参考 鷹は飢えても穂を摘まず

文法 ab honesto 高潔な行いから〈前 ab ＋ 中 honestum の単数・奪格〉/ virum bonum 善き人を〈男 vir の単数・対格 ＋ 形 bonus の男性・単数・対格〉/ nihil 何事も(～ない)〈不変化・中 単数・主格〉/ deterret 遠ざける〈動 deterreo の直説法現在・三人称・単数〉

abiit ad plūrēs [mājōrēs]

アビイト アド プルーレース [マーヨーレース]

彼(女)は大多数の者たち[先祖たち]のもとへ去った、彼(女)は亡くなった [*cf.* Plaut. *Trin.* 291]

▶今現在この世に生きている人間の数に比べ、過去において生きていた(すでに死んでしまった)人間たちの数ははるかに多いはず

である．それゆえ，死ぬということは，大多数の者たち[先祖たち]の仲間入りをすることに他ならない．

abiit, excessit, ēvāsit, ērūpit
アビイト エクスケッシト エーヴァーシト エールーピト
（彼は）立ち去った，遠くへ行った，出て行った，脱出した　　[Cic. *Cat.* 2.1.1]
▶『カティリナ弾劾』第2演説の冒頭において，第1演説の弾劾の結果ローマを離れたカティリナについてキケロが言った言葉．

ab īmō pectore
アブ イーモー ペクトレ
胸の奥から，心の底から　　[Lucr. 3.57; *cf.* Verg. *A.* 1.371, 1.485; Catul. 64.198]
▶「胸の奥から」発せられる声は，隠された本心を表す真実の声である．ルクレティウスは『物の本質について』第3巻で，人の本性は苦境に陥った時にこそ知られるものだ，なぜならそのような時にこそ，真実の声が心の底から (verae voces pectore ab imo) 現れるからだと述べている．*cf.* imo pectore / in vino veritas.

ab incūnābulīs
アブ インクーナーブリース
揺りかごから，幼少の頃より　　[*cf.* Liv. 4.36.5; Erasm. *Adagia* I vii 53]
▶リウィウス『ローマ建国以来の歴史』によると，紀元前5世紀の政治家で「十二表法」の制定に指導的役割を果たしたとされるアッピウス・クラウディウスの息子は「揺りかご(幼少の頃)から」護民官と平民階級に対する憎しみを教え込まれていたと言われている．

ab orīgine
アブ オリーギネ
最初から，始まりから，始源から　[*cf.* Ov. *M.* 1.3]
▶表現そのものとしてはどこにでも見られる平凡なものだが，例えば，オウィディウスは『変身物語』の冒頭で，「宇宙(世界)の原初の始まりから(ab origine)同時代に至るまでの出来事を「変身の物語」の連鎖として歌う自分の試みが成功するように」と神々に祈っている．ちなみに，英語の aborigine はこの句が語源．*cf.* ab ovo.

ab ōvō
アブ オーウォー
卵から，そもそもの始まりから　[Hor. *P.* 147]
▶トロイア戦争の直接の原因は，トロイアの王子パリスがスパルタ王メネラオスの后ヘレネを誘惑しトロイアへと連れ去ったことにある．ヘレネは，白鳥の姿で言い寄ったゼウスと交わったレダが産んだ卵から生まれた者であるが，ホラティウス『詩論』によれば，ホメロスはトロイア戦争の物語を「卵から」すなわち「ヘレネ誕生」から長々と語るという愚を犯さなかったという．*cf.* in medias res.

ab ōvō usque ad māla
アブ オーウォー ウスクェ アド マーラ
卵からリンゴまで　[*cf.* Hor. *S.* 1.3.6; Erasm. *Adagia* II iv 86]
▶ローマ人の宴会では食事が前菜の卵で始まりデザートの果物(例えばリンゴ)で終わったことから，「最初から最後まで」の意．ちなみに，『諷刺詩集』第1巻・第3歌でホラティウスは，ティゲッリウスという詩人について，オクタウィアヌスから父ユリウス・カエサルと自分への友情のために歌ってくれと求められても決して歌わないくせに，自分から歌う気になれば「(宴会の)卵か

らリンゴに至るまで」宴会の歌のリフレイン「おお、バッコスよ」を高らかに歌い続ける、と言っている. *cf.* ab ovo.

absens haerēs nōn erit
アブセンス ハエレース ノーン エリト
不在者が相続人となることはない
▶相続権を有する者であっても、権利者として出頭しなければ遺産を相続することはできない. 一般に、人前に現れなければ人々に忘れられる、の意.
参考 去る者は日々に疎し

absit invidia
アブシト インウィディア
悪意をいだくな、悪く思うなかれ
▶absit invidia verbo「(この)言葉に悪意を抱かないように、(この)言葉を悪く取らないでくれ」の形で.

absit ōmen!
アブシト オーメン
(これが)前兆とならないように!、そんなことになりませんように!
参考 つるかめつるかめ

ab [ex] ūnō disce omnēs
アブ [エクス] ウーノー ディスケ オムネース
一からすべてを学べ [Verg. *A.* 2.65-66]
▶ウェルギリウス『アエネーイス』第2歌で、アエネアス自身が物語るトロイア戦争の木馬のエピソード(シノンという若者の話)から採られた言葉. ギリシア人たちは、内部に武装した勇士たちを潜ませた巨大な木馬をトロイアの岸辺に残し、退却したと見せかけ対岸の島の入り江に隠れた. この木馬を神々への奉納物とし

て城内に引き入れるか否かでトロイア人たちの意見は分かれたが，そこへ一人の若者が捕虜として運ばれて来て，自分はギリシア人たちからひどい仕打ちを受けたと嘘の物語を話して聞かせた．この物語の冒頭で若者が言った言葉が「一からすべてを学べ」だった．「一」とはこの若者に対してギリシア人がなしたとされる悪事,「すべて」とはギリシア人全体のこと．結局トロイア人たちはこの物語を信じ木馬を城内に引き入れてしまう． *cf.* ex pede Herculem / ex ungue leonem (aestimare).
参考 一を聞いて十を知れ
文法 ab [ex] uno 一つから〈前 ab [ex] ＋ 中 unum の単数・奪格〉/ disce 学べ〈動 disco の命令法現在・二人称・単数〉/ omnes すべて(の人)を〈男女 omnes の対格〉

ab urbe conditā
アブ ウルベ コンディター
都(ローマ)の建設以来，ローマ建国紀元
▶ロムルスがローマを建設したとされる紀元前753年を元年とする年号表記．略 AUC.

abūsus nōn tollit ūsum
アブースス ノーン トッリト ウースム
濫用は使用を無効にしない，濫用は使用権を奪わない
▶権利の誤用や濫用は，その権利の健全な利用そのものを無効にすることはなく，誤用や濫用を理由に権利そのものが奪われてはならない．例えば子供がテレビを見すぎるからと言って，テレビを見ることそのものを禁止することはできない．

abyssus abyssum invocat
アビュッスス アビュッスム インウォカト
深淵は深淵を呼ぶ　[旧約聖書「詩篇」42篇7節　(ラテン語訳聖

書 Vulgata では 41 篇 8 節)]

ā capite ad calcem
アー カピテ アド カルケム
頭からかかとまで，全体を，全く，すっかり　[cf. Erasm. *Adagia* I ii 37]
参考 頭から爪先まで

acceptissima semper mūnera sunt, auctor quae pretiōsa facit
アッケプティッシマ センペル ムーネラ スント アウクトル クァエ プレティオーサ ファキト
贈り主が価値あるものとする贈り物が常に最も好ましい
▶⇨ auctor pretiosa facit.

accipere quam facere injūriam praestat
アッキペレ クァム ファケレ インユーリアム プラエスタト
非道な行いはなすより受ける方が良い　[Cic. *Tusc.* 5.19.56]
▶内乱に勝利したマリウスが，友人たちの命乞いにも関わらず同僚のカトゥルスを殺すよう命じたことについて，キケロは『トゥスクルム荘対談集』の中で，この命令を下した者より，この命令に従った者の方が幸せであるとし，その理由としてこの言葉を述べている．
参考 叩かれた夜は寝やすい
文法 accipere 受ける(こと)〈動 accipio の不定法現在〉/ quam 〜より 副 / facere 行う(こと)〈動 facio の不定法現在〉/ injuriam 非道な行いを〈女 injuria の単数・対格〉/ praestat まさる〈動 praesto の直説法現在・三人称・単数〉

ācerrima proximōrum odia
アーケッリマ プロクシモールム オディア
近親者たち同士の憎悪は熾烈を極める　[Tac. *H*. 4.70]
▶タキトゥスが参照している具体例は，ゲルマニアのバタウィ族の反乱(69年)の主導者ガイウス・ユリウス・キウィリスとその甥(姉妹の息子)ユリウス・ブリガンティクスとの間の近親憎悪関係である．
参考 骨肉相食(は)む
文法 acerrima 最も激しい〈形 acer の最上級・中性・複数・主格〉/ proximorum 近親者たちの〈男 proximus の複数・属格〉/ odia 憎悪は〈中 odium の複数・主格〉

Acherontis pābulum
アケロンティス パーブルム
アケロンの餌　[Plaut. *Cas*. 157]
▶いい年をして奴隷女と浮気をしている夫を軽蔑して，妻が言った言葉．アケロンとは，古代人が冥界を流れると信じていた川の一つ．地獄の川に食べられるべき存在というほどの意味であろう．

actum nē agās
アクトゥム ネー アガース
終わった訴訟を争うな　[Ter. *Phorm*. 419]
▶テレンティウスの喜劇『ポルミオ』で，父親が旅に出て留守の間にその息子アンティポはある娘と勝手に結婚してしまう．その結婚の根拠となったのは，彼がその娘の最も近い近親者であるという，食客ポルミオによる嘘の申し立てだった．見出し句は，帰って来た父親が，息子の結婚を無効にしようとしてその娘と息子の近親関係の有無を問題にした時，ポルミオが言った言葉．直訳すれば，「(お前はすでに)終わった訴訟を(再び)争うな」となるが，「もう終わった話だ．蒸し返すな」というほどの意味．

ad astra per aspera
アド アストラ ペル アスペラ
苦難を経て栄光へ　[*cf.* Sen. *Herc. f.* 437]
▶人生の多くの困難を克服し，大きな名誉を獲得し，神々の側に列せられること．セネカ『狂えるヘラクレス』では，ヘラクレスの妻メガラがヘラクレスについて non est ad astra mollis e terris via「大地から天への道は緩やかではない（険しい）」と言っている．なお，見出し句は，米国カンザス州のモットーとなっている．

ad eundem (gradum)
アド エウンデム (グラドゥム)
同一の段階に[の]，同等の学位に[の]
▶特に，ある大学が他大学で学んだ者に学位を与える場合に用いられる．

ad Graecās Kalendās
▶⇨ ad Kalendas [Calendas] Graecas.

adhūc sub jūdice līs est
アドフーク スブ ユーディケ リース エスト
今なお係争中だ　[Hor. *P.* 78]
▶ホラティウス『詩論』から採られた言葉．ホラティウスは，英雄叙事詩がいかなる韻律で書かれるべきかについて手本を示したのはホメロスだが，エレゲイア詩の韻律の発明者が誰であったかについては，今なお学者たちが議論を戦わせており「係争中だ（決着が付いていない）」と言っている．もっとも，現代においてもなお，エレゲイア詩の発明者が誰であったかという問題のみならず，英雄叙事詩の発明者に関して学者たちは議論を続けており，「今なお係争中」である．
文法 adhuc 今なお 副 / sub judice 審判者のもとに〈前 sub ＋ 男 judex の

ad Kalendas [Calendas] Graecas

単数・奪格〉/ lis 訴訟は〈囡 単数・主格〉/ est ～である〈動 sum の直説法現在・三人称・単数〉

ad Kalendās [Calendās] Graecās
アド カレンダース グラエカース
ギリシアの朔日(カレンダエ)に　[Suet. *Aug.* 87]
▶「決して...しない」の意. ローマでは月の最初の日が「カレンダエ」と呼ばれ, しばしば借金返済の期日に指定されていた.「カレンダエ」はラテン語だから, ギリシア語ではもちろん朔日のことを「カレンダエ」とは言わない. スエトニウス『ローマ皇帝伝』によれば, アウグストゥスはある借金をしている人たちについて「彼らはギリシアのカレンダエに返すだろう」と言ったが, これは「彼らは決して返さないだろう」の意味で, アウグストゥスはこのようなジョークを好んだと言われる.

ad līmina (apostolōrum)
アド リーミナ (アポストロールム)
(使徒たちの)戸口へ
▶使徒たちの長であるペテロの権威を継承する教皇のもとを訪問すること. 特に, 5年ごとに司教たちが行う教皇庁への公式訪問行事を指す.

ad mājōrem Deī glōriam
アド マーヨーレム デイー グローリアム
より偉大なる神の栄光のために
▶イエズス会のモットー. 略 AMDG.

ad praesens ōva crās pullīs sunt meliōra
アド プラエセンス オーウァ クラース プッリース スント メリオーラ
明日のひよこより今現在の卵が優れている

▶フランスの人文学者ラブレーの連作小説『ガルガンチュアとパンタグリュエル』第三之書第42章中の言葉．未来において手に入るかどうかわからない不確実なものより，多少劣ってはいても今すぐ手に入る確実なものの方がよい，の意．
参考 明日の百より今日の五十
文法 ad praesens 今現在(の)〈前 ad ＋ 形 praesens の中性・単数・対格〉/ ova 卵が 〈中 ovum の複数・主格〉/ cras 明日 副 / pullis ひよこより 〈男 pullus の複数・奪格〉/ sunt 〜である 〈動 sum の直説法現在・三人称・複数〉/ meliora 優れた 〈形 melior の中性・複数・主格〉

ad unguem factus homō
アド ウングェム ファクトゥス ホモー
爪に合わせて作られた人間 [Hor. *S.* 1.5.32; *cf.* Hor. *P.* 294; Erasm. *Adagia* I v 91]
▶ad unguem factus「(指の)爪に合わせて作られた」とは，彫刻家がその指の爪を滑らせて大理石の継ぎ目の滑らかさを試したことに由来する表現で「入念に吟味された，非常に洗練された，精密に作られた，完成された」を意味する．ギリシア語にも ἐξονυχίζω「(物の滑らかさを)爪を滑らせて確かめる，入念に吟味する」という動詞がある．この表現がホラティウスの『詩論』では「多くの日々と多くの訂正が，刈りそろえ，良く切った爪に合わせて十回も矯正したものでなければ (praesectum deciens non castigavit ad unguem)，そのような詩は(すべて)非難せよ」という言い方で用いられている．また，『諷刺詩集』第1巻・第5歌は，ホラティウスがマエケナスやウェルギリウスと共にアッピア街道を南イタリアまで旅行した際の紀行文だが，その旅行の途上マエケナスと共に合流した男フォンティウス・カピトーについて，ホラティウスは「爪に合わせて作られた人間」つまり「非常に洗練された，完成された人間」と言っている．

ad utrumque parātus
アド ウトルムクェ パラートゥス
どちらに対しても覚悟はできている   [Verg. *A.* 2.61-62]
▶ウェルギリウス『アエネーイス』第2歌で，木馬の計略の実行者の一人となった若者シノンについて言われた言葉．捕虜として連れてこられたこの若者は，トロイア人たちに自分はギリシア軍からの脱走者であると偽り，「彼らが木馬を神への奉納物として建造するに至った」と嘘の物語を語る．ちょうどその時，木馬の搬入に反対し，木馬に槍を突き立てたラオコーンとその子供たちが大蛇に絞め殺されたため，トロイア人たちはこれを神罰と考え，シノンの言葉の方を信用し，木馬を城内に引き入れてしまう．木馬の門を外し，ギリシア人の勇者たちを外に送り出すのもこの若者の役割である．危険な作戦を計画通り成就できるか，あるいは正体を見破られて殺されるか，シノンはこれら2つの運命のうち「いずれの運命に対しても覚悟ができていた」という．

advocātus diabolī
アドウォカートゥス ディアボリー
「悪魔の代弁者」，ことさらに異を唱える人
▶議論の場であえて批判的・懐疑的な反対論を主張する役割を引き受ける人のこと．

aegrescit medendō
アエグレスキト メデンドー
宥めることで(ますます)荒れ狂う   [Verg. *A.* 12.46]
▶ウェルギリウス『アエネーイス』第12歌で，アエネアスとの一騎打ちへと闘志を燃やすトゥルヌスに対して，ラティヌス王が冷静な言葉を用いてアエネアスとの一騎打ちを避けるよう説得を試みるが，トゥルヌスはその言葉を聞いてますます戦いへの熱望に荒れ狂う．見出し句は，このトゥルヌスの心の状態について言

われた言葉. 一般に, 治療を施すことによってかえって病が悪化するような場合に用いられる.

aequam mementō rēbus in arduīs servāre mentem
アエクァム メメントー レーブス イン アルドゥイース セルウァーレ メンテム
困難な状況の中で心を平静に保つことを忘れるな　[Hor. *Carm.* 2.3.1]
▶ホラティウス『歌集』第2巻・第3歌は, アントニウスに仕えながらアクティウムの海戦直前にオクタウィアヌスに鞍替えした人物クイントゥス・デッリウスに呼びかけ, 死の運命がわれわれすべての人間を待ち受けているのだから, つかの間の現在を楽しむべきであるという, エピクロス派の教えを説いたものだが, 見出し句はその冒頭から採られた言葉. ホラティウスは同時に「順境においても心が過度な喜びに陥らないよう節度を保たなければならない」としている.
文法 aequam 平静な〈形 aequus の女性・単数・対格〉/ memento 憶えよ〈動 memini の命令法・二人称・単数〉/ rebus in arduis 困難な状況の中で〈女 res の複数・奪格 ＋ 前 in ＋ 形 arduus の女性・複数・奪格〉/ servare 保つ(こと)〈動 servo の不定法現在〉/ mentem 心を〈女 mens の単数・対格〉

aere perennius
▶⇒ exegi monumentum aere perennius.

aetātis suae
アエターティス スアエ
彼(女)が…歳の(時に)
▶肖像画や墓石などに記される. 例えば, anno 2009 aetatis suae 55 とあれば,「2009年に彼(女)が55歳の時に」の意味.

afflāvit Deus et dissipantur
アッフラーウィト デウス エト ディッシパントゥル
神が一息吹きかけると，彼らは飛び散る
▶1588年イギリス艦隊がスペインの無敵艦隊を破ったことを記念して作られたメダルに彫られた文句の中の一つ．

ā fronte praecipitium, ā tergō lupī
アー フロンテ プラエキピティウム アー テルゴー ルピー
前方に断崖絶壁 背後に狼たち，進退窮まって　[Erasm. *Adagia* III iv 94]
▶エラスムス『格言集』に収録された表現．前後両方から害悪に襲われ，そのどちらに逃れても破滅が待っているという追い詰められた状況のこと．*cf.* auribus teneo lupum / incidit in Scyllam qui vult vitare Charybdim.
参考 前門の虎 後門の狼

age quod agis
アゲ クォド アギス
（お前は）自分のしていることをせよ，自分の仕事に集中せよ

agnoscō veteris vestīgia flammae
アグノスコー ウェテリス ウェスティーギア フランマエ
私は昔の炎の痕跡を認めます　[Verg. *A.* 4.23]
▶ウェルギリウス『アエネーイス』第4歌の，ディードが姉妹アンナにアエネアスに対する抑え難い恋心を打ち明ける場面から採られた言葉．「炎」は愛の隠喩．ただし，ディードはここではまだ兄弟ピュグマリオンに殺された自分の前夫シュカエウスに対する愛について語っており，「炎の痕跡」がまだ消えずに残っていると述べることによって，自分がこれまでシュカエウスとの愛を忘れず，貞節を守って来たことを強調しているのである．このフ

レーズはダンテやラシーヌも模倣している.
文法 agnosco (私は)認める 〈動 直説法現在・一人称・単数〉 / veteris flammae 昔の炎の 〈形 vetus の女性・単数・属格 ＋ 女 flamma の単数・属格〉 / vestigia 痕跡を 〈中 vestigium の複数・対格〉

agnus Deī
アグヌス デイー
神の小羊　［新約聖書「ヨハネ伝」1 章 29 節］
▶洗礼者ヨハネが自分の方へ近づいて来るイエスを見て言った言葉．この表現はキリストの名称の一つとなり，キリストの象徴として，頭に輪光を持ち十字架の旗を持つ羊の姿で描かれる．また，この句で始まる祈り(神羔誦)がある．*cf.* dona nobis pacem.

Alcīnō pōma dare
アルキーノー ポーマ ダレ
アルキーヌスに果物を与える　［*cf.* Ov. *Pont.* 4.2.10; Erasm. *Adagia* I ii 11］
▶アルキーヌス(アルキノオス)は，ホメロス『オデュッセイア』に登場する，放浪の身のオデュッセウスを歓待した富裕な王の名前で，あり余る富を有する者の代名詞．「アルキーヌスに果物を与える」とは「余計なことをする」というほどの意味．オウィディウスは『黒海からの手紙』第 4 巻・第 2 歌の中で「誰がアリスタエウスに蜂蜜を，バックスにファレルヌムのワインを，トリプトレムスに穀物を，アルキーヌスに果物を与えられるだろうか？」と言っている．*cf.* crocum in Ciliciam ferre / noctuas Athenas ferre.
参考 月夜に提灯

ālea jacta est
アーレア ヤクタ エスト

alieni appetens, sui profusus

賽(ﾀﾞｲ)は投げられた　　[Suet. *Caes.* 32]
▶ユリウス・カエサルが自らの軍隊と共にルビコン川を渡る際に言ったとされる言葉．ルビコン川はカエサルが属州長官として治めている地域とローマとの境界をなしており，軍隊を解除せずにこの川を渡ることはローマに対する反逆を意味する．取り返しのつかない賭けに出たら，もう後戻りはできない．後は運命に身をまかせるのみである．

aliēnī appetens, suī profūsus
アリエーニー　アッペテンス　スイー　プロフースス
他人のものを欲しがり，自分のものを浪費する　　[Sall. *C.* 5.4]
▶歴史家サルスティウスは，政治家カティリナによる政府転覆の陰謀事件を扱った著作の中で，カティリナという人物の性格について要約的に述べているが，その箇所から採られた言葉．なお，カティリナはキケロによっても弾劾されている．

aliquandō bonus dormītat Homērus
アリクァンドー　ボヌス　ドルミータト　ホメールス
立派なホメロスも時には居眠りをする　　[*cf.* Hor. *P.* 359]
▶ホラティウス『詩論』の原文では，へぼ詩人のコイリロスがたまたま優れた詩人となれば私は賛嘆するが，優れた詩人のホメロスが居眠りをすれば私は憤りを感じると言われている．ホメロスの詩の中に様々な矛盾や欠陥(＝ホメロスの居眠り)が見いだされることは古代からよく知られており，「ホメロスたたき('Ομηρομάστιξ)」というギリシア語が存在するほどである．
参考 弘法も筆の誤り
文法 aliquando 時々 副 / bonus Homerus 立派なホメロスが 〈形 男性・単数・主格 ＋ 男 単数・主格〉 / dormitat 眠り込む 〈動 dormito の直説法現在・三人称・単数〉

ālīs volat propriīs
アーリース ウォラト プロプリイース
(彼女は)自分の翼で飛ぶ
▶米国オレゴン州のモットー.

alma māter
アルマ マーテル
恵み深い母
▶古代ローマ人が豊穣の女神ケレスに与えた呼び名. 現在は「母校」の意で用いられる.

alter ego est amīcus
アルテル エゴ エスト アミークス
友は第2の私[自己, 自分自身]である
▶⇒ alter idem.

alter īdem
アルテル イーデム
もう一人の自己　[*cf.* Cic. *Amic.* 21.80]
▶キケロは『友情について』の中で, 本当の友人は「もう一人の自己」のようなものだと言っているが, すでに同じことがアリストテレス『ニコマコス倫理学』(1170b)において言われている.

altissima quaeque flūmina minimō sonō lābī
アルティッシマ クァエクェ フルーミナ ミニモー ソノー ラービー
最も深い川はすべて最も小さな音を立てて流れる, 賢者は黙して語らず　[Curt. 7.4]
▶1世紀の歴史家クルティウス・ルフス『アレクサンドロス大王伝』第7巻から採られた言葉.
参考 能ある鷹は爪を隠す

amābilis insānia
アマービリス インサーニア
愛すべき狂気　[Hor. *Carm.* 3.4.5-6]
▶ホラティウスは『歌集』第3巻・第4歌の冒頭で，詩の女神カリオペ(9人のムーサの中の1人)に呼びかけ，自分が神聖な木立の中をさまよい，その下を心地よい水と涼風が流れているように感じられるのは「愛すべき狂気」に騙されているからか？と尋ねている．古代人は，詩歌の女神(ムーサ)が詩人に取り憑き(一種の神懸かり状態)，詩人の口を借りて詩歌の女神自身が歌うと考えていた．この神懸かり状態をホラティウスは「愛すべき狂気」と呼んだ．

amantēs āmentēs
アマンテース アーメンテース
愛する者たちは正気ではない(狂っている)　[*cf.* Ter. *And.* 218]
▶テレンティウスの喜劇『アンドロス島の女』第1幕第3場で，父親からは別の女と結婚するよう決められている若者パンピルスとその恋人(彼の子供を身籠っている)の関係について，奴隷ダウォスが言った言葉から．原文では「(彼らの)やっていることは愛する者たち(恋人たち)のそれではなく，狂った者たちのそれだからな」となっている．amantium「愛する者たちの」と amentium「狂った者たちの」をかけた言葉遊び．*cf.* amare et sapere vix deo conceditur.
参考 恋は盲目

amantium īrae amōris integrātiō [redintegrātiō] est
アマンティウム イーラエ アモーリス インテグラーティオー [レディンテグラーティオー] エスト
恋人の喧嘩は恋の復旧である　[Ter. *And.* 555]
▶テレンティウスの喜劇『アンドロス島の女』第3幕第3場か

ら採られた言葉．自分の息子とある遊女の所にいた少女との恋を快く思っていない父親シモが，二人が喧嘩をしている事実から二人を引き離せると考えるが，彼の友人クレメスがこの言葉を引用して反論する．

参考 雨降って地固まる

amāre et sapere vix deō concēditur
アマーレ エト サペレ ウィクス デオー コンケーディトゥル
恋をしておりかつ分別があるということは神によってほとんど許されていない　[Syr. A22 (Meyer)]
▶しばしば，恋をした状態とは理性を失った状態，すなわち狂気であると見なされる．それゆえ，恋をしているということと分別があることとは決して相容れない状態であるということになる．
cf. amantes amentes.

参考 恋は盲目

ā mensā et torō
アー メンサー エト トロー
「食卓および寝床から」，卓床離婚，一部離婚，制限的離婚，夫婦別居
▶男女が夫婦の関係を続けながらも寝食を共にしない状態．

amīcus certus in rē incertā cernitur
アミークス ケルトゥス イン レー インケルター ケルニトゥル
確かな友は不確かな状況の中で見分けられる　[*cf.* Cic. *Amic.* 17. 64; Erasm. *Adagia* IV v 5]
▶キケロは『友情について』の中で，自分が順境にあるときに相手を軽蔑したり，逆境にある相手を見捨てたりすれば，大抵の人から誹りを受けるものだが，いずれの場合においても友情を重大なもの，確固たるもの，不動なものとして保つ者は，極めて稀な人

間であり,ほとんど神のような人だと言っている.見出し句は,この箇所でキケロが詩人エンニウスの言葉として引用したもの.
参考 まさかの時の友こそ真の友

amīcus cūriae
アミークス クーリアエ
裁判所[法廷]の友,法廷助言者
▶裁判所に係属する事件に関して裁判所に情報や意見を提供する第3者.個人の場合もあれば組織・団体の場合もある.

amīcus usque ad ārās
アミークス ウスクェ アド アーラース
祭壇までの友人 [Erasm. *Adagia* III ii 10]
▶死に至るまではすべての点で友人であっても,死後は宗教の違いにより別の道をたどることになるような友人.

amor scelerātus habendī
アモル スケレラートゥス ハベンディー
罪深い所有欲 [Ov. *M.* 1.131]
▶オウィディウス『変身物語』によれば,黄金の時代,銀の時代,銅の時代に続く鉄の時代に,ありとあらゆる悪がはびこり,恥の念や真実と誠実さは逃げ去り,その代わりに欺瞞と詐欺,陰謀と暴力,それに「罪深い所有欲」が現れたという.
文法 amor sceleratus 罪深い欲〈男 単数・主格 ＋ 形 男性・単数・主格〉/ habendi 持つことへの〈動 habeo の動名詞・属格〉

amor vincit omnia
▶⇒ omnia vincit amor, et nos cedamus amori.

anguis in herbā
▶⇒ latet anguis in herba.

anīlēs fābulae
アニーレース ファーブラエ
お婆さんの(するような)物語，教訓を含んだおとぎ話　[*cf.* Hor. *S.* 2.6.77–78]
▶ホラティウスは『諷刺詩集』第2巻・第6歌の中で，隣人が話してくれた「お婆さんのするような物語」として，田舎のネズミと都会のネズミの寓話を紹介している．

animal bipēs implūme
アニマル ビペース インプルーメ
二本足で羽のない動物
▶人間のこと．

animīs opibusque parātī
アニミース オピブスクェ パラーティー
精神と資力によって準備[覚悟]のできた人々　[Verg. *A.* 2.799]
▶ウェルギリウス『アエネーイス』第2歌から採られた言葉．トロイアの陥落に際してアエネアスは，父アンキセス，息子イウールス，妻クレウーサと共にトロイアを脱出し，仲間との待ち合わせの場所を目指していた．その途中，アエネアスは妻クレウーサを見失う．妻を捜してトロイアの町をくまなく回っているうちに，妻の亡霊と出会うが，妻の亡霊はアエネアスに別れを告げ，消え去る．アエネアスは一夜を過ごし，待ち合わせの場所に戻ると「新たに供としてそこへ集まった夥しい人々を，すなわち，婦人たちと男たち，亡命のために集まった成年たち，哀れむべき群衆を見いだして驚く．(彼らは)私(アエネアス)が導こうと望む場所がどこであれ，海を渡ってそこへ向かうべくやって来た，精神

と資力によって覚悟のできた人々だった」(2.795-99). また見出し句は，米国サウスカロライナ州のモットーになっている.
文法 animis 精神によって〈男 animus の複数・奪格〉/ opibus 資力によって〈女 ops の複数・奪格〉/ -que 〜と〜 前接辞 / parati 準備のできた(人々)〈形 paratus の男性・複数・主格〉

animō et fidē
アニモー エト フィデー
勇気と信義によって，勇敢にかつ忠実に

annō aetātis suae
アンノー アエターティス スアエ
彼(女)の(年齢が)...歳の時に (略 aet., aetat.)
▶⇨ aetatis suae.

annō Dominī
アンノー ドミニー
キリスト紀元(後)...年に，西暦...年に
▶主イエス・キリストの生誕を起点とする年号. 例えば, (in) anno Domini 2009「西暦 2009 年に」のように用いる. 略 a.d.

annō regnī
アンノー レグニー
(君主の)治世の...年に
▶Anno Regni Georgii III. sexto「ジョージ 3 世の治世の 6 年目に」のように用いる.

annōs vixit
アンノース ウィクシト
(すでに)...年間生きている，...歳である (略 a.v.)

annō urbis conditae

アンノー ウルビス コンディタエ

建設された都の…年に, 都ローマの建設から数えて…年に

▶ローマが建国されたとされる紀元前753年から数える年号. 略 AUC.

annuit coeptīs

アンヌイト コエプティース

(神が)企てにうなずいた[同意した] [*cf.* Verg. *A.* 9.625]

▶ウェルギリウス『アエネーイス』第9歌では, それまでは野獣相手に戦ったことしかなかったアスカニウス(アエネアスの息子)が, 大言壮語するヌマーヌス(ルトゥリ人の勇者)を狙って矢を放ったとき「全能のユピテルよ, (この)果敢な企てにうなずきたまえ[良しとせよ]」と祈り, ユピテルは「(その祈りを)聞き届けた」と言われている. この言葉は, モットーとして米国の国璽の裏面に刻まれている.

annus horribilis

アンヌス ホッリビリス

ひどい年

▶annus mirabilis をもじって, 英女王エリザベス2世が, 王室のスキャンダルやウィンザー城の火事が起こった1992年のことをこう表現した.

annus mīrābilis

アンヌス ミーラービリス

驚異の年, 驚くべき[不思議な事件に満ちた]年

▶例えば英国では, ロンドンの大火や対オランダ海戦の勝利があった1666年のこと. この年の出来事を歌ったドライデン(John Dryden)の詩の題名 "Annus Mirabilis: The Year of

Wonders, M. DC.LXVI."から採られた言葉.

ante tubam trepidat
アンテ トゥバム トレピダト
ラッパがなる前に震える　[Erasm. *Adagia* II viii 69; *cf.* Verg. *A.* 11.424]
▶ラッパは戦闘の開始を告げる合図であり，この言葉は，戦闘が始まる前から手足も心も震える臆病な兵士について言われたもの．ウェルギリウス『アエネーイス』第11歌で，アエネアスの宿敵トゥルヌスは，ラティウムの王ラティヌスとドランケスが敵(トロイア人たち)との和睦を望む発言を行ったことに対して，激しい調子で戦い抜くことを主張した．彼は「どうして我々は前線に踏み出したばかりで惨めにも敗退するのか？どうして戦いのラッパが鳴る前に震えが手足を占拠するのか？(cur ante tubam tremor occupat artus?)」と言って，ラティウム人たちの臆病さを非難した．なお，ante tubam trepidat「(彼(女)は)ラッパがなる前に震える」という見出し句の形はエラスムスに見いだされる．

aquā et igne interdictus
アクァー エト イグネ インテルディクトゥス
水と火の供給を禁じられた(人)
▶水と火は人間の生活にとって不可欠のものである．水と火の供給を禁止することによって，共同生活からの追放を命じることになる．

aquam ā [ē] pūmice postulās
アクァム アー [エー] プーミケ ポストゥラース
お前は軽石に水をくれと要求している　[Plaut. *Pers.* 41]
▶プラウトゥスの喜劇『ペルシア人』第1幕第1場で，金など持っていないのに，仲間の奴隷から大金を貸してくれるようせが

まれた奴隷サガスティリオが言った言葉．その仲間の奴隷は惚れた遊女を身請けしたくて金を必要としていたのである．*cf.* ab asino lanam.

参考 ない袖は振れぬ

文法 aquam 水を〈女 aqua の単数・対格〉/ a [e] pumice 軽石から〈前 a [e] ＋ 男 pumex の単数・奪格〉/ postulas（お前は）要求する〈動 postulo の直説法現在・二人称・単数〉

aquila nōn capit muscās
アクィラ ノーン カピト ムスカース
鷲は蠅を捕まえない　[Erasm. *Adagia* III ii 65]
▶大物は小事にかかわらない，または，偉大な人物は細部にこだわらない(そのため細部で失敗をする)．あるいは，高潔な人は困窮しても不正を犯さない．

参考 鷹は飢えても穂を摘まず；武士は食わねど高楊枝

arbiter ēlegantiae [ēlegantiārum]
アルビテル エーレガンティアエ [エーレガンティアールム]
趣味の権威　[Tac. *An.* 16.18]
▶歴史家のタキトゥスが『年代記』の中で，『サテュリコン』の作者ペトロニウスを評して言った言葉．タキトゥスによれば，ペトロニウスは皇帝ネロの最も親しい仲間の一人となると，趣味に関して絶大な影響力を発揮し，ネロはペトロニウスが認めたもの以外は何一つ美しいとも快いとも思わなくなったという．

Arcadēs ambō
アルカデース アンボー
二人ともアルカディア人　[Verg. *Ecl.* 7.4]
▶ウェルギリウス『牧歌』第7歌から採られた言葉．ここで「二人」とは，この歌の中で歌競べをする二人の牧夫，コリュドンと

テュルシスのこと．アルカディアとは，ペロポネソス半島中部の山地で，ウェルギリウスの牧歌の舞台となった理想郷．アルカディア人とは，(通常身分の低い)牧夫であり，牧歌を作って歌う音楽家である．この表現はやや軽蔑の意味も込めて「どちらも同じ職業[趣味]の人間」という意味で使われる．
参考 同じ穴の狢

argūmentum ad hominem
アルグーメントゥム アド ホミネム
対人論証
▶理性や事実より人の感情に訴える論証．

argūmentum ad ignōrantiam
アルグーメントゥム アド イグノーランティアム
無知に基づく論証
▶ある主張について，それが「誤りである証拠がないので真実である」，それが「真実である証拠がないので誤りである」など．

argūmentum ā [ex] silentiō
アルグーメントゥム アー [エクス] シレンティオー
沈黙による論証
▶反証が存在しない[確認できない]ことを根拠とする論証．

arma virumque canō
アルマ ウィルムクェ カノー
私は戦いと男(勇者)を歌う　[Verg. A. 1.1]
▶ウェルギリウス『アエネーイス』第1歌の冒頭に見いだされる表現．一般に，叙事詩ではその冒頭で歌の主題を明示することが期待されている．ホメロスの『イーリアス』では「アキレウスの怒り」が，『オデュッセイア』では「一人の勇者(オデュッセウ

ス)」が, 歌の冒頭で主題として提示される. 『アエネーイス』の場合,「男(勇者)」とは, 祖国トロイアを追われながらも, 多くの苦難に耐えて, 約束の地イタリアにやって来たアエネアスのことであり,「戦い」とは, アエネアスがラティウムにローマの礎を築くために行った戦争のこと.「戦い」は『アエネーイス』全12歌のうち(イーリアス的)後半6歌の主題,「勇者」とは(オデュッセイア的)前半6歌の主題であるとも言われる.

文法 arma 戦いを 〈中・複 arma の対格〉/ virum 男を 〈男 vir の単数・対格〉/ -que 〜と〜 前接辞 / cano (私は)歌う 〈動 直説法現在・一人称・単数〉

arrectīs auribus

アッレクティース アウリブス

耳をそば立てて, 注意深く　[*cf.* Verg. *A.* 1.152, 2.303]

▶ウェルギリウス『アエネーイス』第1歌では, ネプトゥヌスが嵐を静める場面に現れる表現. ここでは「怒りに荒れ狂う大衆が威厳ある敬虔な人物を前にして耳をそば立てて (arrectis auribus) 沈黙するように」という直喩の中で用いられている. また, 第2歌で, アエネアスが陥落時のトロイアから聞こえる恐るべき武具の物音を「耳をそば立てて」聞いている場面においても用いられている.

ars amandī

アルス アマンディー

恋愛の技法　[*cf.* Ov. *A. A.* 1.1]

▶オウィディウスは『恋愛の技法』第1巻の冒頭で「ここにいる人々の中で恋愛の技法を知らない者がいるならば, この本を手に取って読み, 読んだならば, 恋愛の達人となって恋をせよ」と言っている.

ars est cēlāre artem
アルス エスト ケーラーレ アルテム
技術は技術を隠すことである　[*cf.* Ov. *A. A.* 2.313; Quint. 1. 11.3, 9.3.102]
▶オウィディウスは『恋愛の技法』第2巻において, si latet, ars prodest「技術は隠れているならば有益である」と言っており, ここで言う「技術」とは恋愛の技術のことである.

ars grātiā artis
アルス グラーティアー アルティス
芸術のための芸術
▶「芸術至上主義」とも訳される. 経済的な利益, 政治的な利用, 宗教のプロパガンダではなく, 純粋に美学的な目的のための芸術活動[作品]のこと. フランス語のモットー L'art pour l'art のラテン語訳. この句は MGM 映画のモットーにもなっており, タイトルバックのライオンを取り巻くフィルムの上部に書かれている.

ars longa, vīta brevis
アルス ロンガ ウィータ ブレウィス
技術は長く, 人生は短い　[*cf.* Sen. *Brev.* 1.1]
▶医学の父ヒポクラテスの言葉 (δ βίος βραχύς, ἡ δὲ τέχνη μακρή) のラテン語訳. τέχνη (＝ars) はここでは医学の技術のことを指しており, 原義は「医術の修得には多年を要し, それに比べて人生は短かすぎる」であったが, ars は「芸術」を意味すると理解されるようになり,「芸の道は長く, 人生は短い」と訳されることもある. また現在では「人の命は短いが, すぐれた芸術作品は永遠に残る」の意味で用いられることが多い. *cf.* vita, si scias uti, longa est.
参考 少年老い易く学成り難し

asinus ad lyram

アシヌス アド リュラム

竪琴にロバ [Gell. 3.16; *cf.* Erasm. *Adagia* I iv 35]

▶ギリシア語の格言 ὄνος λύρας「竪琴にロバ」のラテン語訳. ロバに竪琴を聞かせても理解できない, あるいはロバに竪琴を与えても演奏できないことから, 不適任である, 無駄である, の意.

参考 猫に小判; 犬に論語

auctor pretiōsa facit

アウクトル プレティオーサ ファキト

贈り主が(贈り物に)価値を作る [*cf.* Ov. *H.* 17.71–72]

▶オウィディウス『名婦の書簡』第17歌は, スパルタ王妃ヘレネからトロイアの王子パリスに宛てられた手紙として書かれている. その中でヘレネは, パリスが女神の心さえ動かす贈り物を約束しているが, 自分が名誉を捨てて従うのは贈り物のためではなく贈り物を与えてくれるあなたのためだと言っている.

audēmus jūra nostra dēfendere

アウデームス ユーラ ノストラ デーフェンデレ

私たちには私たちの権利を守る勇気がある

▶米国アラバマ州のモットー.

audentēs fortūna juvat

アウデンテース フォルトゥーナ ユワット

運(の女神)は勇敢な者たちの味方をする [Verg. *A.* 10.284]

▶ウェルギリウス『アエネーイス』第10歌において, ラティウムの勇者でアエネアスの宿敵トゥルヌスが, トロイア人たちとの戦いを前にして仲間たちに向けて発した言葉の一部. *cf.* fortes fortuna adjuvat.

audī alteram partem
アウディー アルテラム パルテム
もう一方の側も聞け，反対の意見も聞きなさい

auditque vocātus Apollō
アウディトクェ ウォカートゥス アポッロー
そして(祈りによって)呼びかけられたアポロンが聞いてくれる [Verg. G. 4.7]
▶ウェルギリウス『農耕歌』第4歌は蜂と養蜂を主題とする歌である．その冒頭において，マエケナスに呼びかけながら「あなた(マエケナス)のために，順序よく，小さな物事の中に存する諸々の驚くべき光景を語りましょう」と歌われている．ここで「小さな物事」とは，人間の世界に譬えられた蜂の世界のことで，そうした「小さな主題」を歌うことならばアポロンが許してくれるだろうという詩人の期待を表している．なお，ウェルギリウス『牧歌』第6歌の冒頭でも，叙事詩を歌おうとしたらアポロンがそれを静止したため，牧歌を歌うことにしたというエピソードが語られている．

aurea mediocritās
アウレア メディオクリタース
黄金の中庸　[Hor. Carm. 2.10.5]
▶「黄金の」とは「何よりも大切な」というほどの意味．中庸の教えは古くからギリシア人が好んだもの．ホラティウスは『歌集』第2巻・第10歌で中庸の美徳を讃えて，「黄金の中庸を愛する者なら誰でも，今にも倒壊しそうなあばら屋を避けて安全を求めながら，賢明にも贅沢な屋敷を避けて人に妬まれないようにする」と言っている．

aureō hāmō piscārī

アウレオー ハーモー ピスカーリー

金の釣り針で魚を釣る，割に合わないことをする　[*cf.* Suet. *Aug.* 25]

▶スエトニウスによれば，アウグストゥスは勝利の見込みが確実でない限り戦争を行わない将軍であり，最大の危険を冒して最小の利益を得ることは，金の釣り針で魚を釣ることに等しいと言っていたという．

auribus teneō lupum

アウリブス テネオー ルプム

私は狼の両耳をつかんでいる，進退窮まる　[Ter. *Phorm.* 506]

▶この状態にある者は，手を離せば狼に喰われ，つかみ続けることもまた不可能である．あることをやめても維持してもいずれの場合も苦境に陥ることを言う．

参考 痛し痒し

文法 auribus 両耳で〈女 auris の複数・奪格〉/ teneo (私は)つかむ〈動 直説法現在・一人称・単数〉/ lupum 狼を〈男 lupus の単数・対格〉

aurī sacra famēs

アウリー サクラ ファメース

忌まわしい黄金への渇望(よ)　[Verg. *A.* 3.57]

▶ウェルギリウス『アエネーイス』第3歌において，トロイア陥落の後，アエネアスとその仲間たちがトラキアの地で新たな王国を建設すべく神々に犠牲を捧げていた時，プリアムスの息子で養育のためトラキア王に預けられていたポリュドールスの亡霊が現れて言った言葉から．亡霊は，トロイアがギリシア軍に包囲された時，同盟関係を裏切ったトラキア王が自分を殺し，その黄金を奪ったことを告げ，アエネアスにこの野蛮な土地から早く立ち去るよう勧めてこう言った:「忌まわしい黄金への渇望よ，お前が人

aut amat aut odit mulier,

間の心に強制しないようなことが何かあるだろうか?」

aut amat aut ōdit mulier, nihil est tertium
アウト アマト アウト オーディト ムリエル ニヒル エスト テルティウム
女は愛するか憎むかのいずれかであり，第3の選択はない　[Syr. A6 (Meyer)]
▶女性一般に関して，その愛憎の感情が両極端に分かれる傾向があることを表した格言．
文法 aut または 接 / amat 愛する〈動 amo の直説法現在・三人称・単数〉/ odit 憎む〈動 odi の直説法・三人称・単数〉/ mulier 女は〈女 単数・主格〉/ nihil 何物も(～ない)〈不変化・中 単数・主格〉/ est ～である〈動 sum の直説法現在・三人称・単数〉/ tertium 第3の〈形 tertius の中性・単数・主格〉

aut Caesar aut nullus
アウト カエサル アウト ヌッルス
カエサルか誰でもないか　[cf. Suet. Calig. 37]
▶ルネサンス期イタリアの政治家チェーザレ・ボルジアのモットーで「私はカエサルになりたい，さもなくばいかなる人間にもなりたくない」を意味する．この表現は，贅沢と放蕩の限りを尽くしたカリグラのものとしてスエトニウスが引用した言葉「人は質素でなければならない，さもなくばカエサルであれ」に基づくとされる．

aut insānit homō aut versūs facit
アウト インサーニト ホモー アウト ウェルスース ファキト
(この)男は気が狂っているのか，それとも詩を作っているのか　[Hor. S. 2.7.117]
▶ホラティウス『諷刺詩集』第2巻・第7歌は，詩人ホラティウスと奴隷ダーウスによる「自由」という主題をめぐる対話として

書かれている．この歌の末尾において，奴隷ダーウスが詩人に向かって言った言葉．*cf.* amabilis insania.

aut nōn tentāris aut perfice
アウト ノーン テンターリス アウト ペルフィケ
やらないでおくか，（やるなら）最後までやり抜け　[Ov. *A. A.* 1. 389]
▶『恋愛の技法』第1巻でオウィディウスは，女主人を誘惑するために小間使いを利用することを教えているが，その際，小間使いも誘惑したいならば，女主人をものにした後にすべきであり，小間使いを誘惑することについては「やらないでおくか，（やるなら）最後までやり抜け」と忠告している．

aut prōdesse volunt aut dēlectāre poētae
アウト プローデッセ ウォルント アウト デーレクターレ ポエータエ
詩人たちが望むのは，役に立つことかあるいは楽しませることか　[Hor. *P.* 333]
▶ホラティウス『詩論』から採られた言葉．見出し句のままでは不完全で，ホラティウスの原文では aut prodesse volunt aut delectare poetae aut simul et jucunda et idonea dicere vitae「詩人たちが望むのは，役に立つことか，あるいは楽しませることか，あるいは楽しくかつ人生に有益なことを同時に語ることなのか」となっている．「役に立つ」とは実用的・教育的な目的のことであり，「楽しませる」とは娯楽的・享楽的な目的のことである．詩という芸術はこの2つの目的のいずれを実現すべきか，あるいは双方を同時に満足させるべきなのか，この議論も古くから存在する．*cf.* omne tulit punctum qui miscuit utile dulci.

文法 aut あるいは 接 / prodesse 役に立つ（こと）〈動 prosum の不定法現在〉/ volunt 望む〈動 volo の直説法現在・三人称・複数〉/ delectare 楽しませる（こと）〈動 delecto の不定法現在〉/ poetae 詩人たちは〈男 poeta の

aut regem aut fatuum nasci

複数・主格〉

aut rēgem aut fatuum nascī oportet
アウト レーゲム アウト ファトゥウム ナスキー オポルテト
王として(生まれるべきである)，さもなくば愚か者として生まれるべきである   [Sen. *Apoc.* 1]
▶クラウディウス帝がその死後において神格化される代わりにカボチャ化されてしまうというお話『アポコロキュントシス』の中でセネカは，クラウディウス帝は死んでこの諺を実証したと言っている. *cf.* aut Caesar aut nullus.

aut vincere aut morī
アウト ウィンケレ アウト モリー
勝つか死ぬか，勝利か死か

avē atque valē
アウェー アトクェ ウァレー
さらば，そしてさようなら   [Catul. 101.10]
▶詩人カトゥルスはこの表現を用いて自分の兄弟に永遠の別れを告げている．カトゥルスの原文では atque in perpetuum, frater, ave atque vale「そして永遠に，兄弟よ，さらば，そしてさようなら」となっている．なお，見出し句の言葉は，英国の詩人スウィンバーンがボードレールの死を悼んで作った詩のタイトルにもなった．*cf.* in perpetuum.

avē, Imperātor, moritūrī tē salūtant
アウェー インペラートル モリトゥーリー テー サルータント
やあ，最高司令官様，彼ら死なんとする者たちがあなたに挨拶するのです
▶⇨ morituri te salutamus.

avē Marīa
アウェー マリーア
めでたしマリア(よ)　[*cf.* 新約聖書「ルカ伝」1 章 28 節]
▶天使ガブリエルがマリアのもとを訪れイエスの受胎を告げた時の挨拶の言葉. ただし, ラテン語訳聖書の該当箇所の原文によれば ave gratia plena「おめでとう, 恵まれた女よ」となっている. また, 聖母マリアに捧げる祈祷文の最初の言葉.

B

bonis avibus　幸先よく

barbae tenus sapientēs
バルバエ テヌス サピエンテース
あご髭までは賢者(である人々)　[Erasm. *Adagia* I ii 95]
▶昔の賢者たちはしばしばあご髭を蓄えていたことから，あご髭を生やして賢者の振りをする見かけ倒しの賢者たち，あるいは，見かけは賢そうだが実際には必ずしもそうではない人々のこと．ちなみに，プルタルコス『倫理論集』(352B–C)にはギリシア語で「髭を生やすから，襤褸をまとうから哲学者になれるわけではないように，亜麻の着物を着て，頭髪と髭を剃ればイシスに仕えるということにはならない」という表現が見られる．
参考 馬子にも衣装

beātae memoriae
ベアータエ メモリアエ
祝福された思い出の…, 故…
▶故人について，墓碑や記念碑に用いられる決まり文句．

beātus ille quī procul negōtiīs… paterna rūra bōbus exercet suīs

ベアートゥス イッレ クィー プロクル ネゴーティイース… パテルナ ルーラ ボーブス エクセルケト スイース

仕事から離れ父祖伝来の田園を自分の牛によって耕す者は幸せだ [Hor. *Epo.* 2.1–3]

▶ホラティウスは平和な田園の美しさと豊かさを描写する『エポディー』第2歌の冒頭で,「昔の人間のように,仕事から離れ,(借金の)利息からも解放されて,父祖伝来の田園を自分の牛によって耕す者は幸せだ.(その人は)あらゆる負債から解放されており,恐ろしいラッパによって兵士として招集されることもなく,(船乗りとなって)怒り狂う海を恐れることもなく,フォルム(公共広場)も,有力な市民たちの傲慢な家の敷居も関係ない」と歌っている.

文法 beatus 幸せな〈形 男性・単数・主格〉/ ille 彼は〈代 男性・単数・主格〉/ qui 〜するところの〈関代 男性・単数・主格〉/ procul negotiis 仕事から離れて〈副 procul + 中 negotium の複数・奪格〉/ paterna rura 父祖の田園を〈形 paternus の中性・複数・対格 + 中 rus の複数・対格〉/ bobus suis 自分の牛によって〈男 女 bos の複数・奪格 + 形 suus の複数・奪格〉/ exercet 耕す〈動 exerceo の直説法現在・三人称・単数〉

bella gerant aliī

ベッラ ゲラント アリイー

他の者たちが戦争をすべし,戦争は他の者たちにさせよ [Ov. *H.* 17.254]

▶オウィディウス『名婦の書簡』第17歌は,スパルタ王妃ヘレネからトロイアの王子パリスに宛てられたものとして書かれているが,その中でヘレネがパリスについて言った言葉.ヘレネは,パリスは自分の武勇を自慢するが,その顔を見れば,その体がマルス(戦争)よりウェヌス(性愛)に向いていることが分かる.戦争は他の者たちにやらせておけ,パリスよ,あなたは私を愛して下さい,と言う.

文法 bella 戦争を〈中 bellum の複数・対格〉/ gerant するべし〈動 gero の

bella! horrida bella!

接続法現在・三人称・複数〉/ alii 他の者たちが〈形 alius の複数・主格〉

bella! horrida bella!
ベッラ ホッリダ ベッラ
戦争! 恐るべき戦争! [Verg. *A*. 6.86]
▶ウェルギリウス『アエネーイス』第6歌で，約束の地イタリアにたどり着いたアエネーアスに向かって，(予言の能力を持つ)クマエの巫女が，これからアエネーアスが耐えなければならない戦争の苦難を予言して語った言葉:「ついに海の大いなる危険を渡り終えた者よ，(さらに重大な陸の危険が待っているのだが) ダルダヌスの子ら(トロイア人たち)はラウィニウムの王国へ到達するであろう(この心配は胸から追い払え)，しかし，彼らはむしろ来なければ良かったと願うであろう．戦争だ，恐るべき戦争だ」．

bellaque mātribus [mātrōnīs] dētestāta
ベッラクェ マートリブス [マートローニース] デーテスタータ
そして母親たちに[妻たちに]嫌われた戦争 [Hor. *Carm*. 1.1.24–25]
▶ホラティウスは『歌集』第1巻・第1歌で，人間の持つ様々な欲望を幾つも列挙した後，自分の望みはそのような俗世間の欲望ではなく，パトロンのマエケナスによって叙情詩人として高く評価されることであると宣言している．見出し句は，母親たちが(妻たちが)嫌う戦争に憧れる人々，すなわち戦争において名誉を獲得しようとする軍人たちの欲望に言及した箇所から採られたもの．

bellum omnium contrā omnēs
ベッルム オムニウム コントラー オムネース
万人の万人に対する戦い [Hobbes *De Cive* (Praefatio 14)]
▶イギリスの哲学者トマス・ホッブズの言葉．「人間は自然状態においては利己的で，互いに争うものだ」という意味．*cf.* homo

homini lupus.

bēlua multōrum capitum
ベールア ムルトールム カピトゥム
多くの頭を持つ怪物　[Hor. *Ep.* 1.1.76]
▶『書簡詩』第1巻・第1歌の中でホラティウスは，詩人に対してどうして自分たちと同じものを求め同じものを嫌わないのかと問うローマ民衆のことを「多くの頭を持つ怪物」と呼んでいる．民衆の意見と欲望は多種多様で変わりやすい．ホラティウスは「いったい私は何に従えばよいのか，あるいは誰に(従えばよいのか)?」と続ける．

beneficium accipere lībertātem est vendere
ベネフィキウム アッキペレ リーベルターテム エスト ウェンデレ
恩恵を受け取ることとは，すなわち自由を売ることである　[Syr. B5 (Meyer)]
▶人から何らかの恩恵を被ると，恩恵を与えてくれた人に対する恩義と負い目のせいで，その人に対してお返しをしないですませる，あるいは申し出を断るという自由が奪われることになる．
参考 ただより高いものはない
文法 beneficium 恩恵を〈中 beneficium の単数・対格〉/ accipere 受け取る(こと)〈動 accipio の不定法現在〉/ libertatem 自由を〈女 libertas の単数・対格〉/ est ～である〈動 sum の直説法現在・三人称・単数〉/ vendere 売る(こと)〈動 vendo の不定法現在〉

bene merentī [merentibus]
ベネ メレンティー [メレンティブス]
相応しい者に[者たちに]
▶一般に「功労者のために」と訳され，勲章の名前の一部となる．例えば，カトリック教会に対して長年の貢献があったと見なされ

bene merenti bene profuerit,

る功労者に教皇庁から授与される勲章に「ベネメレンティ勲章」というものがある．これは1832年にグレゴリウス16世によって創始された制度．

bene merentī bene profuerit, male merentī par erit
ベネ メレンティー ベネ プロフエリト マレ メレンティー パル エリト
良い恵みに値する者には(神が)好意を示し，罰に値する者にはしかるべくあるだろう　[Plaut. *Cap.* 315]
▶プラウトゥスの喜劇『捕虜』第2幕第2場から採られた言葉．かつては自由の身であったが今は奴隷の身分になっている若者テュンダルスは，主人ヘギオ(実は父親)に向かって，その息子ピロポレムス(実はテュンダルスの兄)が自分と同様に自分の祖国で奴隷になっており，ヘギオが自分をどう扱うかに従って神々がピロポレムスの運命も決めるだろうと忠告した．見出し句は，その理由としてテュンダルスが言った言葉．

bene merentī mala es; male merentī bona es
ベネ メレンティー マラ エス マレ メレンティー ボナ エス
お前は良い客には無愛想，悪い客には愛想が良い　[Plaut. *As.* 129]
▶プラウトゥスの喜劇『ろば物語』第1幕第2場で，遊女屋から追い出された若者が遊女屋のおかみに抗議して言った言葉．

bene quī latuit bene vixit
ベネ クィー ラトゥイト ベネ ウィクシト
よく隠れる者はよく生きる　[Ov. *Tr.* 3.4.25]
▶オウィディウス『悲しみの歌』第3巻・第4歌は，流刑の地から友へ宛てられた忠告の手紙である．この手紙の中でオウィディウスは，様々な比喩を用いて，(実際にオウィディウスの場合がそうであったように)過度な成功と名声はかえって大きな破滅の原

因ともなること，人はみな自分の分を守って生きるべきであることを説いている．
参考 出る杭は打たれる

benignō nūmine
ベニグノー ヌーミネ
好意ある神意によって　[Hor. *Carm.* 4.4.74]
▶前15年の戦いでラエティ族とウィンデリキ族に勝利したネロ・クラウディウス・ドルススとティベリウス・クラウディウス・ネロ(後のティベリウス帝)を讃えた『歌集』第4巻・第4歌の中で，ホラティウスは，ユピテルがローマ軍に対して持つ好意について「戦争の緊急な事態の中で，ユピテルが好意ある神意によって守り，(ユピテルの)賢明な策略が助ける．クラウディウス家の軍隊に，できないことは何もない」と歌っている．なお，ドルススは彼が執政官の年(前9年)，ティベリウス帝と共にゲルマニアに遠征中，落馬がもとで死んだ．

bis dat quī citō dat
ビス ダト クィー キトー ダト
早く与える者は2度(2倍)与える　[*cf.* Syr. I 6 (Meyer)]
▶見出し句は，フランシス・ベーコンが1617年の演説の中で引用した言葉だが，その典拠となったと思われるシュルスの格言集では，inopi beneficium bis dat, qui dat celeriter「貧窮している者にただちに恩恵を与える者は，2度(2倍)与える」という形で言われており，「2度(2倍)与える」とは「いっそう感謝される」というほどの意味であった．
参考 明日の百より今日の五十
文法 bis 2度 副 / dat 与える〈動 do の直説法現在・三人称・単数〉/ qui ～するところの(人)〈関代 男性・単数・主格〉/ cito 早く 副

bis puerī senēs
ビス プエリー セネース
年寄りは 2 度目の子供である [Erasm. *Adagia* I v 36]
▶老年に伴う体力と知力の衰えにより人間は再び子供のような状態になる, という意味.

bis vincit, quī sē vincit in victōriā
ビス ウィンキト クィー セー ウィンキト イン ウィクトーリアー
勝利において自己に勝利する者は 2 度勝利する [Syr. B21 (Meyer)]
▶勝利の歓喜に過度に酔いしれることなく, 奢りを排し, 自制心によって自分自身をコントロールできる者こそが, 本当の勝利者といえる. そのことがこの格言では「2 度勝利する」という言葉で表現されている.
参考 勝って兜の緒を締めよ
文法 bis 2 度 副 / vincit 勝利する 〈動 vinco の直説法現在・三人称・単数〉/ qui ～するところの(人) 〈関代 男性・単数・主格〉/ se 自分自身を 〈代 単数・対格〉/ in victoria 勝利において 〈前 in + 女 victoria の単数・奪格〉

bonīs avibus
ボニース アウィブス
吉兆をもって, 幸先よく [*cf.* Erasm. *Adagia* I i 75]
▶直訳は「良い鳥たちによって」. 古代ローマ人は鳥の行動を観察して吉凶を占っていた.

bonīs nocet quī malīs parcit
ボニース ノケト クィー マリース パルキト
悪人を許す者は善人を害する [[Sen.] *Mor.* 114]
▶セネカの作として伝わる格言集から採られた言葉. 現在において罪を犯した者たちを許す者は, 後に来る人々に対して害悪をな

bonus homō semper tīrō
ボヌス ホモー センペル ティーロー
善い人はいつでも未熟者なのだ　[Mart. 12.51.2]
▶マルティアリスの『エピグランマタ』第 12 巻から採られた言葉．原文によれば「アウルスよ，君はこれほど頻繁に我々のファブッリーヌスが欺かれることに驚いている．善い人はいつでも未熟者なのだ」となっており，ファブッリーヌスという「善人」の騙されやすいおめでたい性格をからかっている．

brevis esse labōrō, obscūrus fīō
ブレウィス エッセ ラボーロー オブスクールス フィーオー
(私は)簡潔であろうと努力して，曖昧になる　[Hor. P. 25-26]
▶ホラティウスが『詩論』の中で，詩人が陥るジレンマとして列挙しているものの一つ．冗長さを避けて簡潔な表現を優先すれば，内容の正確な表現が困難になる．その他のジレンマは，「洗練を狙うと力強さと活気が失われる」と「荘重を公言すると誇張になってしまう」である．フランスの詩人ボワローも『詩論』の中でホラティウスのこの言葉をフランス語に訳して用いている．

brūtum fulmen
ブルートゥム フルメン
「無分別な雷」，こけおどし，虚勢，大言壮語　[*cf.* Plin. 2.43.113]
▶大プリニウスは『博物誌』第 2 巻で，人々がユピテルの投げ槍であると信じている雷を，天の火が大気中で湿った雲と接触する際の摩擦によって生じる雷鳴と雷光として説明している．このような高いところから(すなわち神的な原因から)生じるゆえに予言的である(前兆を含む)雷から，雲と雲が単なる偶然激突することによって生じる雷を区別して，プリニウスは後者を bruta fulmi-

brutum fulmen

na et vana「無分別で空虚な雷」と呼んでいる．現在では見出し句は，うるさいだけで効果のない威嚇行為，遵守されない法令，大げさだが無意味な演説等について用いられる．cf. telum imbelle sine ictu.

C

cave canem　猛犬注意

caelebs quid agam?
カエレブス クィド アガム
独身の私は何をしようか？　[Hor. *Carm.* 3.8.1]
▶ホラティウス『歌集』第3巻・第8歌の原文には「3月1日，独身の私は何をしようか？」とある．3月1日は，ローマの既婚婦人の祭りであり，独身者のホラティウスには全く関係のない祭日である．そこでホラティウスは，1年前の同じ日，倒木に当たって危うく死にかけたことがあったので，その時の怪我の全快を祝って，難しい政治のことは忘れ，夜通しワインを飲もうとパトロンのマエケナスに呼びかける．

文法 caelebs 独身の〈形 単数・主格〉/ quid 何を〈疑代 quis の中性・単数・対格〉/ agam（私は）しよう（か）〈動 ago の接続法現在・一人称・単数〉

caelum nōn animum mūtant quī trans mare currunt
カエルム ノーン アニムム ムータント クィー トランス マレ クッルント
海を越えて行く者たちは，心ではなく空を変える　[Hor. *Ep.* 1.11.27]
▶ここで「空」とは「土地」を表す．ローマから小アジアへと旅

に出た友人ブッラーティウスに宛てた『書簡詩』第1巻・第11歌の中でホラティウスは，海を越えて遠くへ行くことによって住む場所を変えることはできても，人の心(悩み)を変えることはできない，どこにいても良く生きたと言えるようにすべきだ，と説いている．

文法 caelum 空を 〈中 caelum の単数・対格〉/ non 〜でない 副 / animum 心を 〈男 animus の単数・対格〉/ mutant 変える 〈動 muto の直説法現在・三人称・複数〉/ qui 〜するところの(人々) 〈関代 qui の男性・複数・主格〉/ trans mare 海を越えて 〈前 trans + 中 mare の単数・対格〉/ currunt 走る 〈動 curro の直説法現在・三人称・複数〉

Caesar nōn suprā grammaticōs
カエサル ノーン スプラー グランマティコース
皇帝は文法家の上に立たない
▶皇帝(カエサル)は政治的な権力者であり，文法のような言語現象に権力を行使することはない．政治的な権力には限界があるという意味．*cf.* ego sum rex Romanus et super grammaticam.

calamus gladiō fortior
カラムス グラディオー フォルティオル
ペンは剣よりも強し
▶イギリスの小説家・劇作家・政治家リットン卿 (Edward Bulwer-Lytton, 1803–73) の戯曲『リシュリュー』中の言葉 (The pen is mightier than the sword) のラテン語訳．日本では，慶應義塾大学のモットーになっており，図書館旧館のステンドグラスにも書かれている．*cf.* cedant arma togae.

文法 calamus ペンは 〈男 単数・主格〉/ gladio 剣より 〈男 gladius の単数・奪格〉/ fortior より強い 〈形 fortis の比較級・男性・単数・主格〉

callida junctūra
カッリダ ユンクトゥーラ
(言葉の)巧妙な結合　[Hor. P. 46-47]

▶ホラティウスは『詩論』において，言葉と言葉を結合する際に細心の注意を払い，「(言葉の)巧妙な結合」がすでによく知られた言葉を新しいものにすることができるならば，優れた表現になるだろうと言っている．これは複合語のような造語法ではなく，splendide mendax「みごとに嘘をついた者」, concordia discors「不調和の調和」のように単語と単語を目新しい仕方で並べることを指している．

candida Pax
カンディダ パクス
白い[白衣の]平和　[Tib. 1.10.45]

▶戦争と平和のイメージを対立させる文学作品は多いが，ティブルスの『詩集』第1巻・第10歌もそのような作品の一つに数えられる．ティブルスによれば，白い着物を着た平和の女神が，人間に初めて牛を軛に繋ぐことを，そしてブドウの木を育て，ブドウの果汁を貯蔵することを教えたという．

cantābit vacuus cōram latrōne viātor
カンタービト ウァクウス コーラム ラトローネ ウィアートル
何も持たない旅人は盗賊の目の前で歌うだろう，持たぬ者は失うものなし　[Juv. 10.22]

▶諷刺詩人ユウェナリスの言葉．多くの財産を持ち裕福であるがゆえにかえって多くの心配を持つことがある．逆に，財産がなく貧乏であるがゆえにかえって心配が少ない場合もある．何も持たない者は奪われることがないので，盗賊に襲われるという心配もない．

文法　cantabit 歌うだろう 〈動 canto の直説法未来・三人称・単数〉/

capax imperii nisi imperasset

vacuus viator 何も持たない旅人は〈形 男性・単数・主格 ＋ 男 単数・主格〉/ coram latrone 盗賊の前で〈前 coram ＋ 男 latro の単数・奪格〉

capax imperiī nisi imperāsset
カパクス インペリイー ニシ インペラーッセト
(皇帝として)支配しなかったならば(皇帝として)支配することのできる者 [Tac. *H.* 1.49]
▶タキトゥスが『同時代史』の中で皇帝ガルバを評して言った言葉から．タキトゥスによると，ガルバは皇帝になる前はずば抜けて優れた人物との評判で，もし彼が実際に皇帝になっていなかったならば，世の人は一致して彼こそ皇帝にふさわしい人物だと認めたことだろう，という．

文法 capax imperii 支配の能力がある〈形 単数・主格 ＋ 中 imperium の単数・属格〉/ nisi imperasset もし(彼が)支配しなかったならば〈接 nisi ＋ 動 impero の接続法過去完了・三人称・単数〉

carpe diem
カルペ ディエム
一日を摘み取れ [Hor. *Carm.* 1.11.8]
▶ホラティウス『歌集』第1巻・第11歌から採られた言葉．ホラティウスはレウコノエーという名前の(架空の?)女性に呼びかけ，「自分たちにどのような最期が待っているかを知ることはできない．何が起ころうとも，それを受け入れる方がよい．長い希望を短い時間によって切り分けなさい．くよくよ考えているうちにも時間は逃げて行く．次の日をできるだけ当てにせず，一日を摘み取れ(その日を楽しめ，今日を楽しみなさい)」と説いている．将来の不安を忘れて，今を楽しめというほどの意味．

Carthāgō dēlenda est
カルターゴー デーレンダ エスト

カルタゴは滅ぼされねばならぬ [Plin. 15.20.74; Flor. 1.31]
▶大カトーの言葉. 彼は演説の最後をいつもこの言葉で締めくくったと言われている.
参考 両雄並び立たず

casta est quam nēmō rogāvit
カスタ エスト クァム ネーモー ロガーウィト
貞淑な女とは, 誰も求めなかった女のことだ [Ov. *Am*. 1.8.43]
▶オウィディウス『恋の歌』第1巻・第8歌は「遣り手ばばあの教え」と題され, ディプサスという名前の老婆が遊女に男心を虜にする方法を教える長い引用を含んでいる. 見出し句はその中で語られた言葉. 原文によれば「美しい女たちは遊ぶ. 貞淑な女とは, 誰も求めなかった女のことだ」とある.

causa latet, vīs est nōtissima
カウサ ラテト ウィース エスト ノーティッシマ
原因は知られていないが, 効能は非常に良く知られている [Ov. *M*. 4.287]
▶『変身物語』の中でオウィディウスは, 男を女に変えるという伝説があるサルマキスの泉について「その原因は知られていないが, (その泉の)力は非常に良く知られている」としたうえで, その原因を泉のニンフ サルマキスとヘルマフロディトスの恋物語によって神話的に説明している.

cavē canem
カウェー カネム
猛犬注意
▶ヴェスヴィオ火山の噴火で埋もれた古代都市ポンペイの「悲劇詩人の家」玄関通路入口にある「猛犬注意」のモザイクは有名.

cavē nē litterās Bellerophontis adferās

カウェー ネー リッテラース ベッレロポンティス アドフェラース

ベレロフォンの手紙を運ばないよう気をつけよ　[*cf.* Erasm. *Adagia* II vi 82]

▶「ベレロフォンの手紙」とは「自分にとって有益であると信じているが実は有害であるもの」のこと．ホメロス『イーリアス』第6歌(119-211)に，トロイア方の勇者グラウコスがギリシア方の英雄ディオメデスに自分の祖先ベレロフォンの物語をする場面がある．グラウコスによれば，コリントスの王シシュフォスの子ベレロフォンはティリンスの王プロイトスのもとに身を寄せていたが，プロイトスの妻アンティアが，ベレロフォンの誘惑に失敗すると，夫にはベレロフォンに誘惑されたと讒訴した．これを信じ激怒したプロイトスは，客人を殺すわけにも行かず，ベレロフォンに手紙を持たせ，妻の父親であるリュキア王イオバテスのもとへ送る．その手紙に「ベレロフォンを殺せ」と書いてあることをベレロフォンは知らなかった．イオバテスはベレロフォンに怪物退治等の様々な試練を与え，彼が死ぬことを望んだが，あらゆる試練を乗り越え戻って来たので，彼はきっと神の血を受け継いだ英雄であろうと悟り，自分の娘を彼に妻として与え，リュキアの王国の跡継ぎとしたという．

cēdant arma togae

ケーダント アルマ トガエ

武具はトガ(市民服)にゆずるべし　[Cic. *Off.* 1.22.77]

▶キケロは『義務について』の中で，戦争における業績より内政における業績がまさること，優れた立法と行政に基づいてこそ優れた軍功もあることを強調しながら，自作の詩からこの言葉を引用している．原文では cedant arma togae, concedat laurea laudi 「武具はトガ(市民服)にゆずれ，月桂冠(将軍の栄誉)は(文民の)栄誉にゆずれ」とある．見出し句は，米国ワイオミング州のモッ

トーとなっている. *cf.* calamus gladio fortior.
文法 cedant ゆずるべし〈動 cedo の接続法現在・三人称・複数〉/ arma 武具は〈中・複 主格〉/ togae トガに〈女 toga の単数・与格〉

centum doctum hominum consilia sōla haec dēvincit dea Fortūna

ケントゥム ドクトゥム ホミヌム コンシリア ソーラ ハエク デーウィンキト デア フォルトゥーナ

百人の賢者の思慮も，この女神フォルトゥナ一人にかなわない [Plaut. *Ps.* 678]

▶プラウトゥスの喜劇『プセウドルス』から採られた言葉．どんなに賢明な人間たちがよってたかって練り上げた計画であっても，運の女神フォルトゥナにくじかれて結果的にその計画が成功しなければ，それらの賢者たちは愚か者と呼ばれることになる．

文法 centum doctum (= doctorum) hominum 百人の賢い人々の〈不変化・数 男性・複数・属格 ＋ 形 doctus の男性・複数・属格 ＋ 男 homo の複数・属格〉/ consilia 思慮を〈中 consilium の複数・対格〉/ sola haec dea Fortuna ただ一人この女神フォルトゥナは〈形 solus の女性・単数・主格 ＋ 形 hic の女性・単数・主格 ＋ 女 単数・主格 ＋ 女 単数・主格〉/ devincit 打ち負かす〈動 devinco の直説法現在・三人称・単数〉

certum est quia impossibile (est)

ケルトゥム エスト クィア インポッシビレ（エスト）

不可能であるがゆえに(それは)確実である　[Tert. *Carn.* 5.4]

▶テルトゥリアヌス『キリストの肉体について』から採られた言葉．テルトゥリアヌスは，新約聖書の中で語られた神の子の刑死と復活の物語の信憑性について「神の子が磔に処された．(それは)恥ずべきであるがゆえに恥ではない．神の子が死んだ．(それは)愚かしいがゆえに，全く信じられる．埋葬された彼が甦った．不可能であるがゆえに(それは)確実である」と言った．*cf.* credo cetera desunt

quia absurdum (est).

cētera dēsunt
ケーテラ デースント
他の部分[それ以外]は欠けている, 残部紛失
▶写本の他の部分が欠けていることを示すために使われる言い方.

Christe eleison
クリステ エレイソン
キリストよ(私たちを)憐れみたまえ
▶ギリシア語の祈りの言葉をそのままラテン語に音訳したもの. カトリック教会ではミサで祈りの文句として用いられる. *cf.* Kyrie eleison.

cicāda cicādae cāra, formīcae formīca
キカーダ キカーダエ カーラ フォルミーカエ フォルミーカ
セミにはセミが, アリにはアリが愛おしい　[*cf.* Erasm. *Adagia* I ii 20–24]
▶似た者どうしは自然と親しくなるの意. エラスムスは『格言集』でこれとよく似た格言を1箇所に集めている: aequalis aequalem delectat「等しい者が等しい者を喜ばせる」; simile gaudet simili「似たものは似たものを喜ぶ」; semper similem ducit Deus ad similem「神は常に似た者を似た者に近づける」; semper graculus adsidet graculo「常にコクマルガラスはコクマルガラスの側にとまる」. *cf.* pares cum paribus facillime congregantur.
参考 類は友を呼ぶ

circuitus verbōrum
キルクイトゥス ウェルボールム
(幾つもの節からなる)周期文　[*cf.* Cic. *de Orat.* 3.51.198]
▶キケロは『弁論家について』の中で,昔の弁論家たちは,現在でも少なからぬ人々がそうであるように,(幾つもの節からなる)周期文,すなわち掉尾文を作ることができず,そうした文章を書く能力や意欲を持ったのはごく最近のことであると述べている.

citius, altius, fortius
キティウス アルティウス フォルティウス
より速く,より高く,より強く
▶この3語からなるフレーズがオリンピック大会のモットーに採用されたのは,国際オリンピック委員会が設立された1894年のことである.ピエール・ド・クーベルタンが,友人でドミニコ会神父だったアンリ・ディドンからこの言葉を譲り受けたとされる.

cīvis Rōmānus sum
キーウィス ローマーヌス スム
私はローマ市民だ　[Cic. *Verr.* II. 5.62.162]
▶『ウェッレス弾劾』第2回公判第5演説でキケロは,メッサナで総督ウェッレスによって拷問にかけられ処刑されたローマ市民の男が,アゴラの真ん中でむち打たれながらこの言葉を叫んでいたとし,ウェッレスの非道さを激しく糾弾している.通常,ローマ市民権を持つ者は,様々な法律によってそのような私的な拷問や処刑から保護されていた.

文法 civis Romanus ローマの市民 〈男 単数・主格 ＋ 形 男性・単数・主格〉/ sum (私は)〜である 〈動 直説法現在・一人称・単数〉

cōgitō ergō sum
コーギトー エルゴー スム
われ思う ゆえにわれ有り，私は考える それゆえ私は存在する
[*cf.* Descartes *Principia Philosophiae*, Pars Prima, vii]
▶近代哲学の父と呼ばれるルネ・デカルトが『方法序説』第 4 部 (1637 年) においてフランス語で述べた言葉 (je pense, donc je suis) のラテン語訳．『哲学原理』第 1 部 7 節 (1644 年) では ego cogito, ergo sum と言われている．学問において確実な基礎を打ち立てようとするならば，少しでも疑わしいものはすべて疑ってみなければならない．このような方法的懐疑の手続きによって，世界に存在するあらゆるものについて「私」は認識の正しさを疑うことができるが，その疑っている「私」自身だけは疑うことができない．この疑うことのできない疑っている「私」を学問の第 1 原理とする考え方を表している．

concordia discors
コンコルディア ディスコルス
不調和の調和 [Hor. *Ep.* 1.12.19]
▶友人イッキウスに宛てられた『書簡詩』第 1 巻・第 12 歌の中でホラティウスは，イッキウスが(おそらく)自分の富について不満を述べたことに対して，必要な物が手に入るならば貧乏ではないし，健康であるならばより大きな富を彼が得たとしても何も変わらないだろうと反論する．それと同時に，イッキウスが美徳を最高のものと考え，崇高な問題，すなわち quid velit et possit rerum concordia discors「事物の不調和の調和は何を意味し何(をなすこと)ができるのか」といった自然学の問題を探求していることを賞賛している．「不調和の調和」はギリシアの哲学者ヘラクレイトスの思想を想起させる言葉だが，この詩の中にはデモクリトスとエンペドクレスの名前が言及されるのみである．

conscia mens rectī fāmae mendācia rīsit

コンスキア メンス レクティー ファーマエ メンダーキア リーシト
(自分の)正しさを自覚している心は噂の虚偽を笑った　　[Ov. *F.* 4. 311]

▶オウィディウス『祭暦』第4巻で，自分自身は純潔であるのに不名誉な噂を流された女性クラウディア・クインタについて言われた言葉．

consuētūdō prō lēge servātur

コンスエートゥードー プロー レーゲ セルウァートゥル
慣習は法律として遵守される

▶伝統的な社会において長い間維持されてきた慣習はあたかも法律であるかのように守られる．

consule Plancō

コンスレ プランコー
プランクスが執政官(コンスル)の年に，私がまだ若かった時 [Hor. *Carm.* 3.14.28]

▶ホラティウス『歌集』第3巻・第14歌から採られた言葉．この詩は，アウグストゥスのスペインからの凱旋(前24年)を祝う歌として書かれている．ホラティウスは，その前半部(第1–第3スタンザ)では凱旋に関する公的な儀式について，後半部(第4–第7スタンザ)では私的な宴会の準備のために，幾つもの指図と命令を与えている．後半の宴会の準備に関する命令の中に，ネアイラ(売春婦か?)に急いでやって来させよ，という召使いに対する命令があるが，ホラティウスは，プランクスが執政官の年(前42年, 詩人は23歳)ならば，若さのせいで(彼女が遅れてやって来ることを)我慢できなかっただろうと述懐する．

consummātum est
コンスンマートゥム エスト
事終わりぬ，成し遂げられた　[新約聖書「ヨハネ伝」19 章 30 節]
▶十字架上のイエスの最後の言葉．

contemptus mundī
コンテンプトゥス ムンディー
世に対する蔑み
▶キリシタン本の一つで，1596 年(慶長 1 年)に刊行された信心書のタイトル．原著は，1420 年頃にドイツ生まれの宗教思想家トマス・ア・ケンピスによって書かれた『キリストに倣いて (*De Imitatione Christi*)』である．

contrāria contrāriīs cūrantur
コントラーリア コントラーリイース クーラントゥル
反対のものは反対のものによって治療される
▶アロパシー(逆症療法)の原理を表す言葉．治療すべき病気が引き起こす状態とは全く別の状態を生じさせることによって治療すること．*cf.* similia similibus curantur.

cor ad cor loquitur
コル アド コル ロクィトゥル
心が心に話しかける
▶カトリックに改宗し枢機卿になった，英国のカトリック神学者ジョン・ヘンリー・ニューマンのモットー．ニューマンの紋章に三つのハートマークと共にこの文句が刻まれている．

cōram nōbīs
コーラム ノービース
「われわれの前で」，自己誤審令状

▶同一裁判所に対して誤審を理由に再審理を申し立てること，またはその令状のこと．本来の形は error coram nobis.

Corpus Christī
コルプス クリスティー
キリストの身体
▶聖体の祝日(三位一体の祝日後の木曜日)のこと．また，テキサス州南部の町の名，ケンブリッジ大学とオックスフォード大学の学寮の一つの名前にもなっている．

corpus jūris
コルプス ユーリス
「法律の総体」，法大全，法律全書
▶ある国の法律を包括的に編纂したものを指す．Corpus Juris Civilis 市民[ローマ]法大全, Corpus Juris Canonici 教会[カノン]法大全，など．

crambē repetīta
クランベー レペティータ
繰り返しのキャベツ　[Juv. 7.154]
▶陳腐な話というほどの意味．ユウェナリス『諷刺詩』の原文では「繰り返しのキャベツは教師を殺す」となっている．「繰り返しの」とは「饗宴において繰り返し供される」の意味か．弁論術のクラスで学生が読んだばかりのテキストをそっくりそのまま読み上げ，詩にして歌う退屈な教師について言われたもの．
参考 二番煎じ

crēdat Jūdaeus Apella, nōn egō
クレーダト ユーダエウス アペッラ ノーン エゴー
ユダヤ人のアペッラは信じるかもしれないが，私は信じない

crede ut intelligas

[Hor. *S.* 1.5.100]
▶ホラティウス『諷刺詩集』第1巻・第5歌は,ホラティウスがアウグストゥスやマエケナスと共に歩いたアッピア街道の紀行文だが,その途上で通過した町グナティアの神殿にまつわる奇跡についてホラティウスが言った言葉.当時のローマには非常に多くのユダヤ人が住んでおり,ローマ人から信心深い人々であると見なされていた.アペッラとはユダヤ人に多い名前.

crēde ut intelligās
クレーデ ウト インテッリガース
(あなたは)知るために信じなさい
▶⇒ credo ut intelligam.

crēdō quia absurdum (est)
クレードー クィア アプスルドゥム (エスト)
不合理[不条理]であるがゆえに私は信じる　[*cf.* Tert. *Carn.* 5.4]
▶テルトゥリアヌスの言葉としてしばしば引用される句.宗教的な真理は,理性によって把握できるものではなく,信仰によってのみ把握できるとする信仰主義の立場を代表するモットー.しかし,テルトゥリアヌスが『キリストの肉体について』の中で,福音の物語(神の子イエス・キリストの刑死と復活)について実際に語った言葉は, prorsus credibile est, quia ineptum est「愚かしいがゆえに,全く信じられる」であり,これは福音の物語があまりに不条理であり,荒唐無稽であるがゆえに,人為的な作り話ではあり得ないという考えを述べたものである. *cf.* certum est quia impossibile (est).

crēdō quia impossibile
クレードー クィア インポッシビレ
不可能であるがゆえに私は信じる

▶⇨ certum est quia impossibile (est).

crēdō ut intelligam
クレードー ウト インテッリガム
私は知るために信じる
▶カンタベリー大司教アンセルムスの言葉.

crescit amor nummī quantum ipsa pecūnia crescit
クレスキト アモル ヌンミー クァントゥム イプサ ペクーニア クレスキト
金銭に対する愛は，金銭そのものが増えるだけ増大する　[Juv. 14.139]
▶諷刺詩人ユウェナリスは，大金持ちとして死ぬために貧乏人の生活をするような吝嗇を気違い沙汰であるとした上で，この引用句を述べる．また，金を持っていない人間が最も金を欲しがらない人間であるとも言っている．
文法 crescit 増える〈動 cresco の直説法現在・三人称・単数〉/ amor nummi 金銭への愛は〈男 単数・主格 ＋ 男 nummus の単数・属格〉/ quantum ～ほどの量〈中 単数・主格〉/ ipsa そのもの〈代 ipse の女性・単数・主格〉/ pecunia 金銭が〈女 単数・主格〉

crescit eundō
クレスキト エウンドー
進むにつれて増大[成長]する　[Lucr. 6.341]
▶ルクレティウス『物の本質について』第6巻の，雷の発生を説明する箇所の中で，物体(原子)の加速運動について言われたもの．この表現は比喩的に名声や評判についても用いられ (*cf.* fama crescit eundo)，米国ニューメキシコ州のモットーとなっている．
文法 crescit (それは)増大する〈動 cresco の直説法現在・三人称・単数〉/ eundo 進むことによって〈動 eo の動名詞・奪格〉

crīmen innōminātum
クリーメン インノーミナートゥム
名前の付いていない罪
▶人間同士の「肛門性交」や人間と動物の「獣姦」は「反自然的性交」として忌み嫌われ、この名前で呼ばれた．

crocum in Ciliciam ferre
クロクム イン キリキアム フェッレ
キリキアにサフランを運ぶ　[cf. Erasm. *Adagia* I ii 11]
▶キリキアは小アジア南東部の地方で、サフランの産地として知られていた．ある商品を売るために、わざわざ他の土地からその産地へ運ぼうとするような愚かな行為の譬えで、余計なことをする、あるいは、無駄なことをするの意．*cf.* Alcino poma dare / noctuas Athenas ferre.
参考 月夜に提灯

cucullus nōn facit monachum
ククッルス ノーン ファキト モナクム
頭巾は修道士を作らない，人は見かけで判断できない
▶シェイクスピア『十二夜』第1幕第5場に登場する道化の台詞から．また、『尺には尺を』第5幕第1場でも放埒な紳士ルーシオが同じ台詞を吐いている．*cf.* barbae tenus sapientes.
参考 人は見かけによらぬもの

cuī bonō
クイー ボノー
誰に[何に]とって良いこと(だったのか)　[Cic. *Amer.* 30.84; *cf.* Cic. *Mil.* 12.32]
▶キケロによれば、ローマ市民によって最も真正かつ賢明な裁判官とされたルキウス・カシウス・ロンギヌス(前127年の執政官)

は, 裁判において, ある犯行が「誰に[何に]とって良いことだったのか（＝利益となったのか）」を考えるのが常であったという. キケロはさらに, 人間は誰一人期待と利益もなく犯行に及ぶことはないと主張する.

cuī placet oblīviscitur, cuī dolet meminit
クイー プラケト オブリーウィスキトゥル クイー ドレト メミニト
嬉しい思いをした人は忘れ, 苦しい思いをした人は忘れない
[Cic. *Mur.* 20.42]
▶キケロ『ムレナ弁護』の原文では,「嬉しい思いをした人」と「苦しい思いをした人」は, それぞれ「裁判において勝った人」と「裁判において負けた人」の意味で使われている. 勝った人は勝利を忘れてしまうが, 負けた人は敗北を決して忘れない.

cūjus regiō ējus religiō
クーユス レギオー エーユス レリギオー
領地が属する者に宗教は属する
▶アウクスブルクの宗教和議 (1555年) で採択された原則. 領主が宗教を選ぶ権利をもち, 住民は領主の信仰に従うというもの.

cum laude
クム ラウデ
賞賛されて, 優秀な成績で, 優等で
▶卒業証書などに用いる句. ただし, summa cum laude, magna cum laude に続く第3位優等評価.

cum prīvilēgiō
クム プリーウィレーギオー
特権をもって, 許可されて
▶ある本が出版の許可を受けていること, 出版する権利を持って

いることを明示する表現として, しばしば用いられる.

cum tacent, clāmant
クム タケント クラーマント
彼らは黙っているが, 叫んでいるのだ　[Cic. *Cat.* 1.8.21]
▶『カティリナ弾劾』において, キケロが壇上から陰謀事件の首謀者カティリナに対して自発的に亡命するよう命じると, その場にいた元老院議員たちは一斉に沈黙する. 見出し句は, キケロがこの沈黙を同意(の叫び)であると断じて言った言葉.

cūria pauperibus clausa est
クーリア パウペリブス クラウサ エスト
元老院(の扉)は貧乏人たちには閉ざされている　[Ov. *Am.* 3.8.55]
▶元老院議員になるためには, 生まれの良さと官職経験の他に, 一定の経済的な資格を満たす必要があり, 財産を持たない者は元老院議員にはなれなかった.

currente calamō
クッレンテ カラモー
流れるペンで, 流れるような筆遣いで, 無造作に
▶単語と単語の間でペンを持ち上げることなく急いで書かれた手書き原稿について, あるいは, 注意深く考えることなしに書かれた内容について, このように形容される.

cursus honōrum
クルスス ホノールム
名誉(ある官職)の経歴, エリートコース
▶ローマ時代の政治的エリートが, 造営官から始めて最高官職である執政官に登り詰めるまでに歴任する一連の官職のこと.

D

dramatis personae　登場人物

dabit deus hīs quoque fīnem
ダビト デウス ヒース クォクェ フィーネム
神はこれらにも終わりを与えてくれる　[Verg. *A.* 1.199]
▶ウェルギリウス『アエネーイス』第1歌から採られた言葉で，「これら」とは，アエネアスたちが遭遇した様々な不幸のこと．女神ユノが風の神の王アエオルスに起こさせた嵐によって，アエネアスの艦隊は散り散りにされ，アエネアスが率いる七艘の船だけがカルタゴの入り江に漂着する．アエネアスは七頭の鹿をしとめ，仲間のもとに持ち帰り分け与えた後，仲間たちにこう語りかける：「おお，仲間たちよ，以前に不幸を知らない者ではないのだから，おお，もっと辛いことに耐えた者たちよ，神はこれら(の不幸)にも終わりを与えてくれる」．*cf.* forsan et haec olim meminisse juvabit.
文法 dabit 与えてくれる〈動 do の直説法未来・三人称・単数〉/ deus 神は〈男 単数・主格〉/ his これらに〈代 hic の中性・複数・与格〉/ quoque 同じく 副 / finem 終わりを〈男 finis の単数・対格〉

dā locum meliōribus
ダー ロクム メリオーリブス

より立派な人に譲りなさい　[Ter. *Phorm.* 522]
▶テレンティウスの喜劇『ポルミオ』第3幕第2場で，高い値段で買い受けてくれる者に女を売ろうとしている置屋主が，その女に惚れており彼女を売らないようにと懇願する若者パエドリアに対して言った言葉．
文法 da 与えよ 〈動 do の命令法現在・二人称・単数〉/ locum 場所を 〈男 locus の単数・対格〉/ melioribus より立派な人に 〈形 melior の複数・与格〉

damnōsa hērēditās
ダムノーサ ヘーレーディタース
不利益な相続物，厄介な継承物
▶死亡した親の負債や借金等，利益よりむしろ不利益をもたらす相続物のこと．比喩的な意味では，先祖に犯罪者があるような場合に，子孫が先祖の不名誉を負の遺産として相続することなどについていう．

damnum absque [sine] injūriā
ダムヌム アブスクェ [シネ] インユーリアー
権利侵害[違法]のない損害，賠償請求の認められない損害
▶事実上ある人の行為が原因となって生じた損害であっても，その人に対して法的な責任を問えないような損害のこと．

damnum fātāle
ダムヌム ファーターレ
運命による[避けられない]損害，不可抗力による損害
▶例えば，地震，落雷，台風等の自然災害によって生じた損害のこと．

date et dabitur vōbīs
ダテ エト ダビトゥル ウォービース
与えよ，さらば与えられん　[新約聖書「ルカ伝」6 章 38 節]
文法 date 与えよ〈動 do の命令法現在・二人称・複数〉/ et そうすれば 接 / dabitur (それは)与えられるだろう〈動 do の受動相・直説法未来・三人称・単数〉/ vobis あなたがたに〈人代 二人称・複数・与格〉

Dāvus sum, nōn Oedipūs
ダーウゥス スム，ノーン オエディプース
私はダーウスだ，オイディプスではない　[Ter. *And.* 194]
▶テレンティウスの喜劇『アンドロス島の女』に登場する奴隷ダーウスが自分自身について言った言葉．オイディプスはソフォクレスの悲劇で有名なテーバイ王．私は普通の人間(奴隷)であり，たいそうな人物(英雄)ではないというほどの意味．

dē asinī umbrā disceptāre
デー アシニー ウンブラー ディスケプターレ
ロバの陰について口論する　[*cf.* Erasm. *Adagia* I iii 52]
▶些細なことで争う，つまらないことで口論[喧嘩]をする，の意．*cf.* de lana caprina rixari.

deciens repetīta placēbit
デキエンス レペティータ プラケービト
10 回繰り返し(見られ)ても喜びを与える　[Hor. *P.* 365]
▶絵画を詩歌に比較する試みは古くからあるが，ホラティウスも『詩論』の中で詩歌を絵画に比較している (*cf.* ut pictura poesis)．ホラティウスによれば「より近づいてみるとよく分かる絵もあれば，遠く離れてみた方がよく分かる絵もある．暗いところで見られるべき絵もあれば，光のもとで見られるべき絵もある．一度だけしか喜びを与えない絵画もあれば，あるものは 10 回繰り返し

見られても喜びを与える」という. *cf.* crambe repetita.

decus et tūtāmen
デクス エト トゥーターメン
栄誉と防御　[Verg. *A.* 5.262]
▶ウェルギリウス『アエネーイス』から採られた言葉. 第5歌の「船の競争」で第2位の栄冠に輝いた勇者ムネーステウスに対してアエネアスは, かつて自分が敵軍の勇者デモレオスから奪い取った豪華な鎧を「勇者にとっての栄誉と(戦いにおける)防御」として与えた. なお, この言葉は英国の1ポンド硬貨の縁にモットーとして記されている.

dē factō
デー ファクトー
事実上(の), 現実[実際]に[の], 事実の問題として[の]
▶反対語 de jure との対立から, しばしば「本来そうであるべきでは必ずしもないが」という含意を込めて用いられる.

dē fidē
デー フィデー
「信条に関する(事柄, 問題)」, 信仰箇条として守るべき
▶神によって啓示され, 無条件に信じることが義務づけられる教義について用いられる.

dēgenerēs animōs timor arguit
デーゲネレース アニモース ティモル アルグイト
恐れるということは卑しい心の証拠である　[Verg. *A.* 4.13]
▶ウェルギリウス『アエネーイス』第4歌から採られた言葉. カルタゴに漂着したアエネアスが自分の苦難に満ちた亡命の旅路をディードに語って聞かせた翌日, ディードがアエネアスの美貌と

勇敢な振る舞いについて姉妹のアンナに語った言葉の一部. 過酷な運命にアエネアスは恐れることなく果敢に立ち向かったというのが, すでにアエネアスに恋していたディードの感想であろう.
文法 degeneres animos 卑しい心を〈形 degener の男性・複数・対格 ＋ 男 animus の複数・対格〉/ timor 恐れは〈男 単数・主格〉/ arguit 証明する〈動 arguo の直説法現在・三人称・単数〉

dē gustibus nōn est disputandum
デー グスティブス ノーン エスト ディスプタンドゥム
好み[嗜好]について論争すべきではない
▶*cf.* suum cuique pulchrum est.
参考 蓼食う虫も好きずき

Deī jūdicium
デイー ユーディキウム
神の審判[裁判], 神盟裁判
▶神が正しいものを助ける(無事であれば無罪である)という迷信に基づく, チュートン民族の裁判法. 容疑をかけられた者に宣誓をさせた上, 水や火等による試練を課し, その結果によって有罪無罪を判断するという点で, 日本における探湯(くかたち)にも似ている.

dē jūre
デー ユーレ
(正当な)権利によって[による], 正当に[な], 法律上(の), 権利上当然(の), 法律[権利]の問題として[の]
▶⇔ de facto.

dē lānā caprīnā rixārī
デー ラーナー カプリーナー リクサーリー
山羊の羊毛について争うこと   [Hor. *Ep.* 1.18.15]

▶ホラティウス『書簡詩』第1巻・第18歌から採られた言葉. 山羊が羊毛を生やさないことは自明の事実であるが,「山羊の羊毛」は可能であるかどうかについて大真面目に議論する哲学者もいる.「どうでもよい問題を巡ってつまらない論争をすること」の譬え. *cf.* ab asino lanam.

dēlenda est Carthāgō
▶⇨ Carthago delenda est.

dē minimīs nōn cūrat lex
デー ミニミース ノーン クーラト レクス
法律は些事に関わらない
▶裁判によって解決を試みるには値しない些細な問題について, 訴えを却下する場合に用いられる.

dē mortuīs nīl nisi bonum
デー モルトゥイース ニール ニシ ボヌム
死んだ者たちについて良いこと以外は何も(語るべきではない)
[*cf.* Erasm. *Adagia* III x 69]
▶ギリシア語の「死者の悪口を言うな」をラテン語に訳したもの. de mortuis nil nisi verum「死んだ者たちについて真実以外は何も」という言い換えもある.
参考 死者にむち打つな

dē nihilō nihil, in nihilum nīl posse revertī
デー ニヒロー ニヒル イン ニヒルム ニール ポッセ レウェルティー
▶⇨ gigni de nihilo nihilum, in nihilum nil posse reverti.

Deō Optimō Maximō
デオー オプティモー マクシモー

至善至高の神へ，最善にして最大なる神(のため)に
▶optimus maximus はもともとはユピテルに付けられた形容辞で，見出し句は，芸術作品や建築物をその作者が神に捧げる際の決まり文句．略形 D.O.M. はフランス ベネディクティン社製のリキュールの名前にもなっている．

deōrum cibus (est)
デオールム キブス (エスト)
(それは)神々の(ための)食物である　[*cf.* Erasm. *Adagia* I viii 88]
▶神々にのみ相応しい最高の料理や宴会，あるいは最高の見世物や催しについて言われる．

dēprendī miserum est
デープレンディー ミセルム エスト
捕まることは悲惨である　[Hor. *S.* 1.2.134]
▶ホラティウス『諷刺詩集』第1巻・第2歌の末尾から採られた言葉．原文のコンテキストで「捕まる」とは，間男が不義密通の犯人として捕まえられることを指す．このような形で捕まえられた男には罰金や不名誉な刑罰が待っていた．

dē profundīs
デー プロフンディース
深き淵より，深い淵の底から
▶旧約聖書「詩篇」130篇(ラテン語訳聖書 Vulgata では 129 篇)冒頭の言葉．「悲しみ・絶望のどん底から(神を呼び求める)」の意．

dē rērum nātūrā
デー レールム ナートゥーラー
物の本質について，事物の本性について
▶ルクレティウス作の哲学詩のタイトル．

dēsine fāta deum flectī spērāre precandō
デーシネ ファータ デウム フレクティー スペーラーレ プレカンドー
神々の決めた運命が懇願によって変えられることを望むのはやめよ [Verg. *A.* 6.376]
▶ウェルギリウス『アエネーイス』第6歌における巫女の言葉から採られたもの．巫女の導きによって冥界へと足を踏み入れたアエネアスは，冥界の渡し守カロンの渡し場までやって来る．そこで，遺体が未だ埋葬されていないがゆえに冥界の川を渡ることができずにいる多くの魂の中に，イタリアへと向かう航海の途上行方不明になっていた舵取りパリヌールスを見いだす．彼は，船の舵もろとも荒波に振り落とされた後，三日三晩海上をさまよい，四日目にイタリアへ漂着したが，そこで残忍な人々によって殺されたという．パリヌールスの魂は，遺体がまだ浜辺にあることをアエネアスに告げ，遺体の埋葬を願うと共に，できることならば今すぐにでも川を渡らせてもらえるようにと嘆願する．これを聞いた巫女が見出し句の言葉を言って，パリヌールスに冥界の川を見ることを禁止する．
文法 desine sperare 望むのはやめよ〈動 desino の命令法現在・二人称・単数 ＋ 動 spero の不定法現在〉/ fata deum flecti 神々の運命が変えられる(ことを)〈中 fatum の複数・対格 ＋ 男 deus の複数・属格 ＋ flecto 動 の受動相・不定法現在〉/ precando 懇願することによって〈動 precor の動名詞・奪格〉

dēsinit in piscem mulier formōsa supernē
デーシニト イン ピスケム ムリエル フォルモーサ スペルネー
上半身は美しい女性が(下半身は醜い)魚に終わる [Hor. *P.* 4]
▶ホラティウスは『詩論』の冒頭で，全体の均整を欠き調和の取れていないでき損ないの詩作品を，このような女の怪物の容姿に譬えている．この怪物の姿が原文では詳しく描写されている：「もしも，ある画家が人間の頭部に馬の首をつなぎ合わせ，四肢には

至る所から集められた多種多様な羽根を着せることを望み，その結果，上半身は美しい女性が(下半身は醜く恐ろしい)魚に終わるならば，招待されて(こんな絵を)見たとき，友人たちよ，君たちは笑いをこらえられるだろうか？」
文法 desinit 終わる 〈動 desino の直説法現在・三人称・単数〉/ in piscem 魚に 〈前 in + 男 piscis の単数・対格〉/ mulier formosa 美しい女性が 〈女 単数・主格 + 形 formosus の女性・単数・主格〉/ superne 上は 副

dēsipere in locō
▶⇨ dulce est desipere in loco.

dēsunt cētera
▶⇨ cetera desunt.

dē tē fābula narrātur
▶⇨ mutato nomine, de te fabula narratur.

deum colit quī nōvit
デウム コリト クィー ノーウィト
神を知る者は神を敬う　[Sen. *Ep.* 95.47]
▶セネカは友人ルキリウスに宛てた『道徳書簡』において，この言葉を言った直後の部分で，無償で恩恵を施す神の本性を知性によって理解しなければ進歩がないこと，神々の好意を得たければ善き人であるべきこと，神々を真似る者は神々を敬う者であることを説いている．
文法 deum 神を 〈男 deus の単数・対格〉/ colit 敬う 〈動 colo の直説法現在・三人称・単数〉/ qui ～するところの(人) 〈関代 男性・単数・主格〉/ novit 知っている 〈動 nosco の直説法完了・三人称・単数〉

Deus absconditus
デウス アプスコンディトゥス
隠れたる神　[旧約聖書「イザヤ書」45章15節]
▶聖書該当箇所の邦訳(新共同訳)によれば「まことにあなたは御自分を隠される神/イスラエルの神よ, あなたは救いを与えられる」となっている.

Deus det (nōbīs pācem)!
デウス デト (ノービース パーケム)
神が(私たちに平和を)与えてくれますように!

deus ex māchinā
デウス エクス マーキナー
機械仕掛けの神
▶古代演劇の(通常)最後の場面で, クレーンのような機械によって舞台に登場した神. 転じて, 哲学の議論などの困難な局面において突然導入され, 不自然かつ強引な解決をもたらすもの.

Deus misereātur
デウス ミセレアートゥル
神(われらを)憐れみたまわんことを,　神が私たちに憐れみをかけてくださいますように　[旧約聖書「詩篇」67篇1節(ラテン語訳聖書 Vulgata では66篇2節)]

Deus nōbīscum, quis contrā
デウス ノービースクム クィス コントラー
神もしわれらの味方ならば 誰かわれらに敵せんや, もし神が私たちの味方であるならば 誰が私たちに敵対できるだろうか　[新約聖書「ロマ書」8章31節]

deus nōbīs haec ōtia fēcit
デウス ノービース ハエク オーティア フェーキト
神が私たちにこの平安(閑暇)を与えてくれたのです [Verg. *Ecl.* 1.6.]
▶ウェルギリウス『牧歌』第1歌に登場する牧夫ティテュルスの言葉から．字義通り読めば，牧夫である自分に気ままな暮らしを与えてくれたのは神だというほどの意味になるが，古来，この「ティテュルス」は詩人ウェルギリウス自身を,「神」はマントゥアで土地没収の憂き目に遭ったウェルギリウスを苦境から救ったアウグストゥス(オクタウィアヌス)を寓意的に暗示すると解釈されている．

Deus vōbīscum
デウス ウォービースクム
神があなたたちと共にあらんことを

Deus vult
デウス ウゥルト
神が望みたもう
▶第1回十字軍のモットー．

dictum sapientī sat est
ディクトゥム サピエンティー サト エスト
賢者には一言で十分である [Plaut. *Pers.* 729; Ter. *Phorm.* 541]
▶この句は様々な省略形や語順のヴァリエーションで引用されるが，プラウトゥスとテレンティウスの原文では一致して見出し句のとおりになっている．*cf.* verbum sat sapienti (est).
参考 一を聞いて十を知る
文法 dictum 一言は〈中 単数・主格〉/ sapienti 賢者にとって〈男 sapiens の単数・与格〉/ sat est 十分である〈不変化・中 単数・主格 + 動 sum の

diem perdidi

直説法現在・三人称・単数〉

diem perdidī
ディエム ペルディディー
私は一日を失った　[Suet. *Tit.* 8]
▶スエトニウス『ローマ皇帝伝』によれば，その情け深さで民衆に好かれた皇帝ティトゥスは，自分に会いに来た人々に常に何らかの約束を与え，希望を与えて帰していたが，誰にも何も与えなかった日は，後悔して「私は一日を無駄にした」と言ったという．

diēs īrae
ディエース イーラエ
怒りの日，最後の審判の日
▶死者たちのためのミサ曲(レクイエム)中のこの句で始まる部分．

difficile est satiram nōn scrībere
ディッフィキレ エスト サティラム ノーン スクリーベレ
諷刺詩を書かない(でいる)ことは難しい　[Juv. 1.30]
▶ユウェナリスは『諷刺詩』第1巻の冒頭でこう言って，自分がどうして諷刺詩を書くに至ったのか，その理由を述べている．すなわち，当時のローマでは，才能のない詩人たちの詩人気取り，政治と倫理の退廃，倒錯的な風俗，成上り者，偽弁護士，密告者等が蔓延っており，諷刺の力で嘲笑することによって正すべき事例に事欠かなかったと言うのである．
文法 difficile 難しい〈形 difficilis の中性・単数・主格〉/ est 〜である〈動 sum の直説法現在・三人称・単数〉/ satiram 諷刺詩を〈女 satira の単数・対格〉/ non scribere 書かない(こと)〈副 non + 動 scribo の不定法現在〉

diī mājōrum gentium
ディイー マーヨールム ゲンティウム

より偉大な種族の神々　[Cic. *Tusc.* 1.13.29]
▶キケロは『トゥスクルム荘対談集』で，もし古いギリシア人の記録を調べてみるならば，「より偉大な種族の神々」でさえ，もともと人間が神格化された結果であることが分かるだろうと言っている．このように神話の神々の起源を偉大な人間の神格化とする考えは，ギリシアの哲学詩人エウヘメロスに由来することから，「エウヘメロス説」と呼ばれる．
文法 dii 神々〈男 deus の複数・主格〉/ majorum gentium より偉大な種族の〈形 major の女性・複数・属格 ＋ 女 gens の複数・属格〉

dīmidium factī, quī coepit, habet

ディーミディウム ファクティー クィー コエピト ハベト
すでに始めてしまった人は，物事の半分を達成している　[Hor. *Ep.* 1.2.40]
▶ホラティウス『書簡詩』第1巻・第2歌は，ホメロスを読んだホラティウスが友人のロリウスに様々な助言を与える書簡の形を取っている．見出し句はそれらの助言の一つ．良いことはなかなか始められないものだが，ひとたび上手に始めるならばきっとうまくいくだろうというほどの意味．プラトン『法律』(753E) にも見られるギリシア語の格言 ἀρχὴ ἥμισυ παντός をラテン語に訳したもの．
参考 始め半分

dī nōs quasi pilās hominēs habent

ディー ノース クァシ ピラース ホミネース ハベント
神々は我々人間をまるでボールのように扱う　[Plaut. *Cap.* 22]
▶プラウトゥスの喜劇『捕虜』の前口上において，劇の設定と登場人物の関係を説明する際に言われた言葉．アエトリアの老人ヘギオは，かつて息子の一人をさらわれたことがあったが，今回はもう一人の息子がアリスとの戦争中に捕虜となる．その息子を人

dira Necessitas

質交換で取り返すためアリス出身の捕虜の若者を探して買い取るが,その若者が実はヘギオのかつてさらわれた息子だった.
参考 運命のいたずら
文法 di 神々は〈男 deus の複数・主格〉/ nos homines 我々人間たちを〈人代 一人称・複数・対格 ＋ 男 homo の複数・対格〉/ quasi pilas まるでボールのように〈接 quasi ＋ 女 pila の複数・対格〉/ habent 扱う〈動 habeo の直説法現在・三人称・複数〉

dīra Necessitās

ディーラ ネケッシタース
恐ろしい必然(の女神) [Hor. *Carm.* 3.24.6]
▶『歌集』第3巻・第24歌の冒頭でホラティウスは「君がアラビアや豊かなインドが持つ,未だ手つかずの財宝よりも豊かな者となり,ティレニアの海とアプリアの海を石で覆うとしても,恐ろしい必然(の女神)がダイヤモンドの釘を(君の家の)屋根の天辺に打ち込むならば,君は心を恐怖から,頭を死の束縛から解放することはできない」と歌い,人間の飽くなき所有欲と支配欲の空しさを説いている.

dīrigō

ディーリゴー
われ導く,私は先達となる
▶米国メイン州のモットー.

dīs aliter vīsum

ディース アリテル ウィースム
神々には別様に思われた,神々の考えは異なった [Verg. *A.* 2.428]
▶ウェルギリウス『アエネーイス』第2歌中,トロイアの勇者たちの中でも並ぶものなき正義の人であったリーペウスが,ギリシ

ア人の手にかかって殺される場面に付された詩人自身のコメント．人々には正義の人であると思われていたのに，神々にはそうは思われていなかった(それゆえ死の運命が待っていた)，の意．
文法 dis 神々には〈男 deus の複数・与格〉/ aliter 異なって 副 / visum (est) 思われた〈動 video の受動相・直説法完了・三人称・単数〉

disjecta membra
ディスイェクタ メンブラ
散らばった四肢   [*cf.* Ov. *M.* 3.724]
▶オウィディウス『変身物語』の原文では，八つ裂きにされたペンテウスの四肢のこと．オウィディウスによれば，ペンテウスの右腕はアウトノエが，左腕はイノがもぎ取り，引きちぎられた四肢の傷口を母親に見せながら哀願するペンテウスからその首をもぎ取ったのは，母親アガウエであった．この言葉は，文学作品などの散乱した断片や断片的な引用を指して言われることもある．

disjectī membra poētae
ディスイェクティー メンブラ ポエータエ
引きちぎられた詩人の手足   [Hor. *S.* 1.4.62]
▶ホラティウス『諷刺詩集』第1巻・第4歌から採られた言葉．ギリシアの伝説的詩人オルフェウスは，バッコスの女信徒たちによって体を八つ裂きにされたが，その頭はレスボス島に流れ着いた時もなお歌を歌っていたという．そのように，本物の詩人の歌は韻律を取り去ってもやはり詩になっているという意味．ホラティウスの原文では「今は私(ホラティウス)が，かつてはルキリウスが書いた詩行から，たとえあなたが規則的なリズムと形式を取り去り，前にある言葉を後に，最後の言葉を最初に置いたとしても…あなたは引きちぎられた詩人の手足を見いだしはしないだろう」となっている．

dītat Deus
ディータト デウス
神は富ませたもう
▶米国アリゾナ州のモットー．

dīvide et imperā
ディーウィデ エト インペラー
分割して統治せよ　[*cf.* Liv. 2.44]
▶新約聖書「マタイ伝」12章25節に「どんな国でも内輪で争えば，荒れ果ててしまい，どんな町でも家でも，内輪で争えば成り立って行かない」(新共同訳) というイエスの言葉がある．将軍や支配者の観点に立てば，敵国や被支配者たちの間に利害の矛盾と不和の原因を作ることは，戦争と支配における成功の鍵の一つであろう．この言葉はしばしば紀元前2世紀のローマの支配原理として引用されるが，フランス国王ルイ11世のモットーにもなった．divide ut imperas「(お前は)統治するために分割せよ」という言い方もある．

docendō discimus
ドケンドー ディスキムス
私たちは教えることによって学ぶ　[*cf.* Sen. *Ep.* 7.8]
▶セネカは『道徳書簡』第7番の中で，大衆との交わりを警戒すべきことと説いているが，それゆえ多数者を憎んだり彼らと敵対すべきではなく，むしろ，自分自身に戻るべきであり，自分自身を向上させてくれる人々と交わるべきである，と言う．また，向上させるということは相互になされるものであるが，それは homines dum docent discunt「人々は教えながら学ぶ」からである，とも言っている．
文法 docendo 教えることによって 〈動 doceo の動名詞・奪格〉/ discimus (私たちは)学ぶ 〈動 disco の直説法現在・一人称・複数〉

doctor utriusque lēgis

ドクトル ウトリウスクェ レーギス

いずれの法にも通じた学者

▶民法(ローマ法)と教会法の双方に通じた学者の意. *cf.* corpus juris.

Domine, dīrige nōs

ドミネ ディーリゲ ノース

主よ, われらを導きたまえ

▶ロンドン市のモットー.

Dominus illūminātiō mea

ドミヌス イッルーミナーティオー メア

主はわが光なり [旧約聖書「詩篇」27篇1節(ラテン語訳聖書 Vulgata では 26 篇 1 節)]

▶オックスフォード大学のモットー.

Dominus vōbīscum

ドミヌス ウォービースクム

主があなたたちと共にあらんことを

▶ミサにおける司祭の挨拶の言葉. *cf.* Deus vobiscum.

domus et placens uxor

ドムス エト プラケンス ウクソル

家と可愛い妻 [Hor. *Carm.* 2.14.21-22]

▶ホラティウス『歌集』第 2 巻・第 14 歌から採られた言葉. この詩の中でホラティウスは, 時間が容赦なく過ぎ去り, 何人も死の運命を免れえないことを述べた後,「土地も家も可愛い妻も置いて行かねばならない. あなたが世話をしている木々のうち, 糸杉を除けば, 何一つあなたについて行くものはない」と言ってい

る. なお, ここで糸杉が例外とされているのは, 火葬に用いられる木だから. *cf.* eheu! fugaces labuntur anni.

donā eīs requiem
ドナー エイース レクィエム
彼(女)らに安息を与えたまえ
▶死者のためのミサ曲中の一節.

donā nōbīs pācem
ドナー ノービース パーケム
われらに平安を与えたまえ
▶ミサ曲 Agnus Dei (神羔誦) の最後の一節. 通常「神の小羊, 世の罪を除きたもう主よ, われらを憐れみたまえ」を2回以上繰り返した後,「われらに平安を与えたまえ」で終わる.

dōnec eris fēlix, multōs numerābis amīcōs
ドーネク エリス フェーリクス ムルトース ヌメラービス アミーコース
幸福である間, あなたは多くの友人を数えることでしょう   [Ov. *Tr.* 1.9.5]
▶オウィディウス『悲しみの歌』第1巻・第9歌から採られた言葉. この次の行に「雲行きが怪しくなれば, 君は独りぼっちになるだろう」とあり, 見出し句の意味は「あなたの周りに友人が群がって来るのはあなたが羽振りのよい間だけだ」ということになる. *cf.* felicitas multos habet amicos.
参考 金の切れ目が縁の切れ目
文法 donec ～している間は 接 / eris (あなたが)～であるだろう 〈動 sum の直説法未来・二人称・単数〉/ felix 幸福な 〈形 単数・主格〉/ multos amicos 多くの友人たちを 〈形 multus の男性・複数・対格 ＋ 男 amicus の複数・対格〉/ numerabis (あなたは)数えるだろう 〈動 numero の直説法未来・二人称・単数〉

dōnō dedit
ドーノー デディト
(彼(女)はこれを)贈り物として与えた, …謹呈
▶献呈本の献呈者名の前に使われる句. 略 d.d.

dormītat Homērus
▶⇨ aliquando bonus dormitat Homerus.

drāmatis persōnae
ドラーマティス ペルソーナエ
(演劇の)登場人物(たち), 登場人物の一覧

dūcunt volentem fāta
ドゥークント ウォレンテム ファータ
運命は望む者を導く　[Sen. *Ep.* 107.11]
▶神の定めと万物の秩序を受け入れるべきことを説いた一節から採られた言葉. セネカ『道徳書簡』の原文によれば ducunt volentem fata, nolentem trahunt「運命は望む者を導くが, 望まない者は引きずってゆく」となっており, この箇所は, ギリシアのストア哲学者クレアンテスのギリシア語の詩句からセネカ自身が翻訳したもの. キケロも同じ詩句を翻訳したと言われているが伝存しない.

dulce bellum inexpertīs
ドゥルケ ベッルム イネクスペルティース
(戦争を)知らない者たちにとって戦争は喜ばしいものである [Veg. *Mil.* 3.12; *cf.* Erasm. *Adagia* IV i 1]
▶4世紀の兵学著述家ウェゲティウスによれば, 戦いを開始する日に新兵がたとえ戦闘への強い意欲を示しても, これを信じてはいけない. なぜなら, 実際の戦争を知らない者たちにとって, 戦

争は喜ばしいものであるからだという.

dulce est dēsipere in locō
ドゥルケ エスト デーシペレ イン ロコー
しかるべき場で分別を失うことは喜びである　[Hor. *Carm.* 4.12.28]
▶ホラティウス『歌集』第4巻・第12歌の末尾から採られた言葉. ホラティウスは, 詩の前半部分で春の訪れと陽気な気分を描写し, 後半部分で, 自分がワインを提供するから何か香料のようなものを持って来いと告げる形で, ウェルギリウス(『アエネーイス』の作者のウェルギリウスとは別人か?)を宴会に誘う. 原文によれば「躊躇するな, 金儲けはやめよ. 黒い(火葬の)炎(が我々を待っていること)を忘れず, (このようなことが)できる間に, 分別の心にちょっとした愚かさを混ぜてみなさい. しかるべき時に分別を失うことは楽しいことだ」となっている.

dulce et decōrum est prō patriā morī
ドゥルケ エト デコールム エスト プロー パトリアー モリー
祖国のために死ぬことは喜ばしく美しい　[Hor. *Carm.* 3.2.13]
▶『歌集』第3巻・第2歌の中でホラティウスは, ギリシアの詩人テュルタイオスのエレゲイア τεθνάμεναι γὰρ καλὸν ἐνὶ προμάχοισι πεσόντα ἄνδρ' ἀγαθὸν περὶ ἧι πατρίδι μαρνάμενον「戦士たちの間で勇敢な男が祖国のために戦い倒れて死ぬことは美しい」(Fr.10.1-2)をふまえて,「祖国のために死ぬことは喜ばしく美しい. 死は(戦を)逃げる男をも追いかけ, 戦いを好まない若者の膝と臆病な背中を見逃しはしない」と歌った.

文法 dulce 喜ばしい〈形 dulcis の中性・単数・主格〉/ et そして 接 / decorum 美しい〈形 decorus の中性・単数・主格〉/ est ～である〈動 sum の直説法現在・三人称・単数〉/ pro patria 祖国のために〈前 pro + 女 patria の単数・奪格〉/ mori 死ぬ(こと)〈動 morior の不定法現在〉

dum fāta sinunt, vīvite laetī

ドゥム ファータ シヌント ウィーウィテ ラエティー

運命が許す間は，(あなたたちは)幸せに生きるがよい　[Sen. *Herc. f.* 178]

▶セネカの悲劇『狂えるヘラクレス』中の(テーバエの人々からなる)合唱隊が歌う場面から採られた言葉．合唱隊は「運命の女神たちが人間たちに幸せに生きることを許してくれる時間は短い．それゆえ運命が許す間は(あなたたちは)幸せに生きる(人生を楽しむ)べきだ．(しかし)人間の種族は身の程を知らず(死に至る自分の)運命に向かって進んでいく」と歌っている．

文法 dum 〜する間に 接 / fata 運命が 〈中 fatum の複数・主格〉/ sinunt 許す 〈動 sino の直説法現在・三人称・複数〉/ vivite (あなたがたは)生きなさい 〈動 vivo の命令法現在・二人称・複数〉/ laeti 幸せな 〈形 laetus の男性・複数・主格〉

dum loquor hōra fugit

ドゥム ロクォル ホーラ フギト

私が話している間にも，時間は逃げ去る　[Ov. *Am.* 1.11.15]

▶オウィディウス『恋の歌』第1巻・第11歌で，詩人が恋人のコリンナに宛てた恋文を下女の一人に手渡しながら言った言葉．さらに，コリンナが手紙を読み終わったら，すぐに返事を書かせるようにとも言っている．

dum spīrō, spērō

ドゥム スピーロー スペーロー

命あるかぎり希望あり　[*cf.* Cic. *Att.* 177.3 (=9.10.3); Erasm. *Adagia* II iv 12]

▶『アッティクス宛書簡集』でキケロは「命がある限り病人は希望を持つと言われるように (ut aegroto, dum anima est, spes esse dicitur)，そのように私はポンペイウスがイタリアにいる間

は希望を捨てなかった. まさにこのことが私の判断を誤らせたのだ」と言っている. 古代では「希望」という言葉がこのように「空しい希望」というネガティブな意味で用いられることが多い. 見出し句はポジティブな意味で, 米国サウスカロライナ州のモットーの一つとなっている.

dum vīvimus, vīvāmus
ドゥム ウィーウィムス ウィーウァームス
(私たちは)生きている間, 生きようではないか　[*cf.* Catul. 5.1-6]
▶エピクロス主義者たちのモットー. 人間の一度きりの人生は短く, せめて生きている間は楽しむべきである, の意. ⇨ vivamus, mea Lesbia, atque amemus.

dux fēmina factī
ドゥクス フェーミナ ファクティー
(その)事件の指導者[首謀者]は女性(だった)　[Verg. *A.* 1.364]
▶ウェルギリウス『アエネーイス』第1歌で, カルタゴに漂着したアエネアスの目の前に女神ウェヌスが女狩人の姿で現れ, カルタゴの王国とその支配者ディードについて説明する. 見出し句は, ディードが祖国を脱出した事件について言われたものである. 富に目がくらんだ兄弟ピュグマリオンに夫シュカエウスを暗殺されたディードは, 夫の亡霊によって殺害の事実を知らされ, 祖国テュロスからの亡命を勧められると, 密かにピュグマリオンの財宝を奪って仲間と共に船出するという大胆な行動に出る. このディードの行動について, 女神ウェヌスは「(その)事件の首謀者は女性だった」と言った.

E

expende Hannibalem
ハンニバルを秤に掛けてみよ

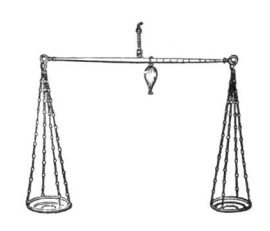

ecce agnus Deī
エッケ アグヌス デイー
見よ，神の子羊だ　[新約聖書「ヨハネ伝」1章29節]
▶イエスが近づいてくるのを見て洗礼者ヨハネが群衆に言った言葉. ⇨ agnus Dei.

ecce homō
エッケ ホモー
見よ，この人なり　[新約聖書「ヨハネ伝」19章5節]
▶いばらの冠をかぶったイエスを指してユダヤ総督ピラトが民衆に言った言葉．いばらの冠をいただいたキリストの画像の題名として用いられる．また，ドイツの哲学者ニーチェの自伝のタイトルにもなった．

ecce iterum Crispīnus
エッケ イテルム クリスピーヌス
見よ，またしてもクリスピーヌスだ　[Juv. 4.1]
▶エジプト出身の外国人で卑賎の出であったクリスピーヌスは，ドミティアヌス帝の寵愛を得て騎士階級まで登り詰め，悪徳の限

りを尽くしたと言われ，ユウェナリスの諷刺詩の格好の標的となっている．

ēditiō princeps
エーディティオー プリンケプス
初版，印刷初版，最初の印刷本
▶特別な用法としては，印刷が普及する以前に手写本で読まれていた本が初めて印刷され，印刷本として流通するようになった場合に用いられる．

ē flammā cibum petere
エー フランマー キブム ペテレ
炎の中から食物を求める　　[Ter. *Eun.* 491]
▶テレンティウスの喜劇『宦官』から採られた言葉．ここで「炎」とは祭壇の炎を意味し，この引用句は，生きるために祭壇のお供え物にさえ手を出すこと，すなわち，宗教的・倫理的なタブーを犯してまでも必死に生活するという意味になる．
参考 貧すれば鈍する

egō sum rex Rōmānus et super grammaticam
エゴー スム レクス ローマーヌス エト スペル グランマティカム
余はローマ人の王であり文法を超えた存在である
▶コンスタンツの公会議 (1414 年) に臨んだ神聖ローマ皇帝ジギスムントが，Date operam ut illa nefanda schisma eradicetur「あの忌まわしき分裂を根絶すべく尽力せよ」と言い，名詞 schisma「分裂」の性を間違えたため，その場でこれを聞いた枢機卿が Domine schisma est generis neutrius「陛下, schisma は中性名詞でございます」と指摘した．見出し句は，それに対して皇帝自身が言った言葉とされる．*cf.* Caesar non supra grammaticos.

ēheu! fugācēs lābuntur annī
エーヘウ フガーケース ラーブントゥル アンニー
ああ，年月は逃れ，流れ去る　[Hor. *Carm.* 2.14.1]
▶ホラティウス『歌集』第2巻・第14歌の冒頭から採られた言葉. この詩は，時間が容赦なく過ぎ去り，老いと死を免れることは叶わず，誰でもいつかは愛おしいものすべてに別れを告げなければならないという人間の悲しい運命を歌ったものである. *cf.* domus et placens uxor.

ēmollit mōrēs, nec sinit esse fērōs
エーモッリト モーレース ネク シニト エッセ フェーロース
性質を和らげ，野蛮であることを許さない　[Ov. *Pont.* 2.9.48]
▶トラキア王コテュスに宛てて書かれたオウィディウス『黒海からの手紙』第2巻・第9歌中の，コテュスの父親の戦時における勇敢さと平時における教養に裏打ちされた温厚さを讃える部分から採られた言葉. emollit mores「性質を和らげる」の主語は，引用句の前行 ingenuas didicisse fideliter artes「自由学芸をよく学んだこと」，目的語は「それを学んだ人」で，教養は人を温和にする，の意.

ense et arātrō
エンセ エト アラートロー
剣と鋤によって
▶「剣」は武力，「鋤」は農業を表す. 軍隊によるアルジェリアの武力制圧は農業による永続的な植民によって完成されるべきであるとしたフランスの軍人ビュゴー (Th.-R. Bugeaud, 1784–1849) のモットー.

ense petit placidam sub lībertāte quiētem
エンセ ペティト プラキダム スブ リーベルターテ クィエーテム

epistula non erubescit

(彼(女))は)自由のもと剣によって平穏を求める
▶米国マサチューセッツ州のモットー.

epistula nōn ērubescit
エピストゥラ ノーン エールベスキト
手紙は赤面しない[恥ずかしくない] [Cic. *Fam.* 22.1 (=5.12.1)]
▶キケロは友人ルッケイウスに宛てた手紙の冒頭で,面と向かって何度も話そうと思ったが恥ずかしくて話せなかったことについて,手紙で書くことにしたと言っている.その理由が見出し句の言葉である.キケロの「面と向かっては言えない恥ずかしいこと」とは,ルッケイウスが書いている歴史書の中に自分の業績(特にカティリナ弾劾)のことを早く書き入れてくれというお願いであった.なお,このルッケイウスの歴史書は散逸し伝存しない.

ē plūribus ūnum
エー プルーリブス ウーヌム
「多数から一つ」,多からできた一つ
▶多くの州からできた一つの政府,の意.米国の国璽また一部の硬貨にモットーとして用いられている.

epulīs accumbere dīvum
エプリース アックンベレ ディーウゥム
神々の饗宴に横たわる [Verg. *A.* 1.79]
▶ウェルギリウス『アエネーイス』第1歌から採られた言葉.アエネアスとトロイア人たちの船団が約束の地イタリアへ向かって航海を進めていた時,彼らに対して恨みを抱く女神ユノが風の神々を支配するアエオルスの王国を訪ね,王アエオルスに見返りとして美しいニンフとの結婚を提示しながら,直ちに嵐を引き起こしアエネアスとトロイア人たちを全滅させ,海中に沈めてくれるようにと要請する.このユノの要請をアエオルスは快諾すると

共に，自分が風の神々の王であることも「神々の饗宴に横たわる」こともユノのおかげであると言い，実際に嵐を起こす．この嵐のせいでアエネアスの船団は，ディードが支配するカルタゴに漂着することとなる．

ē rē nātā
エー レー ナーター
生じてしまったことから　[*cf.* Ter. *Ad.* 295]
▶この句は，テレンティウスの喜劇『兄弟』第3幕第1場で，資産家の息子アエスキヌスの子供を妊娠してしまった若い女パンピラの母ソストラタの女奴隷が，パンピラの現在の境遇について語る場面で用いられている．原文では「生じてしまったことからは，こうなるより他により良い結果はあり得なかったのだ」となっているが，一般には「できてしまったこと(現実の状況，結果)からは」というほどの意味．

errāre est hūmānum
▶⇨ humanum est errare.

errāre mālō cum Platōne
エッラーレ マーロー クム プラトーネ
私はむしろプラトンと共に間違っていることを望む　[Cic. *Tusc.* 1.17.39]
▶キケロ『トゥスクルム荘対談集』の中で，プラトンの熱烈な賞賛者である対話者が言った言葉．

esse est percipī
エッセ エスト ペルキピー
存在するとは知覚されることである
▶知覚しない存在が知覚する存在から独立して存在することを認

esse oportet ut vivas,

めない哲学者ジョージ・バークリー(George Berkeley, 1685–1753)の,いわゆる「主観的観念論」を要約する言葉で,彼の『人知原理論』の原文(§3)では英語とラテン語の混交した表現で"ESSE is PERCIPI"となっている.バークリーはロックのように,知覚される観念を人間の知識の唯一の対象と考え,この知覚される観念とは対照的に能動的な,(観念を)知覚する精神(人間の精神と神)だけを唯一の実体と認めた.

esse oportet ut vīvās, nōn vīvere ut edās
エッセ オポルテト ウト ウィーウァース ノーン ウィーウェレ ウト エダース
生きるために食べるべきであり,食べるために生きるべきではない [[Cic.] *Rhet. Her.* 4.39]

▶キケロの名前で伝わる『ヘレンニウス宛のレトリック』の中で,このフレーズはキアスムス(対句の順序を交錯させる修辞法)の実例として挙げられている.

文法 esse oportet 食べるべきである〈動 edo の不定法現在 ＋ 非人称・動 直説法現在〉/ ut vivas (あなたは)生きるために〈接 ut ＋ 動 vivo の接続法現在・二人称・単数〉/ non ～でない 副 / vivere 生きる(こと)〈動 vivo の不定法現在〉/ ut edas (あなたは)食べるために〈接 ut ＋ 動 edo の接続法現在・二人称・単数〉

esse quam vidērī
エッセ クァム ウィデーリー
(そう)見られることより(そう)あることを,見かけより実質を [*cf.* Cic. *Amic.* 26.98; Sall. *C.* 54.6]

▶キケロは『友情について』の中で virtute enim ipsa non tam multi praediti esse quam videri volunt「多くの人々は徳を備えていると思われたいほどに実際に徳を備えていることを望まない」と言っている.また,サルスティウスは『カティリナの陰謀』の中でカトーについて,esse quam videri bonus malebat「(カ

トーは)優れた人間であると思われるより実際に優れた人間であることを望んでいた」と言っている．見出し句は，米国ノースカロライナ州のモットーとなっている．

est deus in nōbīs
エスト デウス イン ノービース
我々の中には神が存在する　[Ov. *A. A.* 3.549; *cf.* Ov. *F.* 6.5]
▶オウィディウスが『恋愛の技法』のこの箇所で「我々」と言っているのは，他ならぬオウィディウス自身も含む詩人たちのことである．詩人たちはお金を持っていないが，神の与える霊感を持っている．オウィディウスは女たちに呼びかけ，そういう詩人たちを愛してくれるようにと願っている．

est modus in rēbus
エスト モドゥス イン レーブス
物事には適度(というもの)がある　[Hor. *S.* 1.1.105]
▶ホラティウスは『諷刺詩集』第1巻・第1歌の中で「物事には適度というものがあり，それを超え出たあちら側とこちら側では正しさが存立できないような，一定の範囲があるのだ」と言って，両極端を避け，その間に中庸を求めることを良しとしている．*cf.* aurea mediocritas.

estō perpetua
エストー ペルペトゥア
永遠なれかし
▶『トリエント公会議史』を著したベネチアの修道士パオロ・サルピが臨終の際に故郷のベネチアを想って言った言葉とされる．また，米国アイダホ州のモットーとなっている．

est quaedam flēre voluptās
エスト クァエダム フレーレ ウォルプタース
泣くことはある種の喜びなのだ　[Ov. *Tr.* 4.3.37]
▶流刑の地より妻に宛てた手紙の中でオウィディウスは，泣くことによって悲しみが追い払われるのだからとして，妻に自分の不幸を嘆いてくれと願っている．
文法 est 〜である 〈動 sum の直説法現在・三人称・単数〉/ quaedam voluptas 一種の喜び 〈形 quidam の女性・単数・主格 ＋ 女 単数・主格〉/ flere 泣く(こと) 〈動 fleo の不定法現在〉

est rēs pūblica rēs populī
エスト レース プーブリカ レース ポプリー
国家とは国民のものである　[Cic. *Rep.* 1.25.39]
▶『国家について』の中でキケロは，これを大スキピオ(アフリカヌス)の言葉として引用している．原文によれば「国家とは国民のものである．しかるに，国民とは，何らかの仕方で集められた人間の集合のすべてのことではなく，法に関する合意と利益の共有によって結合された民衆の集まりのことである」となっている．
文法 est 〜である 〈動 sum の直説法現在・三人称・単数〉/ res publica 公のもの(＝国家) 〈女 単数・主格 ＋ 形 publicus の女性・単数・主格〉/ res populi 国民のもの 〈女 単数・主格 ＋ 男 populus の単数・属格〉

et cum spīritū tuō
エト クム スピーリトゥー トゥオー
また(主が)あなたの魂とともにあらんことを
▶ミサにおける司祭の挨拶 Dominus vobiscum に対する会衆の応答．

etiam jūcunda memoria est praeteritōrum malōrum
エティアム ユークンダ メモリア エスト プラエテリトールム マロールム

過去に被った不幸の記憶はかえって快いものである
▶⇨ jucundi acti labores.
文法 etiam 〜でさえ 副 / jucunda 快い〈形 jucundus の女性・単数・主格〉/ memoria 記憶は〈女 単数・主格〉/ est 〜である〈動 sum の直説法現在・三人称・単数〉/ praeteritorum malorum 過去の不幸の〈形 praeteritus の中性・複数・属格 ＋ 中 malum の複数・属格〉

et in Arcadiā egō
エト イン アルカディアー エゴー
アルカディアにも私は(いる)
▶通常の解釈によれば，この言葉の話者「私」は「死(神)」である．イタリアの画家グエルチーノ (Guercino, 1591-1666) が描いた同名の絵の中では，二人の牧童が髑髏を眺め，その髑髏の隣にはネズミ，下にはこの見出し句が記されているが，ここで「私」とは髑髏によって象徴される「死(神)」を表し，銘文 et in Arcadia ego は「(理想郷)アルカディアにも私(死)は存在する」と解釈される (cf. memento mori). グエルチーノの影響を受けて描かれた，フランスの画家ニコラ・プーサン (Nicolas Poussin, 1594-1665) による2作品にも，墓碑銘にこのフレーズが記されている．2作品中，後で描かれた作品の方には髑髏というグロテスクなイメージを伴う教訓的モチーフは存在せず，プーサンの伝記作家によって銘文中の「私」とは「死者」のことであるとされ，et in Arcadia ego は「私もまたアルカディアに住んでいた(かつて理想郷に住み生きる喜びを味わっていた)」と解釈し直されたが，こちらは文法的に無理のある解釈となっている．

et scelerātīs sōl orītur
エト スケレラーティース ソール オリートゥル
極悪人たちにも太陽は昇る　[Sen. Ben. 4.26.1]
▶セネカ『恩恵について』の原文によれば，「もしあなたが神々

の真似をしたいのであれば，感謝をしない者たちにも恩恵を与えなさい．なぜなら，極悪人たちにも太陽は昇り，海賊たちにも海は広がっているからだ」となっている．

et sequens
エト セクェンス
…および以下(参照)
▶略 et seq. 複数のときは et sequentes (男性・女性), et sequentia (中性) となる (略 et seqq., et sqq.).

et tū, Brūte!
エト トゥー ブルーテ
ブルータスよ，おまえもか!
▶シェイクスピア『ジュリアス・シーザー』第3幕第1場で，暗殺者たちの中にブルータスを見つけたカエサルの台詞．もっとも，ローマの伝記作家スエトニウスは，カエサルが死ぬ間際にギリシア語で「おまえもか，息子よ!」と言ったという説もあるが実際にはうめき声を上げただけで一言も発していない，と『ローマ皇帝伝』の中で言っている．

ex aequō et bonō
エクス アエクォー エト ボノー
公平[公正，正義]と善[良心](の原則)に従って[則り]
▶特に国際法で用いる．

ex Āfricā semper aliquid novī
エクス アーフリカー センペル アリクィド ノウィー
アフリカからは常に何か新奇なものが [*cf.* Plin. 8.17.42]
▶大プリニウスは『博物誌』の中で，アフリカは水が少なく，動物たちがわずかしかない川に密集するため，暴力と性欲が個々の

種のメスにオスを交わらせ,動物の様々な雑種が生まれるのだと言い,「アフリカが常に何か新奇なものをもたらす」とギリシアで広く言われているのはそのためであると説明している.

ex cathedrā
エクス カテドラー
(職[地位]に伴う)権威によって,職権に基づいて[基づいた],権威ある[に基づく]
▶「教皇・裁判官・教授等の,権威ある役職の象徴である椅子から発せられた」の意.カトリック教会では「教皇の不可謬性に基づいて真と宣言された,聖座宣言の」の意.

excelsior
エクスケルシオル
より高い[高く]
▶米国ニューヨーク州のモットー.

exceptiō probat rēgulam
エクスケプティオー プロバト レーグラム
例外(の存在)が規則(の妥当性)を証明する
▶現実世界において例外を持たない規則は存在しえない.他ならぬ例外が存在することで(つまり,例外となる諸々のケースを除外することによって),法則はその一般的な妥当性を保証されるという意味.

exēgī monumentum aere perennius
エクセーギー モヌメントゥム アエレ ペレンニウス
私は青銅よりも永続的な記念碑を完成させた   [Hor. *Carm.* 3.30.1]
▶ホラティウスは前23年,叙情詩人としての「金字塔」とも呼

ぶべき『歌集』(第1巻–第3巻)を発表する．その末尾を飾る第3巻・第30歌の冒頭において，ホラティウスは『歌集』そのものを，自分の偉大な業績を後世に長く伝える記念碑に譬えている．オウィディウスも『変身物語』全15巻の末尾において同様の宣言を行っている：「私は作品を完成させた．ユピテルの怒りも炎も剣も(すべてを)食い尽くす老齢もこの作品を滅ぼすことはできないだろう」(Ov. *M.* 15.871–72).

文法 exegi (私は)完成させた ⟨動 exigo の直説法完了・一人称・単数⟩ / monumentum perennius より永続的な記念碑を ⟨中 monumentum の単数・対格 ＋ 形 perennis の比較級・中性・単数・対格⟩ / aere 青銅よりも ⟨中 aes の単数・奪格⟩

ex frūctū arbor agnoscitur

エクス フルクトゥー アルボル アグノスキトゥル

木はその実によって知られる　[新約聖書「マタイ伝」12章33節; *cf.* Erasm. *Adagia* III ix 39]

▶人はその行動によって判断される，の意.

exitus acta probat

エクシトゥス アクタ プロバト

結果が行為の証である　[Ov. *H.* 2.85]

▶行為の善し悪しは結果から知られる，の意．オウィディウス『名婦の書簡』第2歌は，トラキア王シートーンの娘フュリスが，祖国アテナイに帰国したまま戻って来ない夫デモフォンに宛てた架空の手紙である．その中でトラキアの男たちの一人が，夫との空しい約束を信じ夫の帰還を待つフュリスについて「(フュリスは)さっさと学識あるアテナイへ行ってしまうがよい．武具を持つトラキアを治める者は他にもいる．結果が行為の証である」と言ったことになっている．ここで「結果」とは，デモフォンがトラキアに戻って来ないこと．伝説によれば，結局デモフォンは戻

らず, フュリスは自殺することになっている. *cf.* experientia docet stultos / in magnis et voluisse sat est.

ex nihilō nihil fit
エクス ニヒロー ニヒル フィト
無からは何も生じない　[*cf.* Lucr. 1.149, 2.287]
▶ルクレティウスは『物の本質について』の中で「自然の第1原理」としてこう述べている. 第1巻の原文によれば「いかなるものも神的な力によって無から生じるということは絶対にない」, また第2巻では「何ものも無から生じることはあり得ない」となっている.

exoriāre aliquis nostrīs ex ossibus ultor
エクソリアーレ アリクィス ノストリース エクス オッシブス ウルトル
私の骨から誰か復讐者が, 立ち上がれ　[Verg. *A.* 4.625]
▶ウェルギリウス『アエネーイス』第4歌で, アエネアスがカルタゴから出帆するのを目にしたディードは, 自分がアエネアスに裏切られたことを知ると, アエネアスとその子孫に対して数多くの呪いをかける. その中の一つが見出し句である.「復讐者」とは, 後に現実にポエニ戦争でローマを苦しめることになるハンニバルを指すものとされる.
文法 exoriare (あなたは)現れるべし〈動 exorior の接続法現在・二人称・単数〉/ aliquis ultor 誰か復讐者が〈代 単数・主格 ＋ 男 単数・主格〉/ nostris ex ossibus 私の骨々から〈形 noster の中性・複数・奪格 ＋ 前 ex ＋ 中 os の複数・奪格〉

ex pede Herculem
エクス ペデ ヘルクレム
足からヘラクレスを(知る)　[*cf.* Gell. 1.1]
▶部分から全体を察するの意. アウルス・ゲリウスが『アッティ

カ夜話』の中でプルタルコスを介して引用した，ピタゴラスに関する逸話から採られた言葉．ヘラクレスの足の大きさを基準にして「600 ペース」と計測されたピーサエの競走路が，実際には他の 600 ペースの競走路に比べて長い(通常 1 ペースは 29.6 cm)という事実から，ピタゴラスは，ヘラクレスの足が他の人間たちの足より大きかったことに気づき，一般的な人間の足のサイズと身長の比率からヘラクレスの実際の身長を割り出したという．*cf.* ex ungue leonem (aestimare).

参考 一班をもって全豹をトす

expende Hannibalem
エクスペンデ ハンニバレム
ハンニバルを秤に掛けてみよ　[Juv. 10.147]
▶ローマを大混乱に陥れたカルタゴの名将ハンニバルは，祖国を追われる身となったとき，ローマ軍によって捕らえられることを潔しとせず，指輪に入れて携行していた毒薬によって自殺したとされる．どんなに偉大な人物であっても，死んだ後，火葬の炎によって灰にされてしまえば，その偉大さ(重さ)は骨の重さに等しいという意味．

experientia docet stultōs
エクスペリエンティア ドケト ストゥルトース
経験は愚か者を(さえ)教える
▶experientia stultorum magister「経験は愚か者の教師である」という言い方もある．

expertō crēdite [crēde]
エクスペルトー クレーディテ [クレーデ]
君(たち)は経験を有する者を信じなさい　[Verg. *A.* 11.283]
▶ウェルギリウス『アエネーイス』第 11 歌中の，トロイア戦争

におけるギリシア軍の勇士ディオメデスの言葉．かつてアエネアスと実際に戦闘を交えたことがあり，その武勇と敬虔のほどを知っているディオメデスは，ラティウムからの援軍要請を断るとともに，むしろ，自分がかつてアエネアスと戦った経験から，彼らにアエネアスと盟約を結ぶことを勧める．

expertus metuit

エクスペルトゥス メトゥイト

経験を有する者は恐れる　[Hor. *Ep.* 1.18.87]

▶ホラティウス『書簡詩』第1巻・第18歌は，若い友人ロリウスに対して，権力者と交際する際に留意すべき点について助言する手紙として書かれている．見出し句は，権力者の友人との交際一般について言われた言葉．先輩としてホラティウスは「権力ある友人との交際は，(その)経験のない者にとって喜びであるが，(その)経験のある者は(それを)恐れるものだ」と助言している．

参考 羹に懲りて膾を吹く

ex tempore

エクス テンポレ

即興で　[*cf.* Cic. *de Orat.* 3.50.194]

▶『弁論家について』の中でキケロは，叙事詩人がヘクサメトロスの詩を次から次に「即興で」歌うことができるのは日頃の訓練のおかげであるとした上で，自分たち弁論家は，弁論において厳格な韻律による制約のない散文を用いる以上，日頃の訓練によって叙事詩人たちよりいっそう容易に成果をあげることができるはずだとしている．

extinctus amābitur īdem

エクスティンクトゥス アマービトゥル イーデム

同じ人が死んだ後は愛される　[Hor. *Ep.* 2.1.14]

ex ungue leonem（aestimare）

▶ホラティウス『書簡詩』第2巻・第1歌は，アウグストゥスに宛てた手紙の形式を取った文学論である．見出し句は，生きている間は憎まれ続け生涯を難行に費やしたヘラクレスが，憎しみをついには自らの死によって克服し，死んだ後は愛されるに至ったことについて言われたもの．同じ箇所でホラティウスは，偉大な業績ゆえに神として崇められるに至ったロムルスやリベル（バックス），カストルやポルクスでさえ，生前は自分たちの業績が十分に賞賛されないことを嘆き，ヘラクレスでさえ死後になってから愛されたのに，私たちはまだ生きているアウグストゥスに多くの栄誉を与え，その名によって誓いを立てるべき祭壇まで作ったと語っている．

ex ungue leōnem（aestimāre）
エクス ウングェ レオーネム（アエスティマーレ）
爪からライオンを（見積もること）　[Erasm. *Adagia* I ix 34]
▶部分から全体を推し測ること． *cf.* ex pede Herculem.
参考 一斑を見て全豹を卜す

ex ūnō disce omnēs
▶⇨ ab uno disce omnes.

F

fecundi calices quem non fecere
 disertum?
溢れる杯が雄弁にしなかった人が
 あっただろうか?

facile est inventīs addere
ファキレ エスト インウェンティース アッデレ
すでに発明されたものに追加すること(改良を加えること)は容易である

facilis dēscensus Avernō
ファキリス デースケンスス アウェルノー
アウェルヌス(冥界)へ降りて行くことはたやすい [Verg. *A.* 6.126; *cf.* Sen. *Herc. f.* 765]
▶ウェルギリウス『アエネーイス』第6歌で,アエネアスが冥界への行き方を聞き出すため巫女に嘆願する場面から採られた言葉.アエネアスは,自分より以前に冥界を訪れた例(オルペウス,ヘラクレス,テセウス,ポルクス,カストル)を列挙しつつ,ユピテルを祖先に持つ自分も冥界に行けるはずだと巫女に教えを乞い願う.これに対して巫女は「アウェルヌス(冥界)へ降りて行くことはたやすい」が,再び地上に戻って来ることが非常に難しく,この偉業を成し遂げたのは,少数の,ユピテルに愛されたかあるいは燃える勇気によって天上に登った,神々の子ら(のみ)であったと語った上で,アエネアスに黄泉路下りの方法を教える.一般に,

facit indignatio versum [versus]

冥界へ降りるとは人間が死ぬことを表し,これはすべての人間に共通の運命であるが,再び冥界から地上に戻って来ること,すなわち死からの復活は,普通の人間にはあり得ないことである.

facit indignātiō versum [versūs]
ファキト インディグナーティオー ウェルスム [ウェルスース]
怒りが詩を作る　　[Juv. 1.79]
▶諷刺詩人ユウェナリスは,様々な犯罪や姦淫の例を滑稽な仕方で列挙した上で,たとえ天性の才能がなくとも,そのような悪徳に対する怒りが自分に諷刺詩を書かせるのだと言っている.

facta nōn verba
ファクタ ノーン ウェルバ
行動にして,言葉にあらず
▶求められているのは言葉(だけ)ではなく実行[実現]である,という考えを表しており,軍隊や学校のモットーにしばしば採用されている.

fāma clāmōsa
ファーマ クラーモーサ
やかましい噂,醜聞
▶聖職者や聖職候補者の不道徳的な行為に関して,世間に広まり甚だしく取り沙汰され,業務上の支障を来すようなスキャンダルのこと.

fāma crescit eundō
ファーマ クレスキト エウンドー
噂は進むにつれて増大する　　[cf. Verg. A. 4.174-75]
▶ウェルギリウス『アエネーイス』第4歌に fama, malum qua non aliud velocius ullum; mobilitate viget viresque acquirit

eundo「噂，これより速い禍いは他になく，動くにつれて元気にあふれ，進むにつれて力を獲得する」という表現がある．カルタゴの女王ディードは，女神ユノの計画によって勇者アエネアスとの恋が成就すると，もはや密かな恋に耽るのではなく，それを結婚と呼んではばからない．すると，カルタゴの人々の間に，ディードが王国のことを忘れ，恥ずべき情欲の虜になっているという噂が広まることになる．ウェルギリウスはこの「噂」を擬人化して，始めのうちは怖がって小さくなっているが，すぐに巨大化し，地面を歩きながらもその頭は雲の間に隠れ，大地の女神を母に持ち，足は速く，その翼には数多の羽根を持ち，それと同じ数の目，同じ数の舌，同じ数の口を持ち，夜も昼も眠ることがない，巨大な女神として描写している．*cf.* crescit eundo / fama nihil est celerius / vires acquirit eundo.

参考 悪事千里を走る

fāmā nihil est celerius
ファーマー ニヒル エスト ケレリウス
噂より速いものは何もない　[*cf.* Verg. *A.* 4.174; Apul. *M.* 11.18]
▶⇒ fama crescit eundo.
文法 fama 噂よりも〈女 fama の単数・奪格〉/ nihil 何物も(〜ない)〈不変化・中 単数・主格〉/ est 〜である〈動 sum の直説法現在・三人称・単数〉/ celerius より速い〈形 celer の比較級・中性・単数・主格〉

fāma semper vīvat!
ファーマ センペル ウィーウァト
名声が永遠に続きますように!

fās est et ab hoste docērī
ファース エスト エト アブ ホステ ドケーリー

fata obstant

敵から教えられるということも正しいことだ　[Ov. *M.* 4.428]

▶オウィディウス『変身物語』第4巻において，女神ユノがアタマスとイノに対して罰を与えるに際して，自分の敵であるバックス(バッコス)のやり方(人間を狂気に陥れる)を参考にしようと考えた時に言った言葉．バックスは夫ユピテルの不義密通によって生まれた子供であるから，ユノにとっては敵である．

文法 fas 正しいこと〈不変化・中 単数・主格〉/ est 〜である〈動 sum の直説法現在・三人称・単数〉/ et 〜もまた 副 / ab hoste 敵から〈前 ab ＋ 男 hostis の単数・奪格〉/ doceri 教えられる(こと)〈動 doceo の受動相・不定法現在〉

fāta obstant
ファータ オプスタント
運命が反対する[許さない]　[Verg. *A.* 4.440]

▶ウェルギリウス『アエネーイス』第4歌から採られた表現．アエネアスとディードの最後の対話の後，ディードは妹アンナを通じてアエネアスに出発の延期を求める．しかし，その言葉が彼を動かすことはなかった．なぜなら，「運命が立ちふさがり[反対し]，神が勇者の耳を塞いでいた」からである．

fāta viam invenient
ファータ ウィアム インウェニエント
運命が道を見いだす　[Verg. *A.* 10.113]

▶ウェルギリウス『アエネーイス』第10歌，ユピテルが招集した神々の会議の場でユピテル自身が語った言葉から採られたもの．アエネアスとその宿敵トゥルヌスを巡ってウェヌスとユノの間に口論が起こるが，ユピテルはあえて自らこの論争に決着をつけることをせず，「ユピテルは万人に対して公平である．運命が道を見いだすのだ」と言って，自分はどちらにも加担しないことを宣言する．*cf.* omnibus idem.

favēte linguīs
ファウェーテ リングィース
君たちは言葉を慎みたまえ　[Hor. *Carm.* 3.1.2]
▶ホラティウス『歌集』第3巻の序文に当たる第1歌冒頭のスタンザから採られた言葉．原文では「私は俗衆を憎み，遠ざける．君たちは言葉を慎みたまえ．私は以前に聴かれたことのない歌を，ムーサ(詩歌の女神)たちの祭司として，少年少女たちのために歌う」と歌われている．ホラティウスはムーサに霊感を与えられた自分を秘教の祭司になぞらえ，詩歌を理解しえない俗衆を非入信者として遠ざけるとともに，秘儀の途中で不吉な言葉が語られないよう静粛を要求し，これから歌われる『歌集』第3巻の厳粛さを保とうとしている．

fēcundī calicēs quem nōn fēcēre disertum?
フェークンディー カリケース クェム ノーン フェーケーレ ディセルトゥム
溢れる杯が雄弁にしなかった人があっただろうか？　[Hor. *Ep.* 1.5.19; *cf.* Hor. *Carm.* 3.21.13-16]
▶ホラティウス『書簡詩』第1巻・第5歌は，翌日に自宅で個人的に行うアウグストゥスの誕生日の祝賀のために，友人トルクアトゥスを誘う歌として書かれている．その中で，飲酒(ホラティウスの場合はもちろんワイン)が人間にもたらす効果の一つとして「雄弁」が挙げられている．もちろん，これは気が大きくなって緊張がほぐれるからで，ホラティウスは『歌集』第3巻・第21歌でも，酒に呼びかけ「日頃は頑な心に穏やかな拷問を与えるのはお前，賢い人々の秘めた苦しみと考えを楽しいリュアエウス(酒神バックスの異名)によって暴くのはお前」と言っている．*cf.* in vino veritas.
文法 fecundi calices 溢れる杯が〈形 fecundus の男性・複数・主格 ＋ 男 calix の複数・主格〉/ quem 誰を〈疑代 quis の男性・単数・対格〉/ non fecere しなかった(か)〈副 non ＋ 動 facio の直説法完了・三人称・複数〉

/ disertum 雄弁な 〈形 disertus の男性・単数・対格〉

fēlīcitās multōs habet amīcōs

フェーリーキタース ムルトース ハベト アミーコース
繁栄は多くの友人を持つ　[Erasm. *Adagia* III v 4]
▶⇒ donec eris felix, multos numerabis amicos.

fēlix culpa

フェーリクス クルパ
幸福な過失
▶原罪を指す．アダムとエヴァの堕落と失楽園があったからこそ，キリストによる贖いの祝福があるという考えから，こう言われる．転じて，一見不運な出来事に思えることがかえって幸運な結果を生むこと．

fēlix quī potuit rērum cognōscere causās

フェーリクス クィー ポトゥイト レールム コグノスケレ カウサース
万物[宇宙]の根拠を知ることに成功した人は幸福である　[Verg. *G.* 2.490]
▶ウェルギリウス『農耕歌』第2歌の表現の一部を取り出したもの．原文では「万物の根拠を知ることに成功し，あらゆる恐怖と冷酷な運命と，貪欲なアケロン(冥界の川)のざわめきを足の下に置いた(服従させた)人は幸いである」となっており，このように哲学的な研究によって死の恐怖を克服した幸福な人とは，具体的にはギリシアの哲学者エピクロスのことであろう．

文法 felix 幸福な 〈形 男性・単数・主格〉/ qui ～するところの(人) 〈関代 男性・単数・主格〉/ potuit cognoscere 知ることができた 〈動 possum の直説法完了・三人称・単数 ＋ 動 cognosco の不定法現在〉/ rerum causas 万物の根拠を 〈女 res の複数・属格 ＋ 女 causa の複数・対格〉

fervet opus
フェルウェト オプス
仕事が熱を発する　[Verg. *A.* 1.436]
▶ウェルギリウス『アエネーイス』第1歌で，アエネアスがディードによって建設されつつあるカルタゴの様子を眺めている場面から採られた言葉．ウェルギリウスは，カルタゴの人々が熱心に働く姿をミツバチに譬えている．原文では「(蜜蜂の)仕事は熱を発し，タイムの芳香を帯びた蜜の匂いが香る」となっており，熱心に蜜を集めるミツバチを描写したものである．

festīnā lentē
フェスティーナー レンテー
ゆっくり急げ　[*cf.* Suet. *Aug.* 25]
▶内乱後のオクタウィアヌス(アウグストゥス)が，性急さや無謀さを将軍には相応しくない態度と考え，自らのモットーとしていた言葉の一つ．スエトニウス『ローマ皇帝伝』の原文においてはギリシア語で σπεῦδε βραδέως と言われている．
参考 急がば回れ

fīat experīmentum in corpore vīlī
フィーアト エクスペリーメントゥム イン コルポレ ウィーリー
実験は価値のない物でなされよ
▶そうでなければ，そもそも実験ではなくなってしまう．

fīat justitia et ruant coelī
フィーアト ユスティティア エト ルアント コエリー
正義がなされよ 天は落ちるがよい，たとえ天が落ちようとも正義はなされよ
▶結果がどうなろうとも正義はなされるべきである，の意．fiat justitia et pereat mundus「たとえ世界が滅びようとも正義がな

されよ」という言い方もある.
文法 fiat なされるべし〈動 fio の接続法現在・三人称・単数〉/ justitia 正義が〈女 単数・主格〉/ et そして 接 / ruant 落ちるべし〈動 ruo の接続法現在・三人称・複数〉/ coeli 天は〈中 coelum の複数・主格〉

fiat lux
フィーアト ルクス
光あれ ［旧約聖書「創世記」1章3節］
▶「創世記」において神は fiat「～あれ!」という言葉によって一連の創造を行うが，fiat lux「光あれ!」はそれらの中で最初の創造を命じる言葉である. ロンドンのムーアフィールド眼科病院 (Moorfields Eye Hospital) のほか, カリフォルニア大学など多くの大学のモットーとして用いられている. *cf.* Dominus illuminatio mea.

Fideī Dēfensor
フィデイー デーフェンソル
信仰の擁護者
▶英国国王の称号の一つで, 硬貨に略形で FD と記されている.

fidem quī perdit, nihil pote ultrā perdere
フィデム クィー ペルディト ニヒル ポテ ウルトラー ペルデレ
信用を失う者はそれ以上に何も失うことはできない ［*cf.* Syr. F14 (Meyer)］
▶信用を失うことは最大の損失である, の意.
文法 fidem 信用を〈女 fides の単数・対格〉/ qui ～するところの(人)〈関代 男性・単数・主格〉/ perdit 失う〈動 perdo の直説法現在・三人称・単数〉/ nihil 何物をも(～ない)〈不変化・中 単数・対格〉/ pote (est) perdere 失うことはできない〈形 potis の中性・単数・主格 ＋ 動 perdo の不定法現在〉/ ultra それ以上に 副

fide, sed cuī vidē
フィーデ セド クイー ウィデー
信ぜよ，ただし誰を(信ずる)か注意せよ

fidēs Pūnica
フィデース プーニカ
「カルタゴ人の信義」，背信，不実
▶カルタゴ人に対するローマ人の不信感を示す表現．

fīdus Achātēs
フィードゥス アカーテース
忠実なアカーテス　[Verg. *A.* 6.158, etc.]
▶ウェルギリウス『アエネーイス』において，アカーテスは常にアエネアスの忠実な部下である．転じて，アカーテスのように信義に厚い友，信頼できる友，本当の友人の意．

fīnem laudā
フィーネム ラウダー
結末を賞賛せよ
▶(音楽や演劇の舞台に関して)最後まで待って賞賛せよ，あるいはより一般的には，物事は最後まで見てから判断すべきである，の意．モーツァルトのオペラ『コジ・ファン・トゥッテ』に登場するドン・アルフォンソの台詞にこの言葉がある．

fīnem respice
フィーネム レスピケ
結末を考慮せよ
▶結末を考え慎重に行動せよ，の意．シェイクスピア『間違いの喜劇』第4幕第4場では，双子のアンティフォラス兄弟に仕える双子の召使いドローミオ兄弟の兄が，主人の妻に向かってこの台

詞を吐いている．

fīnis corōnat opus
フィーニス コローナト オプス
結末が作品に冠を与える
▶小説であれ映画であれ作品は終わりが肝心である．最後まで読まなければ[観なければ]作品の善し悪しは論じられない．同様に，人の人生も最後まで生きてみなければ幸福な人生だったのか不幸な人生だったのか分からない．

flamma fūmō est proxima
フランマ フーモー エスト プロクシマ
炎は煙に最も近い　　[Plaut. *Curc.* 53]
▶プラウトゥスの喜劇『クルクリオ』第1幕第1場で，遊女屋に住む娘に恋して通いつめている若者パエドロムスに，奴隷が忠告して言った言葉から．キスしただけで純潔は失われないのだから彼女は妹のように純潔だとパエドロムスが言ったのに対して，奴隷は見出し句の言葉で反論した．ここで「煙」とはキスのことで，キスをすれば純潔を失うのも間近いという意．奴隷はさらに「煙によっては何も焼かれないが，炎によっては焼かれることができる」，「(女と)寝たいと望む者はキスによって山道を切り開く」とも言っている．

flectere sī nequeō superōs, Acheronta movēbō
フレクテレ シー ネクェオー スペロース アケロンタ モウェーボー
もし私に天の神々(の心)を変えられないならば，私はアケロン(冥界)を動かそう　　[Verg. *A.* 7.312]
▶ウェルギリウス『アエネーイス』第7歌で，アエネアスの使者が講和を求めてラティウムのラティヌス王を訪ねると，ラティヌス王は，娘の結婚に関して下されていた神託ゆえに，アエネアス

との同盟に関心を示し,使者は多くの見事な馬を与えられてアエネアスのもとに講和を持ち帰る.その様子を見ていた女神ユノが,自分の神意が遂げられないことに憤り,アエネアスの運命の実現をできるだけ遅らせるためには何でもすると宣言する独白から採られた言葉.

|文法| flectere nequeo (私が)変えることができない 〈|動| flecto の不定法現在 + |動| 直説法現在・一人称・単数〉/ si もし～ならば |接|/ superos 神々を 〈|形| superus の男性・複数・対格〉/ Acheronta 冥界を 〈|男| Acheron の単数・対格〉/ movebo (私は)動かそう 〈|動| moveo の直説法未来・一人称・単数〉

fluctuat nec mergitur

フルクトゥアト ネク メルギトゥル
揺れても沈まない

▶完全な形は per undas et ignes fluctuat nec mergitur「波と炎によって揺れても沈まない」.フランスの首都パリ市のモットー.国家や都市の命運はしばしば船のそれに譬えられ,アテナイの英雄テセウスに下されたデルフィの神託によれば,アテナイは海に浮かぶワインを満たした革袋のように,波に揉まれるが沈むことはないという.この文句は,フランスのシャンソン歌手ジョルジュ・ブラッサンスの歌 Les Copains d'abord (邦題: パリジャン気質) にもラテン語で引用されている.

foenum habet in cornū

フォエヌム ハベト イン コルヌー
(彼は自分の)角に藁を付けている　　[Hor. S. 1.4.34]

▶危険な動物[人間]である,の意.凶暴な牛の角に藁を括り付け危険な牛の目印とする習慣があったことからこう言われる.古喜劇と諷刺詩について論じた『諷刺詩集』第1巻・第4歌の中で,ホラティウスは,諷刺詩人による諷刺と嘲笑の犠牲になる人たち(金

持ち，男色家，間男等)に「あいつ(諷刺詩人)は角に藁を付けているぞ．遠くに逃げろ」と言わせている．

forsan et haec ōlim meminisse juvābit
フォルサン エト ハエク オーリム メミニッセ ユウァービト
これらもまたいつか思い出すことがおそらく喜びとなるだろう [Verg. *A*. 1.203]
▶ウェルギリウス『アエネーイス』第1歌で，アエネアスがトロイア人の仲間たちに語った言葉から採られたもの．アエネアスとトロイア人たちはシチリアへと船団を進めていたが，女神ユノの差し金でアエオルスが激しい暴風雨を起こしたため，見知らぬ土地(カルタゴ)の浜に漂着することになった．アエネアスはアカーテスと共に狩りをして七頭の鹿をしとめ，肉と酒を仲間たちに分け与えた上で，彼らを勇気づける演説を行うが，見出し句はその演説から採られた言葉である．アエネアスとトロイア人たちはすでに多くの苦難を共にしており，「これら」とは，それまでに彼らが経験した苦難のことである．*cf*. dabit deus his quoque finem. 文法 forsan おそらく 副／et 〜もまた 副／haec これらを〈代 hic の中性・複数・対格〉／olim いつか 副／meminisse 思い出す(こと)〈動 memini の不定法〉／juvabit 喜ばせるだろう〈動 juvo の直説法未来・三人称・単数〉

fortēs fortūna adjuvat
フォルテース フォルトゥーナ アドユウァト
運(の女神)は勇敢な者たちを助ける　[Ter. *Phorm*. 203; *cf*. Tac. *H*. 4.17]
▶テレンティウスの喜劇『ポルミオ』第1幕第4場で，父親が旅に出て留守の間に，食客ポルミオの入れ知恵を借り勝手に妻を迎えてしまった若者アンティポは，父親が旅から帰還したとの知らせを受け，うろたえる．見出し句は，帰還した父親によって女と別れさせられることを恐れているアンティポに対して奴隷が助言し

て言った言葉. *cf.* audentes fortuna juvat.

fortiter in rē, suāviter in modō
フォルティテル イン レー スアーウィテル イン モドー
事にあっては勇敢に，物腰は柔らかく
▶イタリアの聖職者でイエズス会の第5代総会長アクアヴィーヴァ (Claudio Aquaviva, 1543–1615) の言葉.

fortūna favet fatuīs
フォルトゥーナ ファウェト ファトゥイース
運は愚か者たちを助ける
▶シュルスの格言集 (F8 (Meyer)) に fortuna nimium quem fovet, stultum facit「運の女神が甘やかす者は愚行をなす」という類似の句がある.

fortūna opēs auferre potest, nōn animum
フォルトゥーナ オペース アウフェッレ ポテスト ノーン アニムム
運(の女神)は富を奪い取ることはできるが，精神を奪うことはできない [Sen. *Med.* 176]
▶セネカの悲劇『メデア』において，自分を裏切り，王の娘との結婚を決めた夫イアソンへの復讐に燃えるメデアを，乳母が宥めようとするが，彼女は見出し句の言葉を言って自分の運命に屈せず立ち向かうことを誓う.

fortūnātī ambō!
フォルトゥーナーティー アンボー
幸せな二人よ！ [Verg. *A.* 9.446]
▶ウェルギリウス『アエネーイス』第9歌で，アエネアスがエウアンデルのもとを訪れて不在の間，トゥルヌスがルトゥリ軍を率いてトロイア人たちの陣営を包囲する．トロイア人の勇気ある二

fortuna vitrea est;

人の若者,友情によって固く結ばれたニーススとエウリュアルスは,夜の包囲網をくぐり抜けアエネアスにトロイア軍の窮状を知らせるという困難な作戦を提案し,アスカニウスから多くの褒美と名誉を約束され実行に移すが,二人とも敵軍に見つかって殺されてしまう.見出し句は,この二人の英雄の死に対する詩人自身のコメント.

fortūna vitrea est; tum, cum splendet, frangitur

フォルトゥーナ ウィトレア エスト トゥム クム スプレンデト フランギトゥル
運はガラスでできている.輝いて見えるうちに壊れる [Syr. F24 (Meyer)]

▶人間の運のはかなさをガラスに譬えた格言.たとえ幸運に恵まれ,富や名誉に輝く人であったとしても,その輝きは決して永続しないし,その輝きの最中に死ぬこともある.

文法 fortuna 運は〈女 単数・主格〉/ vitrea ガラス製の〈形 vitreus の女性・単数・主格〉/ est ~である〈動 sum の直説法現在・三人称・単数〉/ tum その時に 副 / cum splendet 輝く時に〈接 cum + 動 splendeo の直説法現在・三人称・単数〉/ frangitur 壊れる〈動 frango の受動相・直説法現在・三人称・単数〉

frons, oculī, vultus persaepe mentiuntur: ōrātiō vērō saepissimē

フロンス オクリー ウゥルトゥス ペルサエペ メンティウントゥル オーラーティオー ウェーロー サエピッシメー
額,目,表情は頻繁に嘘をつく,しかし言葉が最も頻繁に(嘘をつく) [Cic. Q. 1.15 (=1.1.15)]

▶キケロは,属州総督の任期が一年延びた弟クイントゥスに宛てた手紙において,属州で新たに知り合った人々との交際に関して留意すべきことを述べているが,そこから採られた言葉.キケロは,属州の人々に悪い人が多いというわけではないが,彼らが良

い人だと判断するのは危険であると忠告している．

frontis nulla fidēs
フロンティス ヌッラ フィデース
顔(外見)は全く信じられない　[Juv. 2.8]
▶ユウェナリスは『諷刺詩』第2歌で，大した学識も持たないくせに家中を哲学者の像(=「顔」)で飾っている者たちの例を挙げた後見出し句のように言い，さらにその根拠として，どの町もまじめ腐って陰気な「顔」をした好色男で溢れているという事実を指摘する．

fugācēs lābuntur annī
▶⇨ eheu! fugaces labuntur anni.

fugit hōra
フギト ホーラ
時は逃げる　[Pers. 5.153]
▶時間が過ぎ去ることの擬人的表現．ペルシウスの原文では「…私たちは喜ばしいものを楽しもう．現在の生は我々のものだが，(明日には)灰，亡霊，(人々の)話の種になるのだ．死を忘れずに生きよ．時は逃げる」となっている．

fugit irreparābile tempus
フギト イッレパラービレ テンプス
時間は逃げる，取り戻すことはできない　[Verg. *G.* 3.284]
▶『農耕歌』第3歌で，ウェルギリウスは牧畜と家畜について歌っているが，牛と馬を主題とする部分から羊と山羊を主題とする部分に移行する，ちょうど第3歌全体(566行)の真ん中(283行目)からすぐ後に，この言葉が挿入されている：「こうしているうちにも時間は逃げて行き，取り戻すことはできない，私たちが愛

fuimus Troes; fuit Ilium

情に捕らえられて一つ一つのことを詳しく述べている間にも．牛馬の群についてはこれでよしとしよう．まだ仕事が半分残っているのだ」．

参考 光陰矢のごとし

fuimus Trōes; fuit Īlium

フイムス トローエス フイト イーリウム

私たちはトロイア人でした，イリウム（トロイア）はありました [Verg. *A*. 2.325]

▶ウェルギリウス『アエネーイス』第2歌で，木馬の謀によってトロイアの城門が内部から開かれ，中と外からトロイアの都がギリシア軍によって破壊の限りを尽くされる様子を目の当たりにしたばかりのアエネアスのもとに，ポエブス神官のパントゥスが命からがら逃げてきて叫んで言った言葉．「私たちの祖国トロイアはもう存在しない，過去のものとなった．私たちはもうトロイア人ではない」という意味．

fuit Īlium

▶⇨ fuimus Troes; fuit Ilium.

furor arma ministrat

フロル アルマ ミニストラト

怒りが武具を供給する [Verg. *A*. 1.150]

▶ウェルギリウス『アエネーイス』第1歌から採られた言葉．ネプトゥヌスがアエオルスに解き放たれた風たちによって起こった暴風雨を鎮める場面で，ネプトゥヌスの姿が民衆の暴動を鎮める人間に譬えられているが，見出し句はこの直喩の中で用いられている．原文で「怒り」とは暴動を起こした民衆の怒りのこと．

G

gens togata
トガを来た国民――ローマ人

Gallia est omnis dīvīsa in partēs trēs
ガッリア エスト オムニス ディーウィーサ イン パルテース トレース
ガリア全体は３つの部分に分たれている　　[Caes. *G.* 1.1]
▶ユリウス・カエサル『ガリア戦記』冒頭の有名な言葉．ガリアとは「ケルト人の住む土地」を意味し，現在のフランスを含む広大な地域．
|文法| Gallia omnis ガリア全体は〈|女| 単数・主格 ＋ |形| 女性・単数・主格〉/ est divisa 分けられている〈|動| sum の直説法現在・三人称・単数 ＋ |動| divido の完了分詞・女性・単数・主格〉/ in partes tres ３つの部分に〈|前| in ＋ |女| pars の複数・対格 ＋ |数| tres の女性・対格〉

gaudeāmus igitur
ガウデアームス イギトゥル
だから(私たちは)楽しくやろう
▶多くの大学の卒業式典で歌われる中世学生歌 "De Brevitate Vitae" の冒頭の句．この句が歌の題名とされる場合もある．歌の最初の部分は「若いうちは楽しくやろうじゃないか．青春の後には苦しい老年と死が待っているのだから」というもので，伝統的な主題 carpe diem を引き継いでいる．*cf.* memento mori.

gens togāta
ゲンス トガータ
トガを来た国民　[Verg. *A.* 1.282]
▶ローマ人のこと．ウェルギリウス『アエネーイス』第1歌において，アエネアスによるローマ建国からローマ人が世界の支配者と呼ばれるに至るまでの過程を，ユピテルが予言する場面から採られた表現．

genus irrītābile vātum
ゲヌス イッリータービレ ウァートゥム
詩人たちの気難しい種族　[Hor. *Ep.* 2.2.102]
▶ホラティウスは『書簡詩』第2巻・第2歌の中で，当時のローマの詩人たちを評してこう呼んでいる．確かに，詩人たちとは一般に，自意識過剰で傷つきやすく，作品を貶され機嫌を損ねると恐ろしい種族である．ホラティウスは，お互いを批評しあう詩人たちのことを，朝から晩までお互いを傷つけ合い，ついには相打ちで倒れる剣闘士に譬えている．詩作をやめて正気に返った(と称する)ホラティウスにとって，自分の詩を読んでもらうために他人の詩を読んだり，自分の詩を評価してもらうために他人の詩を評価するというお返し合戦は，もう受け入れ難いものだという．

gignī dē nihilō nihilum, in nihilum nīl posse revertī
ギグニー デー ニヒロー ニヒルム イン ニヒルム ニール ポッセ レウェルティー
何物も無から生じることは(不可能であり)，何物も無に戻ることは不可能である　[Pers. 3.84]
▶ペルシウス『諷刺詩』の原文では，教養と哲学を軽蔑していた百人隊長によって，病んだ老人(つまり哲学者)が見る夢の内容として引用されている．*cf.* ex nihilo nihil fit.

Glōria in Excelsīs (Deō)

グローリア イン エクスケルシース (デオー)

いと高きところには栄光(神にあれ)　[*cf.* 新約聖書「ルカ伝」第2章14節]

▶ミサ曲「栄光頌」の一節. イエス降誕の夜, 野宿しながら羊の番をしていた羊飼いたちの前に現れた天使たちが, 神を賛美して言った言葉から. なお, ラテン語訳聖書 Vulgata の原文では gloria in altissimis Deo となっている.

gradus ad Parnassum

グラドゥス アド パルナッスム

パルナソスへの階段

▶パルナソスとは, ギリシア神話において詩歌の女神ムーサたちの住む山の名前. 見出し句は, ラテン語で詩を作文する際に有益な様々な知識(文法・語彙・詩法・音楽等)を収めた教育的な書物のタイトルにしばしば使われた言葉.

Graecia capta ferum victōrem cēpit et artēs intulit agrestī Latiō

グラエキア カプタ フェルム ウィクトーレム ケーピト エト アルテース イントゥリト アグレスティー ラティオー

征服されたギリシアが野蛮な勝利者を征服し, 数々の学芸を粗野なラティウムにもたらした　[Hor. *Ep.* 2.1.156–57]

▶ローマは軍事的・政治的にはギリシアを征服したが, 学問と文学, そして文化一般に関してはギリシアに完全に征服された. この歴史的な事実を, ホラティウスが『書簡詩』第2巻・第1歌の中で一言で要約して言ったもの.

文法 Graecia capta 征服されたギリシアは 〈女 単数・主格 ＋ 動 capio の完了分詞・女性・単数・主格〉 / ferum victorem 野蛮な勝利者を 〈形 ferus の男性・単数・対格 ＋ 男 victor の単数・対格〉/ cepit 征服した 〈動

graeculus esuriens

capio の直説法完了・三人称・単数〉/ et そして 接 / artes 数々の学芸を〈女 ars の複数・対格〉/ intulit もたらした〈動 infero の直説法完了・三人称・単数〉/ agresti Latio 粗野なラティウムに〈形 agrestis の中性・単数・与格 ＋ 中 Latium の単数・与格〉

graeculus ēsuriens
▶⇨ graeculus esuriens, in caelum jusseris, ibit.

graeculus ēsuriens, in caelum jusseris, ībit
グラエクルス エースリエンス イン カエルム ユッセリス イービト
飢えた(その)ギリシア人は，お前が命じるならば天にも上るだろう　[Juv. 3.78]
▶ユウェナリスは『諷刺詩』第3歌において，ギリシアからやって来たイサイオスという名前の，一人で古典教師，修辞学者，画家，占い師，綱渡り芸人，医者，魔術師を兼ねるという多才な人物を揶揄して，この見出し句を述べている．graeculus esuriens は一般的には，阿諛(ゆ)追従をする者というほどの意味．

grammaticī certant
グランマティキー ケルタント
学者たちが議論を戦わせている　[Hor. *P.* 78]
▶ホラティウスは，『詩論』の中の，様々な詩のジャンルに固有の韻律について論じた箇所において，いかなる韻律で英雄叙事詩が書かれるべきかということに関して手本を示したのがホメロスであることは間違いないが，誰がエレゲイア詩の韻律の発明者であったかについては「今なお学者たちが議論を戦わせており，係争中だ(決着が付いていない)」としている．*cf.* adhuc sub judice lis est.

grātīs anhēlans, multa agendō nihil agens
グラーティース アンヘーランス ムルタ アゲンドー ニヒル アゲンス
恩恵を得たいがために息を切らし，多くのことをして何も成さない(人)　[Phaedr. 2.5.3]
▶ローマの寓話作家パエドルスは，何かにつけあくせくしているローマ人の心の卑しさをたしなめるために，皇帝の恩恵を期待して仕事をしている振りをしていた奴隷がティベリウス帝によってその胸算用を見透かされたという話を紹介している．
文法 gratis 恩恵のために〈女 gratia の複数・与格〉/ anhelans 息を切らしている〈動 anhelo の現在分詞・男性・単数・主格〉/ multa 多くのことを〈形 multus の中性・複数・対格〉/ agendo 行うことによって〈動 ago の動名詞・奪格〉/ nihil agens 何も行わない〈不変化・中 単数・対格 ＋ 動 ago の現在分詞・男性・単数・主格〉

graviōra manent
グラウィオーラ マネント
さらに重大なもの(さらに重大な危険)が待っている　[Verg. *A.* 6. 84]
▶ウェルギリウス『アエネーイス』第6歌で，イタリアにたどり着いたアエネアスに向かって，クマエの巫女が最初に語った言葉の一部:「ついに海の大いなる危険を終えた者よ(しかし，さらに重大な陸の危険が待っているのだ)，ダルダヌスの子らはラウィニウムの王国へ到達するであろう(この心配は胸から追い払え)，しかし，彼らはむしろ来なければ良かったと願うであろう」．*cf.* bella! horrida bella!

gutta cavat lapidem
グッタ カウァト ラピデム
水滴が石に穴をあける　[Ov. *Pont.* 4.10.5]
▶オウィディウス『黒海からの手紙』から採られた表現．オウィ

gutta cavat lapidem, non vi,

ディウスは，流刑地で 6 度目の夏が過ぎようとしており，石でさえ水滴によって穴があけられ，指輪や鋤の歯でさえすり切れるのに，自分がまだこの流刑の地で生き長らえていることを嘆いている．

gutta cavat lapidem, nōn vī, sed saepe cadendō
グッタ カウァト ラピデム ノーン ウィー セド サエペ カデンドー
力によってではなく，頻繁に落ちることによって，水滴が石に穴をあける　[Gariopontus *Passionarius* 1.17]
▶小さな水滴でも長い間石に落ち続ければ石に穴をあけることができる．小さな力でも長い間続けていれば事は成就する，の意．
参考 雨垂れ石をも穿(うが)つ
文法 gutta 水滴が〈女 単数・主格〉/ cavat 穴をあける〈動 cavo の直説法現在・三人称・単数〉/ lapidem 石を〈男 lapis の単数・対格〉/ non vi 力によってではなく〈副 non ＋ 女 vis の単数・奪格〉/ sed しかし 接 / saepe 頻繁に 副 / cadendo 落ちることによって〈動 cado の動名詞・奪格〉

H

helluo librorum
本をむさぼり食う者——本の虫

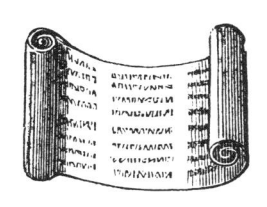

habent sua fāta libellī
ハベント スア ファータ リベッリー
本は自分の運命を持っている　[Maur. 255]
▶完全な引用は pro captu lectoris habent sua fata libelli「読者の理解(いかん)によって，本は自分の運命を持っている」．つまり，ある本が役に立つかどうか，評価されて後世に残されるかどうかさえも，それを手に取って読む読者の理解力次第であるということ．

haec ōlim meminisse juvābit
▶⇒ forsan et haec olim meminisse juvabit.

hanc veniam petimusque damusque vicissim
ハンク ウェニアム ペティムスクェ ダムスクェ ウィキッシム
私たちはお互いにこの許しを求め与え合う　[Hor. P. 11]
▶ホラティウス『詩論』から採られた言葉．この直前の行で「何であれ大胆な試みをする権利が画家と詩人には等しく与えられている」と言われているから，見出し句の「私たち」とは「画家」と「詩人」のことで，もともとの意味は，「(実際に)私たち画家と詩人

はお互いに大胆な試みをする特権を求め合い，認め合っている」となる．しかし『詩論』のコンテキストでは，ホラティウスはあくまでも，詩人や画家の大胆さと自由な想像力には限度と節度があるべきで，何をやってもよいという訳ではないとも述べているのである．

文法 hanc veniam この許しを〈形 hic の女性・単数・対格 ＋ 女 venia の単数・対格〉/ petimus（私たちは）求める〈動 peto の直説法現在・一人称・複数〉/ -que 〜と〜 前接辞 / damus（私たちは）与える〈動 do の直説法現在・一人称・複数〉/ vicissim お互いに 副

Hannibal ad portās
ハンニバル アド ポルタース
城門の前にハンニバル　[Cic. *Phil.* 1.5.11]
▶『ピリッピカ』第 1 演説の中でキケロは，アントニウスが当時執政官だったキケロに対して元老院への出席を強要したことについて，その必要性・緊急性のなさを「城門の前にハンニバルが来ていただろうか?」と皮肉を込めて表現している．これは，ポエニ戦争中，カルタゴの名将ハンニバルがアルプスを越えてイタリアを攻め，前 212 年ローマの目前まで迫り，ローマが国家的な危機に曝された故事を念頭に置いたもの．

haud ignōta loquor
ハウド イグノータ ロクォル
私は良く知られたことを話します　[Verg. *A.* 2.91]
▶ウェルギリウス『アエネーイス』第 2 歌，トロイア落城の場面に登場するシノンの言葉から採られたもの．このシノンの嘘の物語を信じてトロイア人たちは木馬を城内に運び込むことになる．
cf. ab [ex] uno disce omnes / ad utrumque paratus.

helluō librōrum
ヘッルオー リブロールム
本をむさぼり食う者　[*cf.* Cic. *Fin.* 3.2.7]
▶キケロは『善と悪の究極について』の中で，トゥスクルム滞在中にルクッルスの別荘の書庫でマルクス・カトーに出会ったエピソードを紹介しているが，元老院でも議員たちが集まるまで本を読んでいたというカトーの旺盛な読書欲について，「(彼は)最高の余暇と最大の蔵書の中であたかも書物をむさぼり食らっているように見えた」と言っている．

heu pietās! heu prisca fidēs!
ヘウ ピエタース ヘウ プリスカ フィデース
ああ敬虔(な心)よ，ああ昔の信義(忠誠)よ　[Verg. *A.* 6.878]
▶ウェルギリウス『アエネーイス』第6歌において，冥界でアンキセスがアエネアスに一連のアエネアスの子孫の霊たちを見せるが，その最後を飾るのはマルクス・クラウディウス・マルケルスであった．彼は，アウグストゥスの姉オクタウィアの息子で，アウグストゥスの養子となるが，若くして死んだ．見出し句は，この青年の美徳を讃えてアンキセスが発した言葉の一部．

hīc jacet ‖ hīc jacet sepultus ‖ hīc requiescit in pāce ‖ hīc sepultus
ヒーク ヤケト ‖ ヒーク ヤケト セプルトゥス ‖ ヒーク レクィエスキト イン パーケ ‖ ヒーク セプルトゥス
…ここに眠る ‖ …ここに葬られ眠る ‖ …ここに安らかに眠る ‖ …ここに葬られたり
▶墓碑銘で故人の名前の前に使われる文句．

hinc illae lacrimae [lachrymae]
ヒンク イッラエ ラクリマエ [ラクリュマエ]

hoc erat in votis

これがあの涙の原因だ　[Ter. *And.* 126; Hor. *Ep.* 1.19.41; *cf.* Erasm. *Adagia* I iii 68]

▶テレンティウスの喜劇『アンドロス島の女』第1幕第1場で，自分の息子が死んだ遊女のために涙を流し，葬儀にまで参列することを不審に思っていた父親が，その遊女に若くて美しい妹があることを知った時，なるほどと合点がいき，このように叫んだ(息子は遊女にではなく，遊女の妹に恋をしていたのだ). ホラティウスは同じ表現を『書簡詩』第1巻・第19歌の中で，自分の詩が非難されたのは，読者たちに贈り物をしたり学者(批評家)たちにごますりをしなかったからであると言った時に使っている．ここで「あの涙」が自作の詩を攻撃されたという憂き目を意味するならば，「これがあの憂き目の原因だ」と訳せる．エラスムス『格言集』によれば，この表現は，ある事柄についてずっと分からなかった理由がついに明らかにされた場合にも「これがあの理由だ，あれはこれが理由だったのだ」の意で使われるという．

文法 hinc この故に 副 / illae lacrimae あの涙が 〈形 ille の女性・複数・主格 ＋ 女 lacrima の複数・主格〉

hoc erat in vōtīs

ホク エラト イン ウォーティース

これが(私の)願いだった　[Hor. *S.* 2.6.1]

▶『諷刺詩集』第2巻・第6歌の冒頭でホラティウスは，自分にはそれほど大きくはない土地があり，そこに庭と家があって，そばには泉と森がある，そのような田園を所有することが自分の願いだったが，神々のおかげで(パトロンのマエケナスのおかげで)それ以上のものを手に入れることができたと言って喜んでいる．そしてこれ以上のものは望まないとしながら，今後もこの幸せが続きますようにとメルクリウスに祈願している．

hoc monumentum [saxum] posuit
ホク モヌメントゥム [サクスム] ポスイト
彼(女)がこの記念物[石碑]を建てた
▶記念碑などに刻まれる文句.

hoc opus, hic labor est
ホク オプス ヒク ラボル エスト
これ(こそ)が仕事, これ(こそ)が仕事である　　[Verg. *A*. 6.129]
▶ウェルギリウス『アエネーイス』第6歌, 巫女がアエネアスの冥界行きについて教える場面から採られた言葉. 冥界へ行くのはたやすいが, そこから再び地上に戻って来るのは難しいことを強調して言ったもの. hic labor, hoc opus est ともいう. *cf.* facilis descensus Averno.

hoc volō, sīc jubeō
ホク ウォロー シーク ユベオー
私がこれを望んでいるのだ, 私がこう命じるのだ　　[Juv. 6.223]
▶ユウェナリス『諷刺詩』第6歌から採られた「夫を尻に敷く妻」の言葉. 何が何でも奴隷を処刑したいと望む彼女に対して, 夫がいくらその奴隷を弁護しても, たとえその奴隷が潔白であっても, 彼女は「馬鹿者め, それほどに奴隷は人間なのか? そいつが(悪いことを)何もしなかったって? そういうことにしておきましょう. 私がこれを望んでいるのだ, 私がこう命じるのだ. 理性より意志がまさる」と言うのである.

hodiē, nōn crās
ホディエー ノーン クラース
明日ではなく今日
▶*cf.* ad praesens ova cras pullis sunt meliora.

hominēs nihil agendō discunt malum agere
ホミネース ニヒル アゲンドー ディスクント マルム アゲレ
▶⇨ nihil agendo homines male agere discunt.

hominis est errāre
ホミニス エスト エッラーレ
誤りを犯すことは人間の性質である　[cf. Cic. Phil. 12.2.5]
▶キケロ『ピリッピカ』第12演説の原文によれば cujusvis hominis est errare「いかなる人間も誤りを犯すことはある」となっている．キケロは，それゆえその誤りに固執することは愚か者のすることであり，「より後にする考え」の方がより賢明なのだと付け加える．cf. humanum est errare.

homō antīquā virtūte et fidē
ホモー アンティークァー ウィルトゥーテ エト フィデー
昔ながらの美徳と忠誠心を持った男(よ)　[Ter. Ad. 442]
▶テレンティウスの喜劇『兄弟』から採られた言葉．原文で homo は呼格で，一人の男が旧友に対して呼びかける表現となっている．

homō doctus in sē semper dīvitiās habet
ホモー ドクトゥス イン セー センペル ディーウィティアース ハベト
教養ある人はいつも自分自身の中に富を有している　[Phaedr. 4.23.1]
▶ローマの寓話作家パエドルスは，ギリシアの詩人シモニデスが乗っていた船が難破した時，他の乗客が金目のものをかき集め，荷物のせいで溺れ，海賊にすべてを奪われたのに対して，詩人は自分の「財産」をすべて自分自身の中に持っていたというエピソードを紹介している．ここで詩人の財産とは教養であり，名声のことである．

homō est sociāle animal
ホモー エスト ソキアーレ アニマル
人間は社会的な動物である　[cf. Sen. Clem. 1.3.2]
▶『慈悲深さについて』の中でセネカは、自分たちストア派の人々が人間を社会的な動物であるとし、共通の善のために生まれたものであると考えるのに対し、エピクロス派の人々は人間を快楽の虜であるとし、その言葉と行為は自分自身の利益のためになされると考えている、としている. 見出し句は、アリストテレスが『政治学』(1253a3) においてギリシア語で言った言葉 ὁ ἄνθρωπος φύσει πολιτικὸν ζῷον に遡る.

homō hominī lupus
ホモー ホミニー ルプス
人間は人間にとってオオカミ　[Plaut. As. 495; cf. Erasm. Adagia I i 70]
▶プラウトゥスの喜劇『ろば物語』の原文では「どんな人だか分からない場合、人にとって人は、人ではなくオオカミだ」と言われており、「見ず知らずの人はオオカミのように信用できない」という常識的な意味で使われているが、現在では「どんな人だか分からない場合」という限定が外され、性悪説の格言として用いられるようになった. cf. bellum omnium contra omnes.
参考　人を見たら泥棒と思え

homō sum; hūmānī nihil ā mē aliēnum putō
ホモー スム フーマーニー ニヒル アー メー アリエーヌム プトー
私は人間である. 人間に関することは何一つ私と無関係であるとは思わない　[Ter. Haut. 77]
▶テレンティウスの喜劇『自虐者』第 1 幕第 1 場で、自分には何の関わりもない他人ごとを気にかける人だと言われた(つまり、お節介呼ばわりされた)男クレメスが、それに反論して言った言葉.

もちろんテレンティウスのこの場面では有効な反論になってはいない．
文法 homo 人間〈男 単数・主格〉/ sum（私は）〜である〈動 直説法現在・一人称・単数〉/ humani nihil 人間に属する何物をも（〜ない）〈男 humanus の単数・属格 ＋ 不変化・中 単数・対格〉/ a me 私から〈前 a ＋ 人代 一人称・単数・奪格〉/ alienum 無関係である（と）〈形 alienus の中性・単数・対格〉/ puto（私は）思う〈動 直説法現在・一人称・単数〉

homō trium litterārum
ホモー トリウム リッテラールム
三文字の人　　[Plaut. *Aul.* 325]
▶言葉遊びで「盗賊」のこと．ラテン語で盗賊を表す言葉（fur）が三文字であったことから．

homō ūnīus librī
ホモー ウーニーウス リブリー
一巻の書物の人
▶timeo lectorem unius libri「私はたった一巻の書物の読者を恐れる」（アウグスティヌス）, timeo hominem unius libri「私は一巻の書物の人を恐れる」（トマス・アクイナス）, cave ab homine unius libri「たった一巻の書物の人に気をつけよ」（アイザック・ディズレーリ）など，様々な表現に用いられる．ただ一巻の書物（作家）に依拠する人は敵に回すと恐ろしい，ただ一巻の書物（例えば聖書）に依拠する人は敬虔である，などの意．また，皮肉な言い方では，ただ一冊の本に耽りそれしか知らないつまらない人．そのような人も偏狭あるいは狂信的で恐ろしいことがある．

honesta mors turpī vītā potior
ホネスタ モルス トゥルピー ウィーター ポティオル
高潔な死は恥ずべき命にまさる　　[Tac. *Agr.* 33]

▶歴史家タキトゥスの岳父アグリコラが，ブリタンニア人たちとの戦いを前にして兵士を鼓舞するために行った演説から採られた言葉．

honōs alit artēs
ホノース アリト アルテース
名誉が芸術を養う　[Cic. *Tusc.* 1.2.4]
▶キケロ『トゥスクルム荘対談集』の原文によれば，人はみな名誉を得たいという欲望から努力するものであるが，ローマにおいては，ギリシアのように政治家が芸術(絵画や音楽)における卓越ゆえに高く評価され名誉を与えられるということはなく，すぐれた芸術家が育つこともなかったという．

honōs habet onus
ホノース ハベト オヌス
名誉は重荷を背負う[責任を持つ]
▶高い地位にある者はそれに相応しい道徳的責任と義務を負うべきであるという考えを表す言葉．フランス語の noblesse oblige に同じ．

hōra fugit
▶⇨ fugit hora.

horrescō referens
ホッレスコー レフェレンス
私は(自ら)語りつつも身の毛がよだつ　[Verg. *A.* 2.204]
▶ウェルギリウス『アエネーイス』第2歌で，ラオコーンとその息子たちが二匹の大蛇によって絞め殺される場面を語る際に，アエネアスがその蛇の恐ろしい姿を思い出しながら言った言葉．

hūmānum est errāre
フーマーヌム エスト エッラーレ
過ちを犯すことは人間的なことである　[Aug. *Serm.* 164.14]
▶アウグスティヌスは「過ちを犯すことは人の常であるが，傲慢さゆえに誤りに留まることは悪魔的である」と言っている. *cf.* hominis est errare.

hunc tū, Rōmāne, cavētō
フンク トゥー ローマーネ カウェートー
ローマ人よ，お前はこいつに注意しなさい　[Hor. *S.* 1.4.84]
▶ホラティウス『諷刺詩集』第1巻・第4歌は，古喜劇と諷刺詩について論じ，諷刺詩と諷刺詩人である自分自身を弁護するものである．その中でホラティウスは「その場にいない者を中傷する者，誰かに非難されている友人を弁護しない者，人々の放逸な笑いと，機知に富む者であるとの名声を欲しがる者，見たことのないものを捏造する者，秘密を黙っていられない者，これはあくどい奴だ，ローマ人よ，こいつに注意しなさい」と言っている．ホラティウス自身が標榜する諷刺はより穏やかな教育的な営みであり，上に挙げたような過激な諷刺詩人の反倫理的な行動とは区別されるものである. *cf.* foenum habet in cornu.

文法 hunc こいつを 〈代 hic の男性・単数・対格〉/ tu お前は 〈人代 二人称・単数・主格〉/ Romane ローマ人よ 〈男 Romanus の単数・呼格〉/ caveto 注意せよ 〈動 caveo の命令法未来・二人称・単数〉

I

in medio tutissimus ibis
中間を行くのが最も安全だ

idem velle atque idem nolle
イデム ウェッレ アトクェ イデム ノッレ
同じことを望み，そして望まないことも同じ　[Sall. C. 20.4]
▶サルスティウスは『カティリナの陰謀』の中で，カティリナが邸宅で密かに友を集めて行った演説を引用しているが，そこから採られた言葉．原文によれば「同じことを望み，そして望まないことも同じ，それこそが確かな友情なのだ」となっている．

Iēsūs [Jēsūs] Hominum Salvātor
イェースース ホミヌム サルヴァートル
人類の救い主イエス（略 I.H.S）

Iēsūs [Jēsūs] Nazarēnus Rex Iūdaeōrum [Jūdaeōrum]
イェースース ナザレーヌス レクス ユーダエオールム
ユダヤ人の王ナザレのイエス　[新約聖書「ヨハネ伝」19章19節]
▶十字架上に掲げられたイエスの罪状書きに書かれた言葉．略 INRI.

ignis aurum probat, miseria fortēs virōs

イグニス アウルム プロバト ミセリア フォルテース ウィロース
火は黄金を試し，苦難が勇者を試す　[Sen. *Prov.* 5.9]

▶セネカ『神慮について』から採られた言葉．神が運命を各人に分配するにあたり，どうして善き人に様々な不幸が割り当てられたのかという問いに対して，セネカは，尊敬に値する人物が作られるためには多くの試練を含む厳しい運命が必要なのだと言う．

ignōrantia lēgis nēminem excūsat

イグノーランティア レーギス ネーミネム エクスクーサト
法律の不知は何人をも免責しない

▶ignorantia facti excusat「事実の不知は免責する」に対して，法律は誰もが知っているものと見なされる以上，「法律を知らないことが罪を免れる理由にはならない」という原則．

ignōrantī quem portum petat, nullus ventus est

イグノーランティー クェム ポルトゥム ペタト ヌッルス ウェントゥス エスト
どの港を目指すのか知らぬ者にとって，いかなる風も順風ではない　[Sen. *Ep.* 71.3]

▶セネカ『道徳書簡』から採られた言葉．自分の人生の究極の目的を知らなければ，人生の中の一つ一つの行為を秩序立てることはできない，の意．さらにこの箇所の後で，矢を射る者は，まず何を目指して当てようとするのかを知った上で矢を射らなければならない，とも言われている．

文法 ignoranti 知らない者にとって〈動 ignoro の現在分詞・単数・与格〉/ quem portum どの港を〈疑形 qui の男性・単数・対格 ＋ 男 portus の単数・対格〉/ petat 目指す(べきか)〈動 peto の接続法現在・三人称・単数〉/ nullus ventus est いかなる(順)風もない〈形 nullus の男性・単数・主格 ＋ 男 単数・主格 ＋ 動 sum の直説法現在・三人称・単数〉

ignōrātiō elenchī
イグノーラーティオー エレンキー
論点相違の虚偽
▶それ自体は正しいが，本来論証すべきこととずれた的はずれの論証．

ignōtī nulla cupīdō
イグノーティー ヌッラ クピードー
知られないものに対してはいかなる欲望も(生じ)ない　[Ov. *A. A.* 3.397]
▶オウィディウス『恋愛の技法』第3巻から採られた言葉．そもそも隠されたままで人の知るところとならなければ，いかに美しく魅力的であっても，人々がそれを欲しがるということはありえない，という意．見出し句は，恋人を求める美しい女性たちについて言われたもので，オウィディウスは彼女たちに，男性に求められるために美しい姿をして人目につく場所へ出て行くべきであると説いている．

ignōtum per ignōtius
イグノートゥム ペル イグノーティウス
分かっていないことをもっと分かっていないことで(説明すること)
▶*cf.* obscurum per obscurius.

Īlias malōrum
イーリアス マロールム
諸々の禍いのイーリアス　[Cic. *Att.* 161.3 (=8.11.3)]
▶キケロの『アッティクス宛書簡集』から採られた言葉．ここで「イーリアス」とは，もちろんホメロスの長大な叙事詩『イーリアス』全24巻のことである．『イーリアス』には人間の様々な禍

いと嘆きが語られており，その24巻分に相当する大きな無数の禍いというほどの意味.

ille crucem sceleris pretium tulit, hic diadēma
イッレ クルケム スケレリス プレティウム トゥリト ヒク ディアデーマ
あの男は悪行の代価として十字架を，この男は王冠を得た　[Juv. 13.105]

▶「十字架」とは罪悪の報いとして磔にされて死刑に処されることで，「王冠」とは文字通り王様(支配者)となること．ユウェナリスによれば，犯した罪は同じでも，その後に人々が受ける運命はこのように様々であると言う．

文法 ille あの男は〈代 男性・単数・主格〉/ crucem 十字架を〈女 crux の単数・対格〉/ sceleris pretium 悪行の代価として〈中 scelus の単数・属格＋中 pretium の単数・対格〉/ tulit 獲得した〈動 fero の直説法完了・三人称・単数〉/ hic この男は〈代 男性・単数・主格〉/ diadema 王冠を〈中 diadema の単数・対格〉

imitātōrēs, servum pecus
イミタートーレース セルウゥム ペクス
模倣者たちよ，奴隷的な家畜よ　[Hor. Ep. 1.19.19]

▶パトロンのマエケナスに宛てて書かれた『書簡詩』第1巻・第19歌の中でホラティウスは，彼の叙情詩がギリシアの詩の模倣に過ぎないとする論敵の批判に応えて，自分の詩人としての独創性を主張している．彼は「模倣者たちよ，奴隷的な家畜よ」と呼びかけた上で，自分はローマでは初めてアルキロコスやアルカイオスの韻律によってラテン語の詩を書いたのであり，韻律は模倣したが内容は模倣していないのだから，単なる模倣者とは違うと主張している．

immedicābile vulnus
インメディカービレ ウゥルヌス
治療することのできない傷　[Ov. *M.* 1.190]
▶オウィディウス『変身物語』第1巻におけるユピテルの言葉から. 原文では「治療することのできない傷はメスで切り取られなければならない」となっており, 見出し句は, 凶悪な種族と見なされた人類を指す.

immortālia nē spērēs
インモルターリア ネー スペーレース
(お前が)不死を望まないよう　[Hor. *Carm.* 4.7.7]
▶ホラティウス『歌集』第4巻・第7歌は, グラティアエ(美と優雅の3女神)とニンフたちの合唱隊によって春の再来を祝うかのように始まっているが, 実は, 人生というものが季節や自然現象のように回帰して元に戻るものではないことを, すなわち, われわれ人間は死んだが最後, あの世からは決して戻って来られないという人間の運命を歌っている. その中でホラティウスは, 「(お前が)不死を望まないよう, 年月と, 恵み深い日々を奪い去る時間とが警告する」と言っている.

文法 immortalia 不死なるものを〈形 immortalis の中性・複数・対格〉/ ne speres (お前が)望まないように〈副 ne ＋ 動 spero の接続法現在・二人称・単数〉

īmō pectore
イーモー ペクトレ
胸[心]の奥底から　[Verg. *A.* 11.377]
▶ウェルギリウス『アエネーイス』第11歌で, ラティウムの王ラティヌスは, アエトリアから援軍を得るという希望が断たれると, トロイア人たちと盟約を結び彼らを王国へ受け入れることを提案する. アエネアスの宿敵トゥルヌスを妬むドランケスは, 盟

impar congressus Achilli

約をさらに強固なものとするために，トゥルヌスに約束されていた王の娘ラウィニアとの結婚をトロイア人の王(アエネアス)に譲ることを求める．これに対して，トゥルヌスはドランケスの弱腰を非難し，戦争の継続を求めて反論する．この反論を導入する詩人のコメントが「(ドランケスが)このような言葉でトゥルヌスの凶暴性を燃え上がらせた．(トゥルヌスは)呻き声を上げ，胸の奥底からこのような言葉を吐き出した」であり，見出し句はトゥルヌスの激しい感情の吐露を表している．*cf.* ab imo pectore.

impār congressus Achillī
インパール コングレッスス アキッリー
アキレウスに互角に立ち向かうことのできない(者)　[Verg. *A.* 1. 475]
▶ウェルギリウス『アエネーイス』第1歌で，カルタゴに漂着したアエネアスが，ディードの建設したユノ神殿の壁画を見て涙を流す場面から採られた言葉．その壁画にはトロイア戦争の情景が描かれていて，その中にアキレウスに追跡された少年トロイルスの哀れな姿があった：「武具を失って逃げて行くトロイルス，可哀想に，アキレウスに互角に立ち向かうことのできない少年が，馬たちに運ばれて行く，仰向けに空の戦車に張り付いて，手綱は握っていたものの，この少年の頭と髪の毛は地面に引きずられ，砂地に向きを変えた槍の跡が記されて行く」．

impōnere Pēliō Ossam
インポーネレ ペーリオー オッサム
ペリオン山の上にオッサ山を置く　[Verg. *G.* 1.281]
▶ウェルギリウス『農耕歌』の原文では「彼ら(巨人の兄弟オトゥスとエピアルテス)は三度ペリオン山の上にオッサ山を置こうと，さらにはオッサ山の上に葉の茂るオリンポス山を転がそうと，努力した」となっている．困難に困難を重ねることの譬え．

improbe Amor, quid nōn mortālia pectora cōgis?

インプロベ アモル クィド ノーン モルターリア ペクトラ コーギス

邪なアモルよ，お前が人間の心に無理強いしないということがあるのか？ [Verg. *A.* 4.412]

▶ウェルギリウス『アエネーイス』第4歌において，恋人アエネアスに捨てられたディードに対する同情を表した詩人の言葉から．アモルはローマ神話の愛の神で，人間のみならず神々でさえもアモルが引き起こす欲望には抵抗できないと考えられていた．

文法 improbe Amor 邪なアモルよ〈形 improbus の男性・単数・呼格 ＋ 男 単数・呼格〉/ quid どうして 副 / non cogis（お前が）強要しない（だろうか）〈副 non ＋ 動 cogo の直説法現在・二人称・単数〉/ mortalia pectora 人間の心を〈形 mortalis の中性・複数・対格 ＋ 中 pectus の複数・対格〉

incēdis per ignīs suppositōs cinerī dolōsō

インケーディス ペル イグニース スッポシトース キネリー ドローソー

お前は(人の目を)欺く灰の下に置かれた炎を伝って歩む [Hor. *Carm.* 2.1.7-8]

▶ホラティウス『歌集』第2巻・第1歌は，マエケナスと同様ウェルギリウスやホラティウスのパトロンとして知られるアシニウス・ポリオに宛てて書かれた詩である．当時ポリオは，ポンペイウスとカエサルの間に生じたローマの内乱の歴史を書こうとしていたらしい．見出し句は，まだ内乱の当事者たちが生きており利害関係も絡む危険な主題に取り組んでいるポリオに，ホラティウスが警告して言った言葉．

参考 危ない橋を渡る

文法 incedis（あなたは）歩む〈動 incedo の直説法現在・二人称・単数〉/ per ignis 炎を通って〈前 per ＋ 男 ignis の複数・対格〉/ suppositos cineri doloso 欺く灰の下に置かれた〈動 suppono の完了分詞・男性・複数・対格 ＋ 男 cinis の単数・奪格 ＋ 形 dolosus の男性・単数・奪格〉

in Christī nōmine
イン クリスティー ノーミネ
キリストの名において

incidis in Scyllam cupiens vītāre Charybdim
インキディス イン スキュッラム クピエンス ウィーターレ カリュブディム
お前はカリュブディスを避けようと欲してスキュラに出会う
▶⇨ incidit in Scyllam qui vult vitare Charybdim.

incidit in Scyllam quī vult vītāre Charybdim
インキディト スキュッラム クィー ウゥルト ウィーターレ カリュブディム
カリュブディスを避けようと欲する者はスキュラに出会う
[Gualtherus ab Insulis *Alexandreis* 5.301]
▶12世紀の叙事詩作品『アレクサンドレイス』から採られた言葉．古代ギリシアの神話によれば，イタリアとシチリア島の間にあるメッシナ海峡の両岸の一方にはカリュブディス(大渦巻の擬人化)が，もう一方にはスキュラ(岩礁の擬人化でそこを通り過ぎる人間をさらって食べる)が棲んでいたことになっている．一方の危険を避けようとしてもう一方の危険に遭うこと．*cf.* a fronte praecipitium, a tergo lupi.
参考 前門の虎 後門の狼；一難去ってまた一難
文法 incidit 出会う〈動 incido の直説法現在・三人称・単数〉/ in Scyllam スキュラに〈前 in ＋ 女 Scylla の単数・対格〉/ qui ～するところの(人)〈関代 男性・単数・主格〉/ vult vitare 避けようと欲する〈動 volo の直説法現在・三人称・単数 ＋ 動 vito の不定法現在〉/ Charybdim カリュブディスを〈女 Charybdis の単数・対格〉

incrēdulus ōdī
インクレードゥルス オーディー
私は信じられず嫌悪する [Hor. *P.* 188]

▶『詩論』においてホラティウスは，演劇の舞台上で実際に観客の目に見える「行為」として演じられてはならず，むしろ雄弁な登場人物による「報告」を通して物語られ，観客によって想像されるべき場面として，メデアの子殺しの場面，アトレウスが人肉を料理する場面，プロクネが鳥に変身する場面，カドモスが蛇に変身する場面を列挙している．仮にこのような身の毛のよだつ場面や超自然的な奇跡の場面を舞台上で見せられても，ホラティウスは「私は(それを)信じられず，嫌悪する」と述べている．

inde īrae
インデ イーラエ
それが原因で怒りが [Juv. 1.168]
▶ユウェナリスの原文では inde ira et lacrimae「それが原因で怒りと涙が」となっており，『諷刺詩』第1歌の対話者が詩人に警告として言った言葉の一部．アキレウスやアエネアスの登場する叙事詩を歌っていれば詩人は安全だが，ルキリウスのように諷刺詩を歌えば現実の世界で敵を作ることになり，それが原因で，諷刺の的にされた者の怒りが，そして彼から報復を受けた諷刺詩人の涙が生じることになるかもしれないという． *cf.* hinc illae lacrimae [lachrymae].

indignor quandōque bonus dormītat Homērus
インディグノル クァンドーケ ボヌス ドルミータト ホメールス
立派なホメロスが居眠りをするたびに私は憤りを感じる
▶⇒ aliquando bonus dormitat Homerus.

industriae nīl impossibile
インドゥストリアエ ニール インポッシビレ
勤勉にとっては何事も不可能ではない
▶*cf.* labor omnia vincit.

in excelsīs
イン エクスケルシース
最も高い所で[に], 天で
▶⇨ Gloria in Excelsis (Deo).

infandum, rēgīna, jubēs renovāre dolōrem
インファンドゥム レーギーナ ユベース レノウァーレ ドローレム
女王よ, あなたは語るに語れぬ苦しみを想起せよと命じる [Verg. *A*. 2.3]
▶ウェルギリウス『アエネーイス』第1歌の最後で, カルタゴの女王ディードがアエネアスに対して, どのようにしてトロイアがギリシア人によって滅ぼされ, アエネアスたちがどのような辛い放浪を強いられたのかを語るよう懇願したので, アエネアスはこう言った上で, 女王の懇願に従って長い物語を始める. *cf.* quorum pars magna fui.

文法 infandum dolorem 言葉にならない苦しみを 〈形 infandus の男性・単数・対格 ＋ 男 dolor の単数・対格〉/ regina 女王よ 〈女 regina の単数・呼格〉/ jubes renovare (あなたは)想起するよう命じる 〈動 jubeo の直説法現在・二人称・単数 ＋ 動 renovo の不定法現在〉

in hōc signō
▶⇨ in hoc signo vinces.

in hōc signō vincēs
イン ホーク シグノー ウィンケース
この印によりて汝勝利すべし
▶312年コンスタンティヌス大帝がローマへ向けて進軍中, 空に十字架とともにギリシア語で τούτῳ νίκα「これ(この印)によりて勝利せよ」という言葉が現れた. それを見た大帝は最初その意味が分からなかったが, 翌日の夢の中にキリストが現れ, その印を

護符として掲げて敵に立ち向かうべきことを教えた．こうしてコンスタンティヌスはミルウィウス橋の戦いに勝利し，キリスト教に改宗したという．

inhūmānum verbum est ultiō
インフーマーヌム ウェルブム エスト ウルティオー
復讐は非人間的な言葉である　[Sen. *Ir.* 2.32.1]
▶『怒りについて』第2巻で，カトーに関するエピソードを語る際のセネカの言葉．セネカによれば，ある男がカトーをあの有名なカトーとは知らずに公衆浴場で殴り，後になって許しを求めた時，カトーは，事実を認めない方が復讐するより良いと考えて，自分は殴られた覚えはないと言ったという．

inīqua numquam regna perpetuō manent
イニークァ ヌンクァム レグナ ペルペトゥオー マネント
不正な王権が永遠に続くことは決してない　[Sen. *Med.* 196]
▶セネカの悲劇『メデア』において，イアソンを自分の婿にと願うコリントス王クレオ(クレオン)が，彼の妻メデアを国から追放しようとして「不正なものであれ公正なものであれ国王の命令には従うべきである」と言ったことに反論して，メデアが言った言葉．
文法 iniqua regna 不正な王権は 〈形 iniquus の中性・複数・主格 ＋ 中 regnum の複数・主格〉 / numquam 決して～ない 副 / perpetuo 永遠に 副 / manent 続く 〈動 maneo の直説法現在・三人称・複数〉

injūriārum remedium est oblīviō
インユーリアールム レメディウム エスト オブリーウィオー
損害の療法は忘却である　[Syr. I 21 (Meyer); *cf.* Sen. *Ep.* 94.28]
▶不正によって何らかの損害を受けた場合，それに対して報復を行ったり，あるいは報復できないことから怒りをつのらせるより，

in magnīs et voluisse sat est

むしろ忘れてしまうことが最良の解決であるような場合がある. *cf.* inhumanum verbum est ultio.

in magnīs et voluisse sat est
イン マグニース エト ウォルイッセ サト エスト
偉大なことにおいては, 欲したことで十分なのだ [Prop. 2.10.6]
▶プロペルティウス『詩集』第2巻・第10歌から採られた言葉. この箇所でプロペルティウスは, これまで恋愛の歌を歌ってきた自分が今度は戦争の歌を歌うのだと宣言し, 次のように言っている:「たとえ力量が不足していても, 勇気がきっと賞賛の的となるだろう. 偉大なことにおいては, 欲したことで十分なのだ」.

in manūs tuās commendō spīritum meum
イン マヌース トゥアース コンメンドー スピーリトゥム メウム
わが霊を御手にゆだねん, 私は私の魂をあなたの手にゆだねる
[新約聖書「ルカ伝」23章46節]
▶十字架上のイエスの言葉.

in mediās rēs
イン メディアース レース
(いきなり)事件の真ん中へ, 物事の核心へ [Hor. *P.* 148]
▶前置きをすることなく, 一挙に物語の主題そのものへ, あるいは, いきなり物事の核心へと入っていくこと. ホラティウスは『詩論』の中で, ホメロスがトロイア戦争の物語の前史を長々と語ることなく「常に結末へと急ぎ, まるで(それらが)既知のことであるかのように聞き手を事件の核心へと連れ去る」と言っている. ウェルギリウスも『アエネーイス』の物語を同じ方法で, つまり, それ以前の話をあたかも既知のことであるかのように始めている. *cf.* ab ovo.

in mediō tūtissimus ībis
イン メディオー トゥーティッシムス イービス
(お前は)中間を行くのが最も安全だ　[Ov. *M.* 2.137]
▶オウィディウス『変身物語』第2巻から採られた言葉．パエトーンは人間の母親と太陽神から生まれた英雄であるが，太陽神の宮殿を訪ね，父親から認知を得ると，太陽神の子に相応しく父親の戦車を駆ることを望み，父親は仕方なくこれを認める．見出し句は，無謀な挑戦に向かう息子に対して父親が忠告する場面から採られた言葉．文脈上の意味は，太陽神の戦車は燃える太陽そのものであるから，走路が低すぎると地面を焼き，高すぎると天を燃やすことになる．天と地の中間を行くのが最も安全であるというもの．オウィディウスは同じ『変身物語』の中でイカロスの飛行についても，父親のダイダロスに同様の忠告を語らせている (Ov. *M.* 8.203). 現在では，中庸を勧める文脈で用いられることが多い．

in memoriam
イン メモリアム
…を記念して，…を悼みて
▶墓碑銘などに用いる言葉．

in nōmine Patris et Fīliī et Spīritūs Sanctī
イン ノーミネ パトリス エト フィーリイー エト スピーリトゥース サンクティー
父と子と聖霊の御名によりて
▶十字を切りながら唱える祈りの文句．

in omnia parātus
イン オムニア パラートゥス
あらゆることに対して用意のできた

inopem mē cōpia fēcit

イノペム メー コーピア フェーキト

豊富が私を貧困にした　[Ov. *M.* 3.466]

▶オウィディウス『変身物語』第3巻のナルキッススの物語において，水面に映った愛しい少年の姿が自分自身であったことに気づいた時のナルキッススの言葉．この箇所で「豊富」とは，自分自身のあり余る美しさのことであり，「貧困」とは，その美しさが自分のものである以上求めても手に入らないことを表す．

文法 inopem 貧困な 〈形 inops の単数・対格〉/ me 私を 〈人代 一人称・単数・対格〉/ copia 豊富が 〈女 単数・主格〉/ fecit ～にした 〈動 facio の直説法完了・三人称・単数〉

inopī beneficium bis dat, quī dat celeriter

イノピー ベネフィキウム ビス ダト クィー ダト ケレリテル

貧窮している者にただちに恩恵を与える者は，二度与える　[Syr. I 6 (Meyer)]

▶援助を必要としている者に対してすばやく援助を施す者は，同じ恩恵であってもそれだけ多く感謝されることになるから，一度与えるだけであっても二度与えるに等しい効果があることになる．*cf.* bis dat qui cito dat.

文法 inopi 貧窮している者に 〈形 inops の単数・与格〉/ beneficium 恩恵を 〈中 beneficium の単数・対格〉/ bis 2度 副 / dat 与える 〈動 do の直説法現在・三人称・単数〉/ qui ～するところの(人) 関代 男性・単数・主格〉/ celeriter 直ちに 副

inops, potentem dum vult imitārī, perit

イノプス ポテンテム ドゥム ウゥルト イミターリー ペリト

力のない者が力のある者を真似しようとすると滅びる　[Phaedr. 1.24.1]

▶ローマの寓話作家パエドルスによる．牛の真似をしてお腹を大

きく膨らませているうちにお腹が破裂して死んでしまったカエルの話から得られる教訓.

文法 inops 無能な者は 〈形 単数・主格〉/ potentem 能力のある者を 〈形 potens の単数・対格〉/ dum もし〜ならば 接 / vult imitari 真似ることを望む 〈動 volo の直説法現在・三人称・単数 ＋ 動 imitor の不定法現在〉/ perit 滅びる 〈動 pereo の直説法現在・三人称・単数〉

in perpetuum

イン ペルペトゥウム

永遠に　[*cf.* Catul. 101.10]

▶この表現はもちろん特定の作品から採られたものではないが, 例えば, カトゥルスは自分の兄弟の死を悼んだ詩の末尾において, この表現を用いて兄弟に永遠の別れを告げている: atque in perpetuum, frater, ave atque vale「そして永遠に, 兄弟よ, さらば, そしてさようなら」.

in scirpō nōdum quaeris

イン スキルポー ノードゥム クァエリス

お前は葦の茎に節を探している　[Plaut. *Men.* 247]

▶葦の茎には節がないことから, 探しても見つからないものを探すこと, そもそも存在しないものを探すことの譬え. *cf.* ab asino lanam.

参考 木に縁りて魚を求む

in tē, Domine, spērāvī

イン テー ドミネ スペーラーウィー

主よ, われ汝によりたのむ　[旧約聖書「詩篇」31篇1節(ラテン語訳聖書 Vulgata では 30 篇 2 節)]

integer vītae
▶⇨ integer vitae, scelerisque purus.

integer vītae, scelerisque pūrus
インテゲル ウィータエ スケレリスクェ プールス
人生において完全[潔白]で，悪事に汚されていない(人)　[Hor. *Carm.* 1.22.1]
▶『歌集』第1巻・第22歌の冒頭でホラティウスは，親しい友人の一人で喜劇作者のアリスティウス・フスクスに呼びかけ，「人生において完全[潔白]で，悪事に汚されていない人」には，たとえ最も危険な外国の土地を旅する時にも武器など必要ない，と言う．その証拠に，ホラティウス自身が恋人ララゲーの歌を歌いながらサビーヌムの森を歩いていた時にも，出くわした巨大なオオカミは彼を目にして逃げてしまったという．こうした言い方にはもちろん誇張と諧謔が満ちており，ホラティウスもこんなことを本気で信じていたわけではないだろう．

inter arma silent lēgēs
インテル アルマ シレント レーゲース
法律は武器の中にあっては沈黙する　[Cic. *Mil.* 4.11]
▶「戦時には法律は無力である」と解される場合もあるようだが，キケロ『ミロ弁護』演説においては，ある人が命の危険にさらされた場合，自分の身の安全を確保するためにいかなる手段を用いても正当化されるという，正当防衛の原則の理由として述べられた言葉である．ここで法律とは，殺人を禁止した成文法のことであろう．

inter caesa et porrecta
インテル カエサ エト ポッレクタ
犠牲と奉納の間に　[Cic. *Att.* 111.1 (=5.18.1)]

▶キケロ『アッティクス宛書簡集』から採られた言葉．古くから使われていた慣用表現で，犠牲獣が殺される時と殺された犠牲獣が神々の祭壇に捧げられる(焼かれる)時との間に様々な予期せぬ出来事が起こりうる，だから注意して～せよ，という使われ方をする．

interdum vulgus rectum videt
インテルドゥム ウゥルグス レクトゥム ウィデト
時に大衆が正しい見解を持つことがある　[Hor. *Ep.* 2.1.63]
▶アウグストゥスに宛てて書かれた，ホラティウス『書簡詩』第2巻・第1歌の，ローマの過去の詩人たちの名前を列挙しながら批評している箇所から採られた言葉．ホラティウスは「時に大衆が正しい見解を持つことがある」としながらも，直後に「大衆は間違えることもある」と付け加えている．例えば，彼によれば，もし(大衆が)古い詩人たちを崇拝し賞賛するあまり，何者も彼らには及ばないと考えるようならば，それは誤っているのだという．

interim fit aliquid
インテリム フィト アリクィド
その間に何かが起こる(だろう)　[*cf.* Ter. *And.* 314]
▶テレンティウスの喜劇『アンドロス島の女』第2幕第1場で，自分の恋人がその日のうちにも他の男と結婚することに決められてしまい焦っている若者カリヌスの言葉から．彼は，相手の男に結婚を数日延ばしてもらい，その間に何とか問題を解決するための手段が生まれるだろうと言う．

in terrōrem
イン テッローレム
脅迫的に
▶遺言書などで脅迫的な条件を付けて受益者の行動を制限しよう

とすることをいう．

inter vīvōs
インテル ウィーウォース
生存者たちの間で(の)
▶生存者から生存者に対してなされる贈与などについていう．

intrā mūrōs
イントラー ムーロース
(都市や大学の)城壁内で[に，の]，旧市内に[の]
▶例えばパリ市について，昔の城壁跡に沿って建設された環状道路の内側にある地域を指す場合に用いる．

in [ad] ūsum Delphīnī
イン [アド] ウースム デルピーニー
王太子御用(の)，(猥褻な箇所などが)削除された(本)
▶文字通りの意味では「皇太子が使用するための」となる．ちなみに，フランス国王ルイ 14 世の息子の教育のために 39 人の学者によって注釈を施され出版された古典作家のコレクションのテキストでは，教育上不適切箇所がほとんどすべて削除されていたという．

in utrumque parātus
イン ウトルムクェ パラートゥス
▶⇨ ad utrumque paratus.

in vīnō vēritās
イン ウィーノー ウェーリタース
ワインの中に真実がある　[Erasm. *Adagia* I vii 17; *cf.* Hor. *Ep.* 1.19]

▶ギリシア語の格言 ἐν οἴνῳ ἀλήθεια のラテン語訳.「人は酒に酔うとその本性を露呈する(真実を語る)」というほどの意味. エラスムスは「青銅は顔を, ワインは心を写す」,「人に真実を語らせるために拷問は必要ない(ワインの方が効果的である)」などの表現も紹介している. なお, ホラティウスは『書簡詩』第1巻・第19歌の中で, 前5世紀アテナイの大酒飲みで知られる喜劇詩人クラティノスを引き合いに出しつつ, 水しか飲まない詩人によって書かれた詩が人々に長く愛されることはないと言った. *cf.* quod in animo sobrii, id est in lingua ebrii / fecundi calices quem non fecere disertum.

invītā Minervā

インウィーター ミネルウァー

ミネルウァの意にそぐわないならば, ミネルウァが望まないならば [Hor. *P.* 385; Erasm. *Adagia* I i 42]

▶ミネルウァ(アテナ)は詩歌と学問の女神.「ミネルウァの意にそぐわない」あるいは「ミネルウァが望まない」とは,「天賦の才能がない, 霊感や妙想が浮かばない」の意. ホラティウスは『詩論』の中で, ミネルウァが望まない時は何も書くべきではない, それが詩人の良識である, と言っている. *cf.* nescit vox missa reverti / nonumque prematur in annum.

ipsa quidem pretium virtūs sibi

イプサ クィデム プレティウム ウィルトゥース シビ

徳はそれそのものが自らへの報償である [*cf.* Ov. *Pont.* 2.3.12]

▶オウィディウス『黒海からの手紙』にこの格言が引用されているが, オウィディウス自身はこのように考えられる人を何千人の中に一人見つけるのも容易ではないと言っている.

ipse dixit
イプセ ディクシト
彼自身が言った　[*cf.* Cic. *Nat.* 1.5.10]
▶キケロは『神々の本性について』の中で，ピタゴラス派の人々は論争において主張の根拠を尋ねられると，「彼自身(＝ピタゴラス)が言ったから」と述べることが常であったという話を紹介し，こうした「権威による証明」を鵜呑みにする態度を批判している．転じて，権威ある著者(例えば中世スコラ哲学におけるアリストテレス)の断言的主張による証明や(必ずしも権威を持つとは限らない)論者自身の独断的な主張のことを指す．

īra furor brevis est
イーラ フロル ブレウィス エスト
怒りは短い狂気である　[Hor. *Ep.* 1.2.62]
▶ホラティウス『書簡詩』第1巻・第2歌は，ホメロスを読んだホラティウスが友人ロリウスに様々な助言を与える書簡の形を取っている．ホラティウスによれば，快楽を軽蔑するとともに，怒りを抑制しなければならない．なぜなら，怒りとは一時的な狂気なのだから．実際，多くの不幸な出来事は一時的な狂気(理性の消失)によって生じる．

is quidem nihilī est quī nihil amat
イス クィデム ニヒリー エスト クィー ニヒル アマト
何物も愛さない人はまったく何の価値もない存在である
[Plaut. *Pers.* 179-80]
▶プラウトゥスの喜劇『ペルシア人』第2幕第1場中の遊女とその侍女の対話から採られた言葉．原文では「愛する人は惨めなものだ．しかし，何も愛さない人はまったく何の価値もない存在である．そんな人にとって人生が何の役にたつだろうか？」となっている．

文法 is その人は〈代 男性・単数・主格〉/ quidem まったく 副 / nihili est 価値がない〈中 nihilum の単数・属格 ＋ 動 sum の直説法現在・三人称・単数〉/ qui 〜するところの〈関代 男性・単数・主格〉/ nihil amat 何物をも愛さない〈不変化・中 単数・対格 ＋ 動 amo の直説法現在・三人称・単数〉

īte, missa est
イーテ ミッサ エスト
行きなさい，(ミサは)終わりました
▶文字通り訳すならば「あなたがたは行きなさい，(集会は)終わりました」となる．ミサにおける閉祭の言葉．

J・K

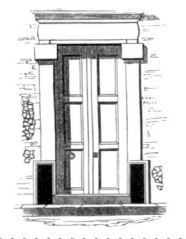

januis clausis
戸を閉じて——秘密裏に

jacta ālea est
▶⇨ alea jacta est.

jam proximus ardet Ūcalegōn
ヤム プロクシムス アルデト ウーカレゴーン
すでにウカレゴン(の家)は間近で燃えている [Verg. *A.* 2.311]
▶ウェルギリウス『アエネーイス』第2歌,トロイア陥落の場面から採られた言葉.トロイア人たちが寝ている間に,木馬からギリシアの勇者たちがはい出し,シノンによって内側から城門が開かれ,家々に火が放たれる.見出し句は,自分の家の屋根に上り眺め,トロイアの状況を知ったアエネアスが叫んだ言葉の一部.

jam redit et Virgō, redeunt Saturnia regna
ヤム レディト エト ウィルゴー レデウント サトゥルニア レグナ
今や乙女も戻り,サトゥルヌスの治世が戻って来る [Verg. *Ecl.* 4.6]
▶ウェルギリウス『牧歌』第4歌の冒頭から採られた言葉.ここで「乙女」とは,黄金時代の後人間の堕落を避けて天上に逃れたとされる正義の女神ユスティティア(アストライア)を,「サトゥル

ヌスの治世」とは黄金時代を指している．この行の数行後に「ルキナ(またはディアナ)よ，生まれ来る子供を見守れ．この子供とともに鉄の種族は途絶え，黄金の種族が全世界に現れる」とあることから，この歌は中世においてはキリストの到来を予言した歌と見なされていた．

文法 jam 今や 副 / redit 戻る 〈動 redeo の直説法現在・三人称・単数〉/ et ～もまた 副 / Virgo 乙女が 〈女 単数・主格〉/ redeunt 戻る 〈動 redeo の直説法現在・三人称・複数〉/ Saturnia regna サトゥルヌスの治世が 〈形 Saturnius の中性・複数・主格 ＋ 中 regnum の複数・主格〉

jānuīs clausīs
ヤーヌイース クラウシース
戸を閉じて，秘密裏に

Joannēs est nōmen ējus
ヨアンネース エスト ノーメン エーユス
彼の名はヨハネ　[新約聖書「ルカ伝」1章63節]
▶洗礼者ヨハネの父ザカリアが，生まれた子供に何と名づけるか尋ねられた際に書字板に書いた言葉(彼は預言を信じなかったため天使によって口を利けなくされていた)．なお，この言葉はプエルトリコのモットーとなっている．

jūbilāte Deō
ユービラーテ デオー
神に向かいて喜ばしき声をあげよ
▶旧約聖書「詩篇」100篇(ラテン語訳聖書 Vulgata では 99篇)最初の言葉．

jūcundī actī labōrēs
ユークンディー アクティー ラボーレース

過ぎ去った苦労は快いものだ　[Cic. *Fin.* 2.32.105; Juv. 12.81-82; *cf.* Erasm. *Adagia* II iii 43]

▶キケロは『善と悪の究極について』の中で,「過去に被った不幸の記憶はかえって快いものである」という考えを表す格言としてこの表現を引用すると共に,エウリピデス『アンドロメダー』(断片133)から「過ぎ去った労苦の記憶は喜ばしいものだ」という一行をラテン語で引用している.

jūdex damnātur cum [ubi] nocens absolvitur
ユーデクス ダムナートゥル クム [ウビ] ノケンス アプソルウィトゥル
罪ある者が放免される時,裁判官が罰せられる　[Syr. I28 (Meyer)]

▶本当に罪を犯した者が許されてしまうならば,裁判官自身が罪を負わされるという,裁判官の社会的責任に対する非常に厳格な考えを表明した格言.この格言の意味が実際に適用されるとすれば,裁判官の側に判断の誤りがあった場合ではなく,裁判官が賄賂等によって買収された場合であろう.

文法 judex 裁判官が〈男 単数・主格〉/ damnatur 罰せられる〈動 damnoの受動相・直説法現在・三人称・単数〉/ cum [ubi] 〜する時 接 / nocens 罪人が〈男 単数・主格〉/ absolvitur 放免される〈動 absolvoの受動相・直説法現在・三人称・単数〉

jūdicium parium
ユーディキウム パリウム
同輩による審判

▶マグナ・カルタ(大憲章)の第39条から採られた言葉.原文によれば「法に基づく同輩による審判さもなくば土地の法律によらず,いかなる自由人も逮捕されること,あるいは投獄されること[…]はない」とある.

jūs et norma loquendī
ユース エト ノルマ ロクェンディー
言葉の法則と規則　[Hor. *P.* 72]
▶︎『詩論』58-72 節においてホラティウスは，新しい時代の言葉が古い時代の言葉に取って代わること，また，すでに滅んだ古い言葉が復活し，脚光を浴びた新しい言葉が滅んでいくこと，そして，こうした流行と衰退を意のままにするのは慣用[習慣]（usus）であり，それこそが「言葉の法則であり規則である」と説いている．

jūs Latiī
ユース ラティイー
ラテン権
▶︎ローマがラテン人に対して認めた権利．

jūs sanguinis
ユース サングィニス
血統主義
▶︎子は親が市民権をもつ国の市民権を得るという原則．

jūs solī
ユース ソリー
出生地主義
▶︎人は生まれた国の市民権を得るという原則．

justitia omnibus
ユスティティア オムニブス
すべての人に正義を
▶︎米国ワシントン D.C. のモットー．

justum et tenācem propositī virum

ユストゥム エト テナーケム プロポシティー ウィルム

正しくかつ不屈の意志の人を　[Hor. *Carm.* 3.3.1]

▶正義 (justitia) と不屈の精神 (constantia) を讃えた『歌集』第3巻・第3歌の冒頭でホラティウスは, 市民たちの邪な要求も, (暴力によって)強要する独裁者の顔色も, アドリア海の荒れ狂う南風も, ユピテルの雷も, このような人を変えることはできないと歌っている.

文法 justum 正しい〈形 justus の男性・単数・対格〉/ et そして 接 / tenacem propositi 原則に固執する〈形 tenax の男性・単数・対格 ＋ 中 propositum の単数・属格〉/ virum 人を〈男 vir の単数・対格〉

Kӯrie eleison

キューリエ エレイソン

主よ, 憐れみたまえ

▶ギリシア語の祈りの言葉をそのままラテン語に音訳したもの. カトリック教会ではミサで祈りの文句として用いられる. *cf.* Christe eleison.

L

leve fit, quod bene fertur, onus
うまく耐えられる重荷は軽い

lābitur et lābētur in omne volūbilis aevum
ラービトゥル エト ラーベートゥル イン オムネ ウォルービリス アエウゥム
(その川は)渦を巻いて流れ，いつまでも永遠に流れるだろう
[Hor. *Ep.* 1.2.43]
▶ホラティウスは友人ロリウスに宛てた『書簡詩』第1巻・第2歌の中で，金儲けや俗世の事柄に固執して，正しく生きることを先延ばしする者を，川の流れがいつ終わるかを見届けようとしている田舎者に譬えている．ホラティウスによれば，川がいつまでも流れ続けるように，金儲けや人間の欲望もやむことはない，十分な物が手に入れば,それ以上は求めるべきではない. *cf.* dimidium facti, qui coepit, habet / sapere aude.
文法 labitur (それは)流れる〈動 labor の直説法現在・三人称・単数〉/ et そして 接 / labetur 流れるだろう〈動 labor の直説法未来・三人称・単数〉/ in omne aevum 永遠に〈前 in ＋ 形 omnis の中性・単数・対格 ＋ 中 aevum の単数・対格〉/ volubilis 渦を巻く〈形 単数・主格〉

labōrāre est ōrāre
▶⇨ orare est laborare, laborare est orare.

159

labor omnia vincit
ラボル オムニア ウィンキト
労働はすべてを征服する　[Verg. *G.* 1.145]
▶ウェルギリウス『農耕歌』第1歌によれば，サトゥルヌス(クロノス)の時代，人間は畑を耕すことがなかった．人間が働くようになったのは，ユピテルの時代以降のことであり，様々な困難に打ち勝つために，人間は多くの技術を発明した．ウェルギリウスの原文では「そのとき，様々な技術が生じた．つらい生活の中で，悪しき労働と差し迫る欠乏がすべてを征服した」となっている．現在では肯定的な意味で用いられ，米国オクラホマ州のモットーとなっている．

labōrum dulce lēnīmen
ラボールム ドゥルケ レーニーメン
苦労の甘い慰め　[Hor. *Carm.* 1.32.14]
▶『歌集』第1巻・第32歌でホラティウスは，自分の琴 (barbitos) に，「ポエブス(アポロン)の名誉」，「ユピテルの宴の喜び」，「苦労の甘い慰め」として呼びかけ，ラティウムの歌を歌ってくれるようにと詩的霊感を求めている．この歌はレスボス島の詩人アルカイオスの韻律で書かれているが，ホラティウスによれば，この琴はかつてアルカイオス自らが演奏し，酒神リベル，詩歌の女神ムーサたち，愛の女神ウェヌス，恋愛の神クピド，それにアルカイオスが愛した少年リュクスを歌っていたものであるという．

lacrimae rērum
▶⇒ sunt lacrimae rerum.

lapis philosophōrum
ラピス ピロソポールム
賢者の石

▶いかなる物質をも黄金に変えると(さらには不老長寿の薬とも)信じられていた物質のこと.

lateat scintillula forsan
ラテアト スキンティッルラ フォルサン
もしかしたら小さな(生命の)光が隠れているかもしれない
▶ヘクサメトロス詩行の後半部分に相当するが,典拠は不明.人命救助に貢献した勇気ある人々を表彰する団体(Royal Humane Society)のモットーとなっている.

latet anguis in herbā
ラテト アングィス イン ヘルバー
蛇が草の中に隠れている　[Verg. *Ecl.* 3.93]
▶悪意ある敵や罠,思いがけない欠陥や障害が見えない場所に潜んでいることを警告する言葉.この言葉が採られたウェルギリウス『牧歌』第3歌の後半は,二人の牧夫ダモエタスとメナルカスによる「2行対話(distichomythia)」の歌競べになっている.ダモエタスが「花と地面に生える野イチゴを集める子供たちよ,ここから逃げなさい.冷たい蛇が草の中に隠れているのだから」と歌っているように,この言葉は,原文のコンテキストでは花やイチゴを摘む牧童たちへの警告である.

laudātor temporis actī
ラウダートル テンポリス アクティー
過ぎ去った過去の賞賛者　[Hor. *P.* 173]
▶ホラティウス『詩論』中,演劇における老人役に相応しい諸々の性質[性格]を述べる箇所から採られた言葉.ホラティウスは「老人を取り巻く不都合は数多い.すなわち,老人は獲得するが,哀れにも獲得したものに手をつけず,利用することを恐れるからか,あるいは,あらゆることを臆病かつ冷淡に処理し,ぐずぐずし

て，希望にすがりつき，臆病者で，将来のことについては欲深く，気難しく，不平を言い，(自分が若かった頃の)過ぎ去った過去の賞賛者であり，自分より若い者たちを叱りつけ，厳しく批評する」と言い，老人役を若い人にやらせてはいけないとしている．

lēgēs mōrī serviunt
レーゲース モーリー セルウィウント
法律は慣習に従う　[Plaut. *Trin.* 1043]
▶プラウトゥスの喜劇『三文銭』の中でモラルの低下を嘆く奴隷の言葉として言われたもの．ここで「慣習」とは，モラルの低下した社会における悪しき慣習の意味．*cf.* consuetudo pro lege servatur.

leve fit, quod bene fertur, onus
レウェ フィト クォド ベネ フェルトゥル オヌス
うまく耐えられる重荷は軽い　[Ov. *Am.* 1.2.10]
▶オウィディウスが『恋の歌』のこの箇所で「重荷」と呼んでいるのは，恋する者が感じる恋の苦しみのことである．オウィディウスは，馬が馬具を牛が軛を受け入れて上手に耐えるように，自分も愛の神アモルへの抵抗をやめると自ら宣言する．
文法 leve fit 軽くなる 〈形 levis の中性・単数・主格 ＋ 動 fio の直説法現在・三人称・単数〉/ quod ～するところの 〈関代 qui の中性・単数・主格〉/ bene うまく 副 / fertur 耐えられる 〈動 fero の受動相・直説法現在・三人称・単数〉/ onus 重荷は 〈中 単数・主格〉

lex tāliōnis
レクス ターリオーニス
(「目には目歯には歯」という)**復讐法, 同害刑法**
▶旧約聖書「出エジプト記」21 章 23–25 節に基づく考え方．

licentia vātum
リケンティア ウァートゥム
詩人の自由 [Ov. *Am.* 3.12.41]
▶『恋の歌』第3巻・第12歌の中でオウィディウスは, 詩人の創作の自由を制限するものは何もないと言う.

līmae labor et mora
リーマエ ラボル エト モラ
ヤスリの労苦と時間 [Hor. *P.* 291]
▶ホラティウスは『詩論』の中で, ローマの詩人たちがあらゆる主題を扱い, ギリシアの模倣のみに堕することなく, 独自の主題を扱った悲劇や喜劇を作ったことを賞賛しながらも,「もし詩人たちの各々がヤスリをかける労苦と時間を厭わなかったならば, ラティウムは武勇と輝かしい戦争よりも言語(文学)によって強大となっていただろう」と言って, ラティウム(=ローマ)の詩人たちの彫琢不足も指摘している.

lītem līte resolvere
リーテム リーテ レソルウェレ
問題を問題によって解決する(こと) [Hor. *S.* 2.3.103]
▶ホラティウス『諷刺詩集』第2巻・第3歌から採られた言葉. この詩の中でホラティウスは, 賢者以外の人間はすべて気が狂っていると考えるストア派の哲学者ステルティニウスを登場させ, 様々な狂気の実例を列挙させている. その中の一つが「強欲」である. ステルティニウスは, 貧困を最大の悪, 富こそが最大の善と信じ, 相続人に遺産の総額を墓石に刻ませたという強欲者のスタベリウスと, 積荷の黄金が重すぎて歩みが遅くなるからという理由で奴隷たちに黄金を捨てさせたというギリシアの哲学者アリスティッポスとを比較して, どちらがより狂っているのか? と自問し,「問題を問題によって解決する例は意味がない」と答える. ホ

ラティウスにとっては，どちらも同様に狂っていることになるのだろう (*cf.* Hor. *S.* 1.1.101-4).

litterae hūmāniōrēs
リッテラエ フーマーニオーレース
「より人間的な文学(研究)」，人文学
▶特に古代ギリシア・ローマの文学，哲学，歴史の研究を指す．

litterae scriptae manent
リッテラエ スクリプタエ マネント
書かれた言葉は残る

locus poenitentiae
ロクス ポエニテンティアエ
悔悛[回復]の機会　[新約聖書「ヘブル書」12 章 17 節]
▶旧約聖書「創世記」25 章に登場する双子の兄弟エサウとヤコブの話(兄エサウは空腹のあまり一杯の煮物と引き換えに弟ヤコブに長子の権利を譲り渡してしまい，後で後悔したが結局長子の権利を回復することはできなかった)に由来する表現で，法律用語としては「犯罪や契約の締結を思いとどまる機会」の意で用いられる．

longissimus diēs citō conditur
ロンギッシムス ディエース キトー コンディトゥル
最も長い日があっという間に終わる　[Plin. Min. *Ep.* 9.21]
▶「最も長い日もあっという間に終わる」と訳せば，格言風な言い方になるが，この言葉が採られたと思われる小プリニウスの書簡中の箇所は，トゥスキの別荘におけるある夏の日に，プリニウスが自分自身が何をしたかを記したものである．その中でプリニウスは，家であるいは散歩をしながら執筆の仕事を進め，弁論を

音読し，運動と風呂の後，夕食を取り，喜劇役者の朗読や竪琴弾きの演奏を聴いたり，家族との散歩や会話を楽しむうちに，「(夏の)最も長い日があっという間に終わる」と一日の出来事を振り返っている．

longum iter est per praecepta, breve et efficax per exempla

ロングム イテル エスト ペル プラエケプタ ブレウェ エト エッフィカクス ペル エクセンプラ

教説による道は長いが，実例による道は短く効果がある　　[Sen. *Ep.* 6.5]

▶『道徳書簡』第6番の中でセネカは，師ゼノンと弟子クレアンテスの関係，師ソクラテスとその弟子たちの関係に言及しながら，直接語られた言葉や人と人との交わりの方が，文字で書かれた教えよりずっと有益であることを説く．

文法 longum 長い〈形 longus の中性・単数・主格〉/ iter 道は〈中 単数・主格〉/ est 〜である〈動 sum の直説法現在・三人称・単数〉/ per praecepta 教説による〈前 per ＋ 中 praeceptum の複数・対格〉/ breve 短い〈形 brevis の中性・単数・主格〉/ et そして 接 / efficax 効果がある〈形 中性・単数・主格〉/ per exempla 実例による〈前 per ＋ 中 exemplum の複数・対格〉

lucidus ordō

ルキドゥス オルドー

明快な配列　　[Hor. *P.* 41]

▶ホラティウスは『詩論』において，(詩を)書く者は自分の力量に見合った主題を選ぶべきであり，それを心得た者は流暢さと「(言葉の)明快な配列」を欠くことがないだろうと説いている．さらに，「配列」の効果 (virtus) と魅力 (venus) とは，言うべきことを言うべき時に言い，大抵のことは後回しにして，差し当たりは

lucri bonus est odor

言わないことにあるとしている．

lucrī bonus est odor ex rē quālibet
ルクリー ボヌス エスト オドル エクス レー クァーリベト
利益の香りは，いかなる商品によるものであれ，良いものだ
[Juv. 14.204]
▶ユウェナリスによれば，質素な暮らしに甘んじた昔の父親と違い，同時代の父親は子供に，戦争に行きたくなかったら商人になって，「ティベリス川の向こう側に遠ざけるべき」いかなる商品にも嫌悪を抱かないこと，香水と皮革との間にいかなる差別もしないこと，つまり人から嫌われる仕事でもするように勧めるという．当時のローマでは悪臭を放つ革なめし業は人々から嫌われ，ティベリス川の西側に集められていた．
文法 lucri odor 利益の香りは〈中 lucrum の単数・属格 ＋ 男 単数・主格〉/ bonus 良い〈形 男性・単数・主格〉/ est 〜である〈動 sum の直説法現在・三人称・単数〉/ ex re qualibet いかなる商品からでも〈前 ex ＋ 女 res の単数・奪格 ＋ 形 quilibet の女性・単数・奪格〉

lūcus ā nōn lūcendō
ルークス アー ノーン ルーケンドー
「光がない」から「森」
▶ラテン語で「(暗い)森」を表す言葉 lucus の語源を，音の似ている単語 lucere「光る」から説明しようとすること．暗闇に包まれ光らない存在であることから, lucus「森」を lucere「光る」から説明するにあたり，否定辞 non を付け足し, non lucere「光らない」から導き出そうとするような説明は，もちろん言語学的にナンセンスである．

lupum auribus teneō
▶⇨ auribus teneo lupum.

lupus (est) homō hominī
ルプス (エスト) ホモー ホミニー
▶⇨ homo homini lupus.

lupus in fābulā
ルプス イン ファーブラー
お話の中の狼　[*cf.* Ter. *Ad.* 537]
▶ラテン語の古い諺で，例えばテレンティウスの喜劇『兄弟』では，デメアの息子クテシポと奴隷が父親の話をしていたら父親本人が姿を現したという場面で，奴隷が言った台詞になっている．
参考 噂をすれば影

lux fīat
▶⇨ fiat lux.

lux in tenebrīs
ルクス イン テネブリース
光は暗闇に(輝く)　[新約聖書「ヨハネ伝」1章5節]

lux mundī
ルクス ムンディー
(われは)世の光(なり)　[新約聖書「ヨハネ伝」8章12節]
▶イエスが自分自身について言った言葉．

M

morituri te salutamus
我ら死なんとする者たちが
あなたに挨拶する

macte virtūte（estō）
マクテ ウィルトゥーテ（エストー）
汝の勇気に栄えあれ，（あなたは）勇気ゆえに讃えられよ　[*cf.* Hor. *S.* 1.2.32; Cic. *Tusc.* 1.17.40, etc.]

▶ラテン語で「素晴らしい，よくやった，でかしたぞ」を意味する言葉．ホラティウスは『諷刺詩集』第1巻・第2歌で，ある家柄の良い若者が売春宿から出てくるのを見かけた大カトーが，その若者を(皮肉を込めて) macte virtute esto「よくやったぞ」と誉め讃え，若者は性欲ゆえに姦通罪を犯すより，売春宿に行く方が正しいと説明したというエピソードを伝えている．また，キケロ『トゥスクルム荘対談集』では，プラトンの崇拝者の話者Aが「私はむしろプラトンと共に間違えることを望む」と言った時，話し相手である話者Bが「素晴らしい！　私だってその同じ人と共に間違えるなら望むところですから」と答えている．

Magna Carta [Charta]
マグナ カルタ
マグナ・カルタ，大憲章

▶1215年，英国王ジョンが，王権の制限や封建貴族の権利などを

要求する貴族たちによって強制されて承認した勅許状.

magna cīvitās, magna sōlitūdō
マグナ キーウィタース マグナ ソーリトゥードー
大きな都, 大きな孤独
▶大都会に住む人間の数が多ければ多いほど, その中に住む個々の人間は孤独になる傾向がある, という意.

magnā cum laude
マグナー クム ラウデ
第2位優等で[の]
▶卒業証書等に用いられる成績評価. summa cum laude に次ぐ優秀な成績で, この下が cum laude となる.

magnae spēs altera Rōmae
マグナエ スペース アルテラ ローマエ
偉大なローマの第二の希望　[Verg. A. 12.168]
▶ウェルギリウス『アエネーイス』第12歌で, アエネーアスの後を継いでアルバ・ロンガを建設することになる, アエネーアスの息子アスカニウスがこのように呼ばれている. 一般的に, 皇太子や前途有望な若者について用いられる.
文法 magnae Romae 偉大なローマの 〈形 magnus の女性・単数・属格 + 女 Roma の単数・属格〉 / spes altera 第二の希望 〈女 単数・主格 + 形 alter の女性・単数・主格〉

magna est vēritās, et praevalēbit
マグナ エスト ウェーリタース エト プラエウァレービト
真理は偉大であり, 勝つであろう　[cf. 旧約聖書外典「第1エスドラス書」4章41節]
▶ラテン語訳聖書 Vulgata 原典では praevalebit (未来形) ではな

く praevalet(現在形). 前半部分 magna est veritas はマイアミ大学のモットーに用いられている.

magna est vīs consuētūdinis
マグナ エスト ウィース コンスエートゥーディニス
習慣の力は大きい　[*cf.* Cic. *Tusc.* 2.16.38]
▶キケロは『トゥスクルム荘対談集』において,軍隊における経験や訓練が多くの労苦や苦痛に対する忍耐を教えること,老婆が二日や三日の断食に耐えること,狩人が雪の中で一夜を過ごすこと,拳闘家がグローブで殴られてもうめき声を上げないこと等を挙げながら,「習慣(経験)の力は大きい」と言う.

magnās inter opēs inops
マグナース インテル オペース イノプス
大きな富の中にあって(も)欠乏している[足ることを知らない] [Hor. *Carm.* 3.16.28]
▶ホラティウス『歌集』第3巻・第16歌から採られた表現. ホラティウスは巨大な富や権力に対して忌避の念を随所に表しているが,ここでも,自分は確かに貧乏ではあるが,稼いだ富を隠し持ち,金持ちであるのに欠乏している[足ることを知らない]と言われるよりましだと言っている.

male parta, male dīlābuntur
マレ パルタ マレ ディーラーブントゥル
不正に獲得されたものは不正に失われる　[Cic. *Phil.* 2.27.65]
▶キケロ『ピリッピカ』によれば,ポンペイウスの死後,彼の財産が没収され競売にかけられた時,その競売に現れたのはアントニウス一人だった. 突然この大きな財産を手に入れてアントニウスが喜んだことに言及しながら,キケロはこの格言を紀元前3世紀の詩人ナエウィウスの言葉として引用している.

参考 悪銭身につかず
文法 male 不正に 副 / parta 獲得された(ものは)〈動 pario の完了分詞・中性・複数・主格〉 / dilabuntur 失われるだろう〈動 dilabor の直説法未来・三人称・複数〉

malesuāda Famēs
マレスアーダ ファメース
悪事へ誘う飢餓　[Verg. *A.* 6.276]
▶ウェルギリウス『アエネーイス』第6歌における地獄(冥界)の描写の中で，冥界にあるその他の禍々しい存在(嘆き，病気，老い，死，苦難，戦争，不和，等)と並んで「悪事へ誘う飢餓」が言及されている．

malī principiī malus fīnis
マリー プリンキピイー マルス フィーニス
悪い始まりには悪い終わり(がある)　[Erasm. *Adagia* IV ix 86]
▶通常，始まりが悪ければ終わりも悪い．悲劇詩人エウリピデスによるギリシア語の格言をラテン語に訳したもの．

malīs avibus
マリース アウィブス
凶兆のもとに　[*cf.* Erasm. *Adagia* I i 75]
▶直訳は「悪い鳥たちによって」．古代ローマ人は鳥の行動を観察して吉凶を占っていた．*cf.* bonis avibus.

manus manum fricat, et manus manum lavat
マヌス マヌム フリカト エト マヌス マヌム ラウァト
手が手を揉み，手が手を洗う
▶⇒ manus manum lavat.

manus manum lavat

マヌス マヌム ラウァト

手が手を洗う　[Sen. *Apoc.* 9]

▶セネカの『アポコロキュントシス』から採られた言葉．人が手を洗う時に右手が左手を，左手が右手を洗うように，ある人とある人が助け合うことを言ったもの．お互い様というほどの意味．

参考 もちつもたれつ

margarītās ante porcōs

マルガリータース アンテ ポルコース

豚に真珠　[新約聖書「マタイ伝」7章6節]

▶真価の分からない愚かな者に価値あるものを与えても無駄である，の意．

参考 猫に小判

Māter Dolōrōsa

マーテル ドローローサ

悲しみの聖母

▶聖母マリアの呼び名の一つ．イエスの十字架の下で悲しむ聖母マリアの姿によって表され，しばしば絵画や彫刻の題材となる．

māteriam superābat opus

マーテリアム スペラーバト オプス

細工が材料に優っていた　[Ov. *M.* 2.5]

▶オウィディウス『変身物語』第2巻の，父親である太陽神の宮殿を訪ねるパエトーンのエピソードから採られた言葉．太陽神の宮殿の扉は金や銀，それに象牙といった高価な材料で作られていたが，そこには鍛冶の神ウルカヌスによって浮き彫りが施されてあった．その卓越した意匠について言われた言葉．

mātre pulchrā fīlia pulchrior

マートレ プルクラー フィーリア プルクリオル

美しい母親よりさらに美しい娘(よ)　[Hor. *Carm.* 1.16.1]

▶ホラティウスは『歌集』第 1 巻・第 16 歌の冒頭でこのように呼びかけ，自分がかつて書いたイアンボス詩を破棄してくれるようにと命じている．この「美しい娘」が具体的に誰のことかは不明だが，詩人は同じ詩の末尾で，若い頃，怒りのあまり毒舌あふれるイアンボス詩を書いてしまったが，「(私が)非難(の歌)を歌い直し，あなたが再び(私の)友となり，(私に)再び好意をよせてくれるならば，私は悲しい歌をより穏やかな歌に変えたいと思う」と言って，これからはより穏やかな詩を作ることを宣言しているので，この歌はギリシアの詩人ステシコロスがヘレネを非難したせいで視力を失ったのち，歌い直して視力を回復したという「パリノイデー(取り消しの歌)」の伝統に倣って作られたものと考えられる．

文法 matre pulchra 美しい母親より 〈女 mater の単数・奪格 ＋ 形 pulcher の女性・単数・奪格〉/ filia pulchrior さらに美しい娘よ 〈女 単数・呼格 ＋ 形 pulcher の比較級・女性・単数・呼格〉

maxima dēbētur puerō reverentia

マクシマ デーベートゥル プエロー レウェレンティア

子供には最大の敬意が払われるべし　[Juv. 14.47]

▶息子を持つ父親に対する助言．ユウェナリスは，子供の見ている前では恥ずべき行為を慎み，子供がまだ幼いからといって馬鹿にせず，自分が何か過ちを犯しそうになったら，子供の存在がそれを妨げるようにしなければならないと説く．

文法 maxima reverentia 最大の敬意が 〈形 maximus の女性・単数・主格 ＋ 女 単数・主格〉/ debetur 払われるべきである 〈動 debeo の受動相・直説法現在・三人称・単数〉/ puero 少年に 〈男 puer の単数・与格〉

meā culpā

メアー クルパー

わが過失により

▶ミサにおいて唱えられる告解の祈りの一節.

meā virtūte mē involvō

メアー ウィルトゥーテ メー インウォルウォー

(私は)私の徳性で私自身を包む　[Hor. *Carm.* 3.29.54–55]

▶ホラティウスは, パトロンのマエケナスを宴会に招待する歌として書かれた『歌集』第3巻・第29歌の後半部分で,「残酷な仕事を喜び, 傲慢な遊びをしてふざけることを止めない」運命の女神について「(彼女は)ある時は私にある時は別の人に好意を示し, 不確かな栄誉を移し替える. (私のもとに)留まるならば彼女をほめ讃えよう. (しかし)もし彼女が速い翼を羽ばたかせて立ち去るならば, 私は彼女が与えたものをあきらめ, 私自身の徳性(美徳)によって私自身を包み, 持参金はないけれど善良な貧乏(の女神)を求める」と歌い, 気まぐれな運命(の女神)に見捨てられた場合は, そのことを受け入れ, 自分の持っている美徳によって身を守り, 貧乏にも堪えるつもりだとしている.

medice, cūrā tēipsum

メディケ クーラー テーイプスム

医者よ, あなた自身を治療しなさい　[新約聖書「ルカ伝」4章23節]

▶故郷ナザレで宣教を始めたイエスのことを同郷の人々が「これはヨセフの子ではないか」と怪しんだのに対して, イエスが古くからの諺として引用した言葉. 人は他人を救うことができても自分自身を救うことはできない, の意.『イソップ寓話集』の「蛙のお医者」(289) 参照.

mediō tūtissimus ībis
▶⇨ in medio tutissimus ibis.

mementō morī
メメントー モリー
(お前は)死ぬということを心に留めよ[忘れるな]
▶死の警告. 絵画芸術では(特に)しゃれこうべの形で描かれる.

mementō vīvere
メメントー ウィーウェレ
お前は生きることを心に留めよ[忘れるな]
▶memento mori にならって, mori「死ぬ」の代りに反対の意味の vivere「生きる」を入れて作られた表現. 生きる喜びを思い起こせ, の意.

mendācem memorem esse oportet
メンダーケム メモレム エッセ オポルテト
嘘つきは記憶が良くなければならない　　[Quint. 4.2.92]
▶クインティリアヌスは, 演説家が演説の中で嘘の陳述を行う場合, その演説全体を通じ首尾一貫して嘘を貫かなければならず, どんな嘘をついたかをよく覚えている必要があると言っている. 人はついた嘘を忘れてしまう傾向があるからである.
文法 mendacem 嘘つき〈男 mendax の単数・対格〉/ memorem 記憶力が良い〈形 memor の男性・単数・対格〉/ esse oportet ～であるべきである〈動 sum の不定法現在 ＋ 非人称・動 直説法現在〉

mens aequa (rēbus) in arduīs
メンス アエクァ (レーブス) イン アルドゥイース
逆境の中でも平静な心
▶⇨ aequam memento rebus in arduis servare mentem.

mensā et torō
▶⇨ a mensa et toro.

mens agitat mōlem
メンス アギタト モーレム
精神は物質の塊を動かす　[Verg. *A*. 6.727]
▶ウェルギリウス『アエネーイス』第6歌で，アンキセスの霊がアエネアスにある種の宇宙論を説明する場面から採られた言葉．原文によれば「そもそも，天空と大地と液状の野原を，そして光り輝く月の輪とティタンの星々を内部から養っているのは霊魂であり，四肢全体に浸透し，大きな物体と混じり合い，物質の塊を精神が動かしているのだ」となっている．

mens sāna in corpore sānō
メンス サーナ イン コルポレ サーノー
健全なる身体に健全なる精神　[Juv. 10.356]
▶より厳密に引用すれば，orandum est ut sit mens sana in corpore sano「祈るべきは健全な精神が健全な身体の中にあるようにということである」となる．これはあくまでも理想と希望の実現への祈りであり，一般に諺化した解釈「健全な精神は健全な肉体に宿る，だから肉体を鍛えよ」は原文の趣旨からずれている．

mens sibi conscia rectī
メンス シビ コンスキア レクティー
正しいことを自覚する心　[Verg. *A*. 1.604]
▶ウェルギリウス『アエネーイス』第1歌で，アエネアスが初めてディードの前に姿を現し，彼女に向かって語った言葉の一部．ここでアエネアスは，すべてを失った自分は彼女の親切に対して恩返しできないが，「敬虔な人々を尊重する何らかの神意が存在し，どこかに正義が存在し，正義を自覚する心が存在するならば，

神々があなたに相応しい報酬を与えてくれますように」と祈っている．ここで「正義を自覚する心」とはアエネアス自身のことであろう．

merum sāl
メルム サール
純粋な塩，機知そのもの　[Lucr. 4.1162]

▶人は色恋の欲望によって盲目となり，獲得したいと思う女の欠点が見えなくなる．醜い女が美しいものに，魅力のない女が魅力的に見えてしまう．ルクレティウスは『物の本質について』第4巻でその具体例のカタログを作っている．例えば，色黒の女が宝石に，痩せて筋張った女がカモシカのように，緑の目をした女が女神アテナに，小人のような女が「カリテス(美と優雅の三女神)の一人で，純粋な塩(機知そのもの)」に見えるという．

mētīrī sē quemque suō modulō ac pede vērum est
メーティーリー セー クェムクェ スオー モドゥロー アク ペデ ウェールム エスト
各人が自分を自分自身の尺度と物差しで量るのが正しい　[Hor. *Ep.* 1.7.98]

▶ホラティウス『書簡詩』第1巻・第7歌は，5日間の予定で避暑の旅に出た後なかなかローマに戻ってこないホラティウスに対して，パトロンのマエケナスが帰還を促す手紙を送ってよこしたので，ホラティウスがそれに返信するという形で書かれている．この歌の後半部分でホラティウスは，有力者に気に入られ田舎に土地と財産を与えられ，そのためかえって過酷に働くことを余儀なくされ，老け込んでしまったという不幸な都会人の話をしているが，見出し句は，この話を締めくくって言われた言葉．

文法 metiri se quemque 各々が自分自身を量る(こと)〈動 metior の不定法現在 + 代 単数・対格 + 代 quisque の男性・単数・対格〉/ suo modulo ac pede 自分の尺度と物差しで〈形 suus の男性・単数・奪格 + 男 modulus の単数・奪格 + 接 ac + 男 pes の単数・奪格〉/ verum 正しい〈形 verus の中性・単数・主格〉/ est 〜である〈動 sum の直説法現在・三人称・単数〉

mihi crēde: nōn potes esse dīves et fēlix

ミヒ クレーデ ノーン ポテス エッセ ディーウェス エト フェーリクス

私を信じてくれ，あなたは裕福でありかつ幸せであることはできない [[Sen.] *Mor.* 103]

▶セネカの作として伝わる格言集から採られた言葉．貧乏な者は裕福であることを夢見るが，ひとたび裕福になれば，今度は裕福であり続けることを，もっと裕福になることを求めるのが人の常である．裕福であることそのものは決して人を幸福にはしない．

文法 mihi crede 私を信じなさい〈人代 一人称・単数・与格 + 動 credo の命令法現在・二人称・単数〉/ non potes esse (あなたは)〜であることはできない〈副 non + 動 possum の直説法現在・二人称・単数 + 動 sum の不定法現在〉/ dives et felix 裕福でかつ幸せな〈形 単数・主格 + 接 et + 形 単数・主格〉

mīles glōriōsus

ミーレス グローリオースス

ほらふき兵士

▶プラウトゥスの喜劇のタイトル．この喜劇は，武勇と容姿，女にもてることを大げさに自慢する兵士ピュルゴポリュニケスが，遊女を巡って，一人の奴隷にさんざんな目に遭わされるという話．

mīlitat omnis amans

ミーリタト オムニス アマンス

恋する者は誰でも兵士である   [Ov. *Am.* 1.9.1]

▶オウィディウス『恋の歌』第1巻・第9歌の冒頭を飾る言葉．オウィディウスはこの歌の中で「恋する者」と「兵士」との類似

性,恋愛と戦争の類似性を列挙している.

mīrābile dictū
ミーラービレ ディクトゥー
語るも不思議なことに
▶*cf.* mirabile visu.

mīrābile vīsū
ミーラービレ ウィースー
見るも驚くべきことに
▶*cf.* mirabile dictu.

miseram servitūtem falsō pācem vocātis
ミセラム セルウィトゥーテム ファルソー パーケム ウォカーティス
みじめな隷属状態を,お前たちは間違って平和と呼んでいる [Tac. *H.* 4.17]
▶タキトゥス『同時代史』の中で,バタウィ族のキウィリスがガリア人たちに向かって言った言葉.「隷属」とはもちろん,ローマに対する隷属のことである.

miserīs succurrere discō
ミセリース スックッレレ ディスコー
私は不幸な人々を救うことを学んでおります [Verg. *A.* 1.630]
▶ウェルギリウス『アエネーイス』第1歌で,ディードがアエネアスに語った言葉から採られたもの.ディードは,自分自身も多くの不幸に見舞われた者として,多くの不幸を身に受けたアエネアスに対して同情と哀れみを込めてこう語った:「私は不幸を知らない者ではありません.私は不幸な人々を救うことを学んでおります」.

miserōs prūdentia prīma relinquit
ミセロース プルーデンティア プリーマ レリンクィト
惨めな者たちを最初に見捨てるのが洞察力　[Ov. *Pont.* 4.12.46]
▶オウィディウスは幼なじみの友人に宛てた『黒海からの手紙』第4巻・第12歌の中で，長らく亡命者のままでいる自分に対する同情を求めている．しかし，オウィディウスは自分の救済について具体的に何を望めばよいのか，何を望んではいけないのかも分からないと告白し，「惨めな者たちを最初に見捨てるのが洞察力であり，財産と共に知力と判断力も逃げて行くのです」とその理由を述べている．
文法 miseros 惨めな者たちを ⟨形 miser の男性・複数・対格⟩ / prudentia prima 最初の知恵が ⟨女 単数・主格 ＋ 形 primus の女性・単数・主格⟩ / relinquit 見捨てる ⟨動 relinquo の直説法現在・三人称・単数⟩

mōbile vulgus
モービレ ウゥルグス
移り気な[煽動されやすい]群衆
▶英語の mob「群衆，暴徒」はこのラテン語に由来する．
参考 烏合の衆

mōle ruit suā
モーレ ルイト スアー
▶⇨ vis consilii expers mole ruit sua.

mollissima fandī tempora
モッリッシマ ファンディー テンポラ
話すべき最も好都合な時，最も話しやすい時　[Verg. *A.* 4.293]
▶ウェルギリウス『アエネーイス』第4歌から採られた言葉．ローマを建設し世界を法のもとに統治するという使命を忘れ，カルタゴの女王ディードとの恋に耽っていたアエネアスは，イタリ

アに向けて「船出せよ」というユピテルの命令がメルクリウスによって伝えられると、驚愕し、ディードには知らせず、こっそり船出の準備を始める。彼女にそのことを「話すべき最も好都合な時」があるだろうと考えて。

monstrum horrendum, informe, ingens
モンストルム ホッレンドゥム インフォルメ インゲンス
恐るべき，醜く，巨大な怪物　　[Verg. *A.* 3.658]
▶ウェルギリウス『アエネーイス』第3歌，アエネアスによる一つ目巨人ポリュフェムス(キュクロプス)の描写の一部．

montānī semper līberī
モンターニー センペル リーベリー
山の民は常に自由人である
▶米国ウェストバージニア州のモットー．

monumentum aere perennius
▶⇨ exegi monumentum aere perennius.

moritūrī moritūrōs salūtant
モリトゥーリー モリトゥーロース サルータント
彼ら死なんとする者たちが死なんとする者たちに挨拶する
▶⇨ morituri te salutamus.

moritūrī tē salūtāmus
モリトゥーリー テー サルータームス
我ら死なんとする者たちがあなたに挨拶する　　[Suet. *Claud.* 21]
▶剣闘士が皇帝に挨拶する時の決まり文句．スエトニウスの原文では，ある湖の水を抜くに先立って湖水上で行われた模擬海戦でのエピソードが語られている．海兵隊に扮した剣闘士たちがしき

たり通り「最高司令官様、我ら死なんとする者たちがあなたに挨拶する」と叫んだ時、クラウディウスは「あるいはそうならないかもしれない」と言った．すると剣闘士たちは恩赦が与えられたと勘違いして戦わなかった．それでも、クラウディウスは脅したり励ましたりして彼らを戦わせたという．

mortuī nōn mordent
モルトゥイー ノーン モルデント
死んだ者たちは嚙みつかない　[Erasm. *Adagia* III vi 41]
▶死んだ人間はもう危害を及ぼすことがないという意味．

multa docet famēs
ムルタ ドケト ファメース
飢えは多くのことを教える　[Erasm. *Adagia* IV ii 48; *cf.* Ov. *A. A.* 2.43]
▶人は追い詰められた状況になると、必死の努力をして活路を見出すものだ、の意．なお、オウィディウスは『恋愛の技法』第2巻の中で、迷宮ラビュリントスから脱出するために人工の翼を考案した名工匠ダイダロスのエピソードを引用し、ingenium mala saepe movent「不運はしばしば才能を駆り立てる(発揮させる)」と言っている．
参考 窮すれば通ず; 必要は発明の母

multīs ille bonīs flēbilis occidit
ムルティース イッレ ボニース フレービリス オッキディト
彼は多くのよき人々に嘆かれて死んだ　[Hor. *Carm.* 1.24.9]
▶ホラティウス『歌集』第1巻・第24歌はウェルギリウスに宛てて書かれているが、その中でホラティウスは、彼らの共通の友人だった詩人クインティリウス・ウァルスの死を嘆いている．原文では「彼(クインティリウス)は多くのよき人々に嘆かれて死ん

だ．しかし，ウェルギリウスよ，誰よりもお前によって嘆かれて」となっている．

multōs fortūna līberat poenā, metū nēminem
ムルトース フォルトゥーナ リーベラト ポエナー メトゥー ネーミネム
幸運は多くの人を罰から解放するが，誰一人恐怖からは解放しない　[Sen. *Ep.* 97.16]

▶ここで言う「恐怖」とは良心の呵責のことである．セネカは，犯罪に対する第1の罰は，まさに犯罪を犯したことそのものにあり，第2の罰は，恐怖から逃れられないということであるとし，それは自然が拒否する物事に対する恐怖が私たち自身の中に浸透しているからだと言う．

文法 multos 多くの人を〈男・複 multi の対格〉/ fortuna 幸運は〈女 単数・主格〉/ liberat 解放する〈動 libero の直説法現在・三人称・単数〉/ poena 罰から〈女 poena の単数・奪格〉/ metu 恐れから〈男 metus の単数・奪格〉/ neminem 誰をも（〜ない）〈男 nemo の単数・対格〉

multum legendum esse nōn multa
ムルトゥム レゲンドゥム エッセ ノーン ムルタ
沢山ではなく，十分に読むべきである　[Plin. Min. *Ep.* 7.4]

▶『書簡集』第7巻の中で小プリニウスは，どのような勉強をすべきであるかについて，若い弁論家に対して様々な助言を述べた後，個々のジャンルから作家を厳選すべきであり，それらをやみくもに読むのではなく，精読すべきであると説いている．

mūnus Apolline dignum
ムーヌス アポッリネ ディグヌム
アポロンに相応しい寄進物　[Hor. *Ep.* 2.1.216]

▶ホラティウスはアウグストゥスに宛てた『書簡詩』第2巻・第1歌の中で，文芸の後援者であるアウグストゥスに呼びかけ

「あなたが(詩の神)アポロンに相応しい寄進物を書物で満たし,詩人たちがより一層の熱意によって(ムーサたちの住む)新緑のヘリコン山を目指すよう,彼らに拍車を加えたいと望むなら」と言っている.「アポロンに相応しい寄進物」とは,前28年アウグストゥスの命令によりパラティヌスの丘に建てられたアポロン神殿のことを指す.この神殿の柱廊にはギリシア語とラテン語の図書館が付設され,多くの文献が集められていた.

muscō lapis volūtus haud obdūcitur
ムスコー ラピス ウォルートゥス ハウド オブドゥーキトゥル
転がる石はコケに覆われることがない [cf. Erasm. *Adagia* III iv 74]

▶エラスムスによって, saxum volutum non obducitur musco 「転がる岩はコケに覆われない」として引用され, non convalescit planta, quae saepe transfertur (Sen. *Ep.* 2.3)「しばしば移植される苗は強くならない」と比較されている.エラスムスは,同じ場所に留まることのできない人が成功し栄えることは稀であると説明しているが,現在では,活動的な人はいつまでも生き生きしているという肯定的な解釈もされている.

文法 musco コケに 〈男 muscus の単数・奪格〉/ lapis volutus 転がる石は 〈男 単数・主格 ＋ 動 volvo の完了分詞・男性・単数・主格〉/ haud 全く〜でない 副 / obducitur 覆われる 〈動 obduco の受動相・直説法現在・三人称・単数〉

mūtātō nōmine, dē tē fābula narrātur
ムータートー ノーミネ デー テー ファーブラ ナッラートゥル
名前を変えれば,(その)話はおまえのことだ[おまえのことを語っている] [Hor. *S.* 1.1.69]

▶ホラティウスは『諷刺詩集』第1巻・第1歌の中で,人間が自分で選んだ人生に満足できず,他人の境遇を羨むが,さりとて他

mutato nomine, de te

人の境遇と自分の境遇を交換する気にもなれないことを，また，普通の人々は老後に備えて蓄財するものであるのに，飽くなき貪欲により自ら消費しきれないほどの富の蓄積に没頭する人の姿を描いている．そのような貪欲な人間をタンタロスに譬えて描写している最中，突然，ホラティウスは(読者に向かって)「お前はなぜ笑う？ 名前を変えれば，その話はおまえのことを語っているのだ」と言う．これは寓話の原則である．ちなみに，夏目漱石の『三四郎』の中で三四郎が「ダーターファブラ」とは何のことだと訊いた時，与次郎は「ギリシア語だ」と答えているが，これはおそらく de te fabula の訛ったもので，de te fabula narratur の省略された形であろう．

文法 mutato nomine 名前が変えられるならば 〈動 muto の完了分詞・中性・単数・奪格 ＋ 中 nomen の単数・奪格〉/ de te お前について 〈前 de ＋ 人代 二人称・単数・奪格〉/ fabula 話は 〈女 単数・主格〉/ narratur 語られる 〈動 narro の受動相・直説法現在・三人称・単数〉

N

nec scire fas est omnia
すべてを知ることは許されていない

nātūra abhorret ā vacuō
ナートゥーラ アブホッレト アー ウァクオー
自然は真空を嫌う
▶空間には必ず何らかの物質が充満しているという考えを表す，アリストテレスの言葉．

nātūrae dēbitum reddidērunt
ナートゥーラエ デービトゥム レッディデールント
彼らは自然に負債を返済した，彼らは死んだ　[Nep. *Reg.* 1.5]
▶ネポス『英雄伝』から採られた言葉．「王たちについて」と題された章において，ネポスはペルシアの王たちについて語っているが，ここでは他の王のように殺害されたのではなく「自然死で」死んだという意味でこの句を使っている．

nātūram expellās [expellēs] furcā, tāmen usque recurret
ナートゥーラム エクペッラース [エクスペッレース] フルカー ターメン ウスクェ レクッレト
たとえあなたが熊手で自然を追い払っても，自然は絶えず戻って

来る [Hor. *Ep.* 1.10.24]

▶ホラティウス『書簡詩』第1巻・第10歌は，田舎を愛するホラティウスから都会を愛する友人フスクスに宛てられた書簡の形を取っている．その中でホラティウスは，田園が都会より優れている点を幾つも列挙しながら，都会でも柱廊の間に木々が植えられ，田園を見下ろす家が賞賛される等，都会人が実は田舎の事物を求めていることは明らかであると指摘し，「たとえあなたが熊手で自然を追い払っても，自然は絶えず戻って来て，あなたの嫌悪をこっそり打ち負かし勝利者となるだろう」と説いている．

文法 naturam 自然を〈女 natura の単数・対格〉/ expellas [expelles]（あなたは）追い払うがよい[追い払うだろう]〈動 expello の接続法現在[直説法未来]・二人称・単数〉/ furca 熊手で〈女 furca の単数・奪格〉/ tamen それでも 副 / usque 絶えず 副 / recurret（それは）戻るだろう〈動 recurro の直説法未来・三人称・単数〉

nātūra nōn facit saltum [saltūs]

ナートゥーラ ノーン ファキト サルトゥム [サルトゥース]

自然は飛躍しない，自然は段階的[必然的]に進む

▶哲学者ライプニッツや博物学者リンネが使った言葉とされる．

nāviget Anticyram

ナーウィゲト アンティキュラム

（彼は）船でアンティキュラに行くがよい [Hor. *S.* 2.3.166]

▶『諷刺詩集』第2巻・第3歌の中でホラティウスは，ストア派の哲学者ステルティニウスの言葉を通じて，人間の多くの狂気と悪徳を紹介しているが，野心もその一つで，ここで「彼」とは野心家のこと．アンティキュラは，ポーキスの町で，古代人が狂気を治す効能があると信じていた薬草ヘッレボレの産地とされており，そこへ行けば狂気の治療薬が手に入るという意味．

nec deus intersit nisi dignus vindice nōdus (inciderit)
ネク デウス インテルシト ニシ ディグヌス ウィンディケ ノードゥス (インキデリト)
神を介入させてはいけない，問題が(そのような)弁護人(神)に相応しくない限りは　[Hor. *P.* 191-92]

▶ホラティウス『詩論』から採られた言葉．これは劇作に関する注意の一つで，「演劇は5幕で構成されなければならない」，「俳優は3人までとし4人目に語らせてはならない」という規則と並んで，この「紛糾した筋を解決する目的で神を導入してはならない」という原則が述べられている．*cf.* deus ex machina.

文法 nec intersit 介入してはならない〈副 nec ＋ 動 intersum の接続法現在・三人称・単数〉/ deus 神が〈男 単数・主格〉/ nisi もし～でなければ 接 / dignus 相応しい〈形 男性・単数・主格〉/ vindice 弁護人に〈男 vindex の単数・奪格〉/ nodus 問題が〈男 単数・主格〉/ inciderit ～になる〈動 incido の接続法完了・三人称・単数〉

nē cēde malīs, sed contrā audentior ītō
ネー ケーデ マリース セド コントラー アウデンティオル イートー
禍いに屈するな，むしろよりいっそう勇敢に進め　[Verg. *A.* 6. 95]

▶ウェルギリウス『アエネーイス』第6歌中の巫女シビュラの予言から採られた言葉．イタリアのクマエにたどり着いたアエネアス一行は，巫女シビュラが住む巨大な岩山を訪ね，イタリアで自分たちを待ち受ける運命についてアポロンの神託を請う．巫女はさらなる苦難の数々を予言しつつも，見出し句の言葉で彼らを励ました．

文法 ne cede 屈するな〈副 ne ＋ 動 cedo の命令法現在・二人称・単数〉/ malis 禍いに〈中 malum の複数・与格〉/ sed contra (そうではなく)むしろ逆に〈接 sed ＋ 副 contra〉/ audentior いっそう勇敢に〈形 audens の比較級・単数・主格〉/ ito 進め〈動 eo の命令法未来・二人称・単数〉

necessitās nōn habet lēgem
ネケッシタース ノーン ハベト レーゲム
必要[緊急]は法を持たぬ，必要[緊急]の前には法も無力
参考 背に腹は代えられぬ

nec habeō, nec careō, nec cūrō
ネク ハベオー ネク カレオー ネク クーロー
私は持たない，私は欲しがらない，私は心配しない
▶英国の詩人ジョージ・ウィザー（George Wither, 1588-1667）のモットー．

nec mora, nec requiēs
ネク モラ ネク レクィエース
休止も休息もない　[Verg. *G.* 3.110]
▶ウェルギリウス『農耕歌』第3歌中の，血統の良い優れた馬に関する説明の最後に，戦車競技で疾走する馬の描写がある．それは天を飛ぶかのように見え，休止も休息もない．

nec scīre fās est omnia
ネク スキーレ ファース エスト オムニア
すべてを知ることは許されていない　[Hor. *Carm.* 4.4.22]
▶ホラティウス『歌集』第4巻・第4歌は，ウィンデリキ族とラエティ族との戦いで勝利したネロ・クラウディウス・ドルススを讃えた歌である．その中でホラティウスは，ウィンデリキ族のアマゾン族風の斧の由来を述べることを後回しにするが，見出し句は，そのようなペダンティックな脱線を後回しにする理由としてホラティウスが持ち出したもの．しかし，後回しにすると言っておきながら，結局，ウィンデリキ族の斧の由来はこの歌の中で説明されないままである．

文法 nec 〜でない 副 / scire 知っている(こと)〈動 scio の不定法現在〉/

nec tecum possum vivere,

fas est 正当である〈不変化・中 単数・主格 ＋ 動 sum の直説法現在・三人称・単数〉/ omnia すべてのことを〈中 omne の複数・対格〉

nec tēcum possum vīvere, nec sine tē
ネク テークム ポッスム ウィーウェレ ネク シネ テー
私は君と一緒に生きることも，君なしで生きることもできない [Mart. 12.46 (47)]
▶マルティアリス『エピグランマタ』第12巻の原文では「同じ君が(ある時は)気難しく(ある時は)従順，(ある時は)感じが良く(ある時は)厳しい．私は君と一緒に生きることも，君なしで生きることもできない」となっている．
文法 nec 〜でない 副 / tecum 君と一緒に（＝cum te）/ possum vivere（私は）生きることができる〈動 直説法現在・一人称・単数 ＋ 動 vivo の不定法現在〉/ sine te 君なしで〈前 sine ＋ 人代 二人称・単数・奪格〉

nē frontī crēde
ネー フロンティー クレーデ
顔[外見]を信じるな
▶*cf.* frons, oculi, vultus persaepe mentiuntur: oratio vero saepissime.
参考 人は見かけによらぬもの

nēmō ante mortem beātus
ネーモー アンテ モルテム ベアートゥス
誰も死ぬ前は幸せではない　[*cf.* Ov. *M.* 3.136–37]
▶これは古代ギリシアの賢者たちの言葉にさかのぼる伝統的な教訓であり，ヘロドトス『歴史』第1巻のクロイソスのエピソードに代表例が見いだされる．オウィディウス『変身物語』の原文では「何人たりとも死んで葬儀が終わる前には幸せ者と呼ばれるべきではない」とあり，その人の人生が幸せだったかどうかは最後

の日まで分からないと言われている.

nēmō līber est quī corporī servit
ネーモー リーベル エスト クィー コルポリー セルウィト
肉体に従う者は誰一人自由ではない　[Sen. *Ep.* 92.33]
▶人間の本当の豊かさは物質的(肉体的)な豊かさではなく, 心(精神)の豊かさでなければならない. 心こそがあらゆるものの支配者であるから, 心が満たされなければならず, 物質的(肉体的)な豊かさ, すなわち物欲に従うものは, 決して自由ではあり得ないというほどの意味.
文法 nemo 誰も〜ない〈男 単数・主格〉/ liber 自由な〈形 男性・単数・主格〉/ est 〜である〈動 sum の直説法現在・三人称・単数〉/ qui 〜するところの〈関代 男性・単数・主格〉/ corpori 肉体に〈中 corpus の単数・与格〉/ servit 従う〈動 servio の直説法現在・三人称・単数〉

nēmō mē impūne lacessit
ネーモー メー インプーネ ラケッシト
私を攻撃して無傷で[罰を受けずに]いられる者は一人もいない
▶スコットランドおよびあざみ勲位のモットー.

nēmō patriam quia magna est amat, sed quia sua
ネーモー パトリアム クィア マグナ エスト アマト セド クィア スア
誰でも祖国を愛するのはそれが偉大だからではなく, それが自分の国だからである　[Sen. *Ep.* 66.26]
▶セネカによれば, 人間や動物の親が自分の子供たちの間で差別をしないように, また, 小国の王ウリクセス(オデュッセウス)と大国の王アガメムノンが同様に自らの祖国を求めたように, 誰もが自分の子供や自分の祖国を愛するのはそれが偉大だからではなく, それが自分のものだからである.
文法 nemo 誰も〜ない〈男 単数・主格〉/ patriam 祖国を〈女 patria の単

数・対格〉/ quia 〜だから 接 / magna est (それが)偉大である 〈形 magnus の女性・単数・主格 ＋ 動 sum の直説法現在・三人称・単数〉/ amat 愛する 〈動 amo の直説法現在・三人称・単数〉/ sed (〜ではなく)〜で 接 / sua 自分の 〈形 suus の女性・単数・主格〉

nēmō repente fuit turpissimus
ネーモー レペンテ フイト トゥルピッシムス
突然にひどく邪悪な人間になる者は存在しない　[Juv. 2.83]
▶誰であれ小さな悪徳から始めて徐々に大きな悪徳を行うようになるという意味．ユウェナリスの原文では，最初は女装という小さな悪行から始めて徐々に大きな悪行に発展するかのような書き方がされている．

nēmō tenētur ad impossibile
ネーモー テネートゥル アド インポッシビレ
何人も不可能なことには拘束されない
▶不可能なことを行うよう義務づけられるのは不条理であり，何人たりともそのような義務に拘束されることはない，という意味．

nē nimium
ネー ニミウム
過ぎることなかれ
▶ギリシア語の $μηδὲν\ ἄγαν$ のラテン語訳．⇨ ne quid nimis.

nē plūs ultrā
ネー プルース ウルトラー
これ以上はなし，最終点，極点，乗り越えられない障害，最難関
▶もともと，世界の果ての目印として，ジブラルタル海峡をはさんでそびえる岩山「ヘラクレスの柱」に刻まれていたとされる文

句.

nē quid nimis
ネー クィド ニミス
何事も度を過ごさぬように　[cf. Ter. And. 61]
▶デルフィのアポロン神殿の入り口に記されていたギリシア語の格言 μηδὲν ἄγαν「度を超すなかれ」のラテン語訳の一つ.テレンティウスの喜劇『アンドロス島の女』第1幕第1場の該当箇所では,主人公の若者が,一人の女に夢中になる以前はこの格言のように何事においても度を超さないような生き方をしていたと言われている. cf. ne nimium.

nervī bellī pecūnia infīnīta
ネルウィー ベッリー ペクーニア インフィーニータ
戦争の原動力となる無限の資金　[Cic. Phil. 5.2.5]
▶潤沢な軍資金がなければ戦争を遂行することはできない.キケロは『ピリッピカ』第5演説において,外ガリアをマルクス・アントニウスに与えるならば,「戦争の原動力となる無限の資金」を,それがなくて困っている男に提供することになり,内乱を起こすための武器を敵にふんだんに与えることになると警告している.

nesciō quō modō bonae mentis soror est paupertās
ネスキオー クォー モドー ボナエ メンティス ソロル エスト パウペルタース
どうしたことか良心の姉妹は貧乏なのだ　[Petr. 84]
▶ペトロニウス『サテュリコン』の一節から採られた言葉.英知への愛は自分を金持ちにしなかったと語る,みすぼらしい姿の老詩人による詩断片の一部.

nescit vox missa revertī

ネスキト ウォクス ミッサ レウェルティー

放たれた言葉は戻ることができない　[Hor. *P.* 390]

▶『詩論』においてホラティウスは，これから詩を書く人に対して，詩を作ったら，信頼できる批評家に読んで聞かせた上，9年間は発表せずにしまっておくことを勧めている．未発表の原稿ならば破棄することもできるが，一度発表されてしまえばもう取り返しがつかないからである．*cf.* nonumque prematur in annum.

文法 nescit reverti 戻ることができない 〈動 nescio の直説法現在・三人称・単数 ＋ 動 revertor の不定法現在〉/ vox missa 放たれた言葉は 〈女 単数・主格 ＋ 動 mitto の完了分詞・女性・単数・主格〉

nē sūtor suprā crepidam jūdicāret

ネー スートル スプラー クレピダム ユーディカーレト

靴屋は靴型を超えて判断するな　[Plin. 35.10.36; *cf.* Erasm. *Adagia* I vi 16]

▶紀元前4世紀のギリシアの画家アペレスが，靴の描き方だけでなく絵画自体を批判した靴職人に言った言葉．

nihil agendō hominēs male agere discunt

ニヒル アゲンドー ホミネース マレ アゲレ ディスクント

何もしないことによって，人間は悪事をなすことを学ぶ　[Col. 11.1.26]

▶コルメラは『農業論』第11巻で農場管理人の義務を列挙しているが，その中で，農場管理人は勤勉な労働者(奴隷)を常に大切にすると共に，そうではない労働者に対しても，彼らが農場管理人の残酷さよりむしろ厳格さを尊敬するよう節度を弁えるべきであり，彼らの非行を処罰するより，毎日の労働を厳しく要求することで非行を未然に防ぐことが重要であると説いている．見出し句は，その理由として述べられたものである．この諺の背景には性

悪説的な人間観がある．人間は何もしない無為の状態にあれば，自然に悪を成すというこの考え方は，黄金時代や楽園の人間をモデルとする人間観とは反対の立場である．
参考 小人閑居して不善をなす
文法 nihil agendo 何もしないことによって〈不変化・中 単数・対格 ＋ 動 ago の動名詞・奪格〉/ homines 人間たちは〈男 homo の複数・主格〉/ male agere 悪事をなす(こと)〈副 male ＋ 動 ago の不定法現在〉/ discunt 学ぶ〈動 disco の直説法現在・三人称・複数〉

nihil aliud est ēbrietās quam voluntāria insānia
ニヒル アリウド エスト エーブリエタース クァム ウォルンターリア インサーニア
酩酊とは自発的な狂気に他ならない　[Sen. *Ep.* 83.18]
▶限度を超えて酒を飲むことによって，人は酩酊状態に陥り，しらふの時には行わないような恥ずべきことを行ったり，しらふの時には言わないような馬鹿げたことを言ったりする．酩酊とは狂気の一種であるとセネカは言う．
文法 nihil aliud quam 〜に他ならない〈不変化・中 単数・主格 ＋ 形 alius の中性・単数・主格 ＋ 副 quam〉/ est 〜である〈動 sum の直説法現在・三人称・単数〉/ ebrietas 酩酊は〈女 単数・主格〉/ voluntaria insania 自発的な狂気〈形 voluntarius の女性・単数・主格 ＋ 女 単数・主格〉

nihil obstat
ニヒル オプスタト
妨げるもの何もなし
▶特に，カトリック教会による書物の無害証明，出版許可．

nihil sub sōle novī
ニヒル スブ ソーレ ノウィー
日の下に新しきものなし　[旧約聖書「伝道の書」1 章 9 節(ラテン語訳聖書 Vulgata では 10 節)]

▶かつてあったものはこれからもあり，かつて起こったことはこれからも起こる，この世にあるものは繰り返しにすぎない，の意.

nihil tetigit quod nōn ornāvit
ニヒル テティギト クォド ノーン オルナーウィト
彼が飾らずに触れたものは何もなかった，彼が触れたあらゆるものが飾られた
▶ウェストミンスター寺院にある詩人オリヴァー・ゴールドスミスの記念碑に，サミュエル・ジョンソンが捧げた言葉.

nīl admīrārī
ニール アドミーラーリー
何事にも驚かないこと　[Hor. *Ep.* 1.6.1]
▶ホラティウスは，ヌミキウスという人物に宛てて書かれた『書簡詩』第1巻・第6歌の最初の部分で，幸せに生きる方法について語っている．ホラティウスはこの詩を「何事にも驚かないことこそが幸福を実現し維持するほとんど唯一の方法である」という言葉で始め，この方法が，太陽と星々と移り変わる季節に関してのみならず，インドやアラビアの産物やローマの見世物のような人間の欲望の対象に関しても有効であるとしている．何事についても過度に恐怖すべきではないように，何事についても過度に歓喜すべきではないこと，すなわち，いかなる状況においても平然たる態度を保つこと，これはピタゴラス，デモクリトスからストア派，エピクロス派に至るまで，多くの哲学者に共通の教えである．

nīl conscīre sibi
▶⇨ nil conscire sibi, nulla pallescere culpa.

nīl conscīre sibi, nullā pallescere culpā
ニール コンスキーレ シビ ヌッラー パッレスケレ クルパー
自らにやましさを感じることなく，いかなる罪悪にも赤面しないこと　[Hor. *Ep.* 1.1.61]
▶ホラティウスは『書簡詩』第1巻・第1歌の中で，子供が遊びながら歌う文句「正しいことをするならば，お前は王になるだろう」を引用した上で，「(人々が)自らにやましさを感じることなく，いかなる罪悪にも赤面しない」ために，この子供の歌を青銅の壁に刻み込む(肝に銘じる)べきだとしている．

nīl consuētūdine mājus
ニール コンスエートゥーディネ マーユス
習慣ほど偉大なものは何もない　[*cf.* Ov. *A. A.* 2.345]
▶『恋愛の技法』第2巻においてオウィディウスは，獲得した恋人との仲を維持する方法を説いているが，その中で，彼女が君に馴染むようにせよ，習慣(慣れ親しむこと)ほど偉大なものは何もない，どんなに退屈であっても彼女の前に絶えず姿を現し，君の不在を彼女が寂しがるようにせよという助言を与えている．

nīl despērandum
ニール デスペーランドゥム
絶望すべきことは何もない　[Hor. *Carm.* 1.7.27]
▶ホラティウス『歌集』第1巻・第7歌で，ギリシアの英雄テウケル(テウクロス)のものとして引用された言葉．ホラティウスは，前42年の執政官で前27年オクタウィアヌスに称号「アウグストゥス」を与えるべきであるという提案を行った人物ルキウス・ムタティウス・プランクスに呼びかけ，「プランクスよ，賢明なあなたは，悲哀と人生の苦しみを生酒(水で割らないワイン)で抑制することを忘れるな」と歌った上で，ギリシアのテウケルをその模範例としている．テウケルは，サラミスの王テラモンの子で，大

nil igitur mors est ad nos

アイアスの腹違いの兄弟にあたる．トロイアで自殺した大アイアスの復讐を果さなかったことを父に咎められ，祖国から追放されたが，ホラティウスによれば，失意の中，彼は酒を煽りながら「(私の)父親より恵み深い運命の女神が我々をどこに運ぼうとも，おお，仲間よ，お供の者らよ，行こうではないか．テウケルが導き，予言する限りは，絶望すべきことは何もないのだ」と言ったという．*cf.* nunc vino pellite curas.

nīl igitur mors est ad nōs neque pertinet hīlum
ニール イギトゥル モルス エスト アド ノース ネクェ ペルティネト ヒールム
それゆえ死は私たちにとって無であり，(私たちにとって)何の関係もないものである　　[Lucr. 3.830]

▶ ルクレティウスは人間の死に関する諸学説を紹介しながら，それらの学説のいずれの立場に立っても，死というものが私たち人間にとって何ら恐れるべきものではないことを述べようとしている．この引用句が採られた『物の本質について』第3巻の原文では「精神の本質が死すべきものであると考えられるならば」とした後でこの言葉が述べられている．私たちの精神が死すべきものであり，本当に死後，私たちがもはや存在せず，感覚も記憶も感情も存在しないならば，私たちにはあらゆる苦しみや恐怖も含め何事も起こりえないという．

文法 nil 無 〈不変化・中 単数・主格〉/ igitur それゆえ 接 / mors 死は 〈女 単数・主格〉/ est 〜である 〈動 sum の直説法現在・三人称・単数〉/ ad nos 私たちにとって 〈前 ad + 人代 一人称・複数・対格〉/ neque hilum 少しも〜でない 〈接 neque + 中 単数・主格〉/ pertinet 関係する 〈動 pertineo の直説法現在・三人称・単数〉

nīl mortālibus arduī est
ニール モルターリブス アルドゥイー エスト
人間たちにとって困難なものは何もない　　[Hor. *Carm.* 1.3.37]

▶ホラティウスは,アテナイへ向かって船出するウェルギリウスの旅の安全を神々に祈る送別の言葉で始まる『歌集』第1巻・第3歌の中で,主に人間の飽くなき欲望という主題を扱っている.ホラティウスの原文では,見出し句の後に「私たち(人間)は愚かさゆえに天さえも求める」という一文が続く.だが,こうした人間たちの思い上がりに対してユピテルの雷がやむこともない,とホラティウスは説く.

nīl nisi bonum
▶⇒ de mortuis nil nisi bonum.

nīl sine nūmine
ニール シネ ヌーミネ
神(意)がなければ何もない
▶米国コロラド州のモットー.

nimium nē crēde colōrī
ニミウム ネー クレーデ コローリー
(自分の肌の)色を過信するな　[Verg. *Ecl.* 2.17]
▶ウェルギリウス『牧歌』第2歌は,美しい少年アレクシスに恋をするコリュドンが,彼を思いながら歌った歌であるが,見出し句はその中でコリュドン自身がアレクシスに呼びかけて言った言葉.ここで「肌の色」とは,アレクシスの肌の色が白く美しいこと:「いかに彼(牧人メナルカス)が黒くて,君(アレクシス)が白くても,おお美しい少年よ,(君の肌の)色を過信するな.白いイボタノキは散ってしまうが,黒いヒヤシンスは摘み取られるのだ」. *cf.* ne fronti crede.

nisi Dominus, frustrā
ニシ ドミヌス フルストラー

nitimur in vetitum semper
主にあらずば，徒労なり　[旧約聖書「詩篇」127篇1節(ラテン語訳聖書 Vulgata では 126 篇 1 節)]
▶「神が家を建てるのでなければ建てる者の働きは空しい」の意．エディンバラ市のモットー．

nītimur in vetitum semper cupimusque negāta
ニーティムル イン ウェティトゥム センペル クピムスクェ ネガータ
私たちは常に禁じられたものを求め，拒まれたものを欲する　[Ov. *Am.* 3.4.17]
▶『恋の歌』第3巻・第4歌でオウィディウスは，自由身分の乙女や妻に男を近づかせないために見張りを付け監視しても無駄であると言う．その理由がこの見出し句である．
文法 nitimur in vetitum (私たちは)禁止されたものを求める〈動 nitor の直説法現在・一人称・複数 + 前 in + 中 vetitum の単数・対格〉/ semper 常に 副 / cupimus (私たちは)欲する〈動 cupio の直説法現在・一人称・複数〉/ -que ～そして～ 前接辞 / negata 拒まれたものを〈動 nego の完了分詞・中性・複数・対格〉

nītor in adversum
ニートル イン アドウェルスム
私は逆らって進む　[Ov. *M.* 2.72]
▶オウィディウス『変身物語』のパエトーンの物語の中で，父親である太陽神が，これから自分の戦車に乗って太陽神の走路を走ることになるパエトーンに対して語る場面から採られた言葉．「逆らって」とは，「天体の運動に逆らって」ということで，太陽神は戦車を操縦することがいかに難しいかを語り，息子に忠告する．

noctuās Athēnās ferre
ノクトゥアース アテーナース フェッレ

アテネにフクロウを運ぶ[送る], 余計なことをする　　[cf. Erasm. *Adagia* I ii 11]

▶ululas Athenas とも言う. フクロウはアテナ女神の聖鳥であり, アテネにはフクロウが沢山いた(あるいはフクロウの姿を刻んで鋳造された多くのコインが用いられていた)ことから. *cf.* crocum in Ciliciam ferre / Alcino poma dare.

参考　月夜に提灯

nōlī mē tangere
ノーリー メー タンゲレ

われに触れるなかれ, 私にさわってはいけない　　[新約聖書「ヨハネ伝」20章17節]

▶復活したイエスがマグダラのマリアに言った言葉. この後に「わたしは, まだ父のみもとに上っていないのだから. ただ, わたしの兄弟たちの所に行って, 『わたしは, わたしの父またあなたがたの父であって, わたしの神またあなたがたの神であられるかたのみもとへ上って行く』と, 彼らに伝えなさい」(口語訳)と続く. この場面はしばしば絵画の主題となっている.

nōmen atque ōmen
ノーメン アトクェ オーメン

名前と兆候　　[Plaut. *Pers.* 625]

▶プラウトゥスの喜劇『ペルシア人』第4幕第4場で, 奴隷女の名前がルクリス(儲けをもたらす女)という縁起の良い名前であったことから言われた言葉. 二語で一つの観念を表す「二詞一意(hendiadys)」であるとすれば, 「幸先の良い(縁起の良い)名前」という意味になる.

nōn amō tē, Sabidī, nec possum dīcere quārē
ノーン アモー テー サビディー ネク ポッスム ディーケレ クァーレー

non Angli sed angeli

サビディウスよ，私はお前が嫌いだ，しかしどうして(嫌いなの)か言えない   [Mart. 1.32.1]
▶マルティアリス『エピグランマタ』第1巻から採られた言葉．2行からなるエレゲイア詩の最初の行がこの言葉で，それに続く最後の行は「とにかく私が言えることはこれだけだ，私はお前が嫌いなのだ」となっている．この理不尽な嫌悪を投げつけられたサビディウスの名は第3巻にも現れるが，架空の人物か．

nōn Anglī sed angelī
ノーン アングリー セド アンゲリー
アングル族ではなく天使だ   [cf. Bed. Hist. 2.1]
▶ローマの奴隷市場で売りに出された美しい子供たちがアングル族の出身であると聞いて，(後に教皇グレゴリウス1世となる)聖グレゴリウスが述べたと伝えられる言葉．ベーダの原文によればnon Angli sed angeli forent si fuissent Christiani「もし彼らがキリスト教徒だとすれば，アングル族の人々(アングリー)ではなく，天使たち(アンゲリー)だろう」となっている．

nōn bis in idem
ノーン ビス イン イデム
「同一事に二度はなし」，「同じことについて二度の訴訟はない(ようにせよ)」，一事不再理
▶ある事件で判決が確定した場合は，再び同一の事件について訴追は受けないという原則．

nōn causa prō causā
ノーン カウサ プロー カウサー
「非原因を原因として」，原因誤認，誤謬原因[不当理由]の虚偽
▶正しい[十分な]原因ではないのに，ある事物を他の事物の原因と考える誤謬．

nōn cuīvīs hominī contingit adīre Corinthum

ノーン クイーウィース ホミニー コンティンギト アディーレ コリントゥム

コリントスを訪れる機会は誰にでも与えられるものではない [Hor. *Ep.* 1.17.36; *cf.* Erasm. *Adagia* I iv 1]

▶『書簡詩』第1巻・第17歌の中でホラティウスは，この形でギリシア語の格言 (οὐ παντὸς ἀνδρὸς εἰς Κόρινθον ἔσθ᾽ ὁ πλοῦς) をラテン語に翻訳している．コリントス(古代ギリシアのポリス)は諸外国から訪れる多くの商人によって賑わう港町で，とりわけ高額を要求する高級売春婦たちで有名だった．ローマの著述家アウルス・ゲリウスは『アッティカ夜話』(*Noctes Atticae* 1.8) の中で，コリントスを訪れ有名な高級売春婦ライスから高額の代金を要求されたデモステネスが，大金を払ってまで「後悔」を買うことを拒否したというエピソードを伝えている．格言のもともとの意味は「すべての人が地上の楽園を訪れ，遊里で豪遊するだけの財力と幸運に恵まれるものではない」と考えられるが，ホラティウスはより一般化して「目的を達成することは誰にでも許されているわけではない」の意味で用いている．

文法 non cuivis homini どんな人にでも〜わけではない 〈副 non ＋ 形 quivis の男性・単数・与格 ＋ 男 homo の単数・与格〉/ contingit 起こる 〈動 contingo の直説法現在・三人称・単数〉/ adire 訪れる(こと)〈動 adeo の不定法現在〉/ Corinthum コリントスを 〈女 Corinthus の単数・対格〉

nōn est vīvere sed valēre vīta est

ノーン エスト ウィーウェレ セド ウァレーレ ウィータ エスト

人生は(ただ)生きるだけではなく元気であることなのだ　[Mart. 6.70.15]

▶『エピグランマタ』第6巻の該当箇所でマルティアリスは，病気に苦しんだ日々は人生の年月から別にして数えるべきであるとしている．

non ignara mali,

nōn ignāra malī, miserīs succurrere discō

ノーン イグナーラ マリー ミセリース スックッレレ ディスコー

私は不幸を知らない者ではありません．私は不幸な人々を救うことを学んでおります

▶⇨ miseris succurrere disco.

nōn licet omnibus adīre Corinthum

ノーン リケト オムニブス アディーレ コリントゥム

コリントスを訪れることはすべての人に許されているわけではない

▶⇨ non cuivis homini contingit adire Corinthum.

nōn multa, sed multum

ノーン ムルタ セド ムルトゥム

沢山ではなく十分

▶⇨ multum legendum esse non multa.

nōn olet

ノーン オレト

臭わない　[cf. Suet. *Vesp.* 23]

▶スエトニウスが皇帝ウェスパシアヌスに関して伝えるエピソードから．当時ローマでは革なめし業者や洗濯業者が公衆便所で取れる尿を事業に利用していた．ウェスパシアヌスがその尿に対してさえも税金を考案したと言って，息子のティトゥスが彼を非難したので，ウェスパシアヌスは徴収された最初の税の中から金を取り出し，ティトゥスの鼻にかざし「臭うか？」と尋ねた．息子が「臭わない」と答えると，「これは尿から取れたものだぞ」と言ったという．*cf.* lucri bonus est odor ex re qualibet.

nōn omnia possumus omnēs

ノーン オムニア ポッスムス オムネース

私たちは皆,すべてのことができるわけではない　[Verg. *Ecl.* 8. 63]

▶ウェルギリウス『牧歌』第8歌は,牧人ダモンとアルペシボエウスの歌競べを再現して歌ったものである.詩人は前半においてダモンの歌を歌い終えると,後半でアルペシボエウスの歌を歌うにあたり,ピエリアの女神たちに助けを求める.なぜなら「私たちは皆,すべてのことができるわけではない」からである.詩人とは一般に,詩歌の女神に霊感を与えられて歌を歌うものと信じられ,重要な主題を歌う時,自分の能力の限界を知る詩人はしばしば女神に助けを求めた.

nōn omnis moriar

ノーン オムニス モリアル

私の全部は死なないだろう　[Hor. *Carm.* 3.30.6]

▶ホラティウス『歌集』第3巻・第30歌は,『歌集』第1巻から第3巻までの完成を祝うエピローグに当たる.ここでホラティウスは,自分の叙情詩人としての偉業を「青銅より永続的な記念碑」と呼んで誇ると共に,「私のすべてが死ぬわけではない.私の大部分はリビティーナ(死神)を免れる」と言っている. *cf.* exegi monumentum aere perennius.

nōn passibus aequīs

▶⇨ sequiturque patrem non passibus aequis.

nōn plūs ultrā

ノーン プルース ウルトラー

▶⇨ ne plus ultra.

nōn quis, sed quid
ノーン クィス セド クィド
誰がではなく何を[が]である
▶誰が言ったかではなく，何を言ったか[何が言われたか]が重要であるということ. *cf.* ipse dixit.

nōn scholae sed vītae discimus
ノーン スコラエ セド ウィータエ ディスキムス
私たちは学校のためではなく，人生のために学ぶ　[*cf.* Sen. *Ep.* 106.12]
▶セネカは『道徳書簡』第106番の中で，non vitae sed scholae discimus「私たちは人生のためではなく学校(学派)のために(哲学を)学んでいる」と嘆いている.

nōn sibi, sed patriae
ノーン シビ セド パトリアエ
自分のためではなく，祖国のために　[*cf.* Cic. *Fin.* 2.14.45]
▶『善と悪の究極について』の中でキケロは，人間は理性によって,「自分だけのためではなく，祖国のために(そして周りの人たちのために)自分は生まれたのであって，自分自身のためにはほんのわずかの部分しか残されてはいない」ということを意識するようになった，と言っている.

nōn sum quālis eram
ノーン スム クァーリス エラム
私はかつて[以前]の私ではない　[Hor. *Carm.* 4.1.3]
▶ホラティウス『歌集』第4巻・第1歌は，ホラティウスの老年における恋を主題にした歌である. その中で彼は愛の女神に対して，今の自分はかつてキナラ(若い頃の愛人)の支配下にあった頃の自分ではないと言って，長い間中断していた戦い(＝恋)を再開

させないよう許しを請うている. *cf.* parce, precor, precor.

nōn tālī auxiliō
ノーン ターリー アウクシリオー
このような援助[加勢]は(要ら)ない　[Verg. *A.* 2.521]
▶ウェルギリウス『アエネーイス』第2歌で，今やトロイアが敵の手に落ち，老王プリアムスまでが武具を手に取り，決死の覚悟で敵に向かおうとしているのを見た妃ヘクバ(ヘカベ)が語った言葉の一部:「今，そのような加勢も守り手も必要な時ではありません. たとえ我が子ヘクトルがいたとしても，要らないのです. この祭壇が皆を守ってくれるのです. さもなくば，一緒に死んで下さい」.

nōn ultrā
ノーン ウルトラー
▶⇨ ne plus ultra.

nōnumque premātur in annum
ノーヌムクェ プレマートゥル イン アンヌム
(そしてそれは)9年目までしまっておくべきだ　[Hor. *P.* 388]
▶ホラティウス『詩論』から採られた言葉. ホラティウスによれば，詩人は自分の作品を性急に公開してはならず，信用できる批評家に読ませた上で，9年間は家の奥に隠しておくべきである. なぜなら，ひとたび公開してしまえば，もう取り返しがつかないからであるという. *cf.* nescit vox missa reverti.

文法 -que そして〜 前接辞 / nonum in annum 9年目まで〈数 nonus の男性・単数・対格 ＋ 前 in ＋ 男 annus の単数・対格〉/ prematur (それは)隠されるべきだ〈動 premo の受動相・接続法現在・三人称・単数〉

nosce tē ipsum
ノスケ テー イプスム

汝自身を知れ　[Cic. *Tusc.* 1.22.52; *cf.* Erasm. *Adagia* I vi 95]
▶見出し句は，キケロが『トゥスクルム荘対談集』において，デルフィのアポロン神殿に刻まれてあった有名なギリシア語の格言 γνῶθι σεαυτόν をラテン語に訳したもの．キケロによれば，「汝自身を知れ」とは，自分自身の身体の諸部分をではなく，自分自身の魂を知れという意味だという．

noscitur ā sociīs
ノスキトゥル アー ソキイース
（その人は）仲間たちから知られる
▶人の本性は，その人が親しくしているのがどういう人たちかによって判断できる，の意．あるいは，意味のよくわからない言葉が主語の場合は，（その言葉の）意味は関連する語から知られる，の意．

noscitur ex sociō quī nōn cognoscitur ex sē
ノスキトゥル エクス ソキオー クィー ノーン コグノスキトゥル エクス セー
その人自身からは知られない人は，仲間から知られる
▶⇨ noscitur a sociis.

novus ordō sēclōrum
ノウゥス オルドー セークロールム
時代の新秩序
▶米国の国璽裏面および 1935 年発行の 1 ドル紙幣に記されたモットー．

nulla bona
ヌッラ ボナ

「いかなる財産もない」,「(課税対象の)財産が何もない」, 不存在報告
▶令状に記された差し押さえ物件を発見できなかった旨の報告.

nulla diēs sine lineā

ヌッラ ディエース シネ リネアー

一本の線も(引か)ない日は一日もない [*cf.* Plin. 35.10.36]

▶自分の芸術の鍛錬を怠ることがなかった紀元前4世紀のギリシアの画家アペレスの逸話に基づく諺. 大プリニウスによれば, 彼は, どんなに仕事が忙しい日であっても, 仕事に没頭するあまり一本の線も描かずに一日を終えるようなことはなかったという.

nulla umquam dē morte hominis cunctātiō longa est

ヌッラ ウンクァム デー モルテ ホミニス クンクターティオー ロンガ エスト

人の死に関しては, いかなる延期も決して長過ぎることはない [Juv. 6.221]

▶ユウェナリス『諷刺詩』第6歌で, 直ちに奴隷の処刑が行われることを主張する妻に対して, その夫が奴隷を弁護して言った言葉の一部. *cf.* hoc volo, sic jubeo.

文法 nulla umquam cunctatio いかなる延期も決して~ない〈形 nullus の女性・単数・主格 + 副 umquam + 女 単数・主格〉/ de morte hominis 人間の死に関して〈前 de + 女 mors の単数・奪格 + 男 homo の単数・属格〉/ longa 長い〈形 longus の女性・単数・主格〉/ est ~である〈動 sum の直説法現在・三人称・単数〉

nullīus addictus jūrāre in verba magistrī

ヌッリーウス アッディクトゥス ユーラーレ イン ウェルバ マギストリー

いかなる教師にも忠誠を誓うよう義務づけられてはいない [Hor. *Ep.* 1.1.14]

nullum magnum ingenium

▶パトロンのマエケナスに宛てて書かれた,ホラティウスの『書簡詩』第1巻・第1歌から採られた言葉.ホラティウスはこの詩の中で,再び叙情詩を書くようにというマエケナスの要請を断るに際して,以前はローマで叙情詩を書いていたが,今は田舎に引きこもって自由に哲学の研究をしている自分を,引退して自由の身になった剣闘士に譬えてこう言った.剣闘士たちは「教師」に絶対の忠誠を誓ったが,自分はいかなる哲学の「教師」の学説にも忠誠の誓いを立てる義務はないという意味.

文法 nullius in verba magistri いかなる先生の言葉にも〜ない 〈形 nullus の男性・単数・属格 ＋ 前 in ＋ 中 verbum の複数・対格 ＋ 男 magister の単数・属格〉/ addictus jurare 誓うよう義務づけられた 〈形 男性・単数・主格 ＋ 動 juro の不定法現在〉

nullum magnum ingenium sine mixtūrā dēmentiae fuit

ヌッルム マグヌム インゲニウム シネ ミクストゥーラー デーメンティアエ フイト
偉大な天才で狂気を含まないものはなかった　　[Sen. *Tranq.* 27.10]

▶『心の平静について』の中でセネカは,この言葉をアリストテレスのものとして引用している.(詩人の)心が感動していなければ他を凌駕する偉大なことを語ることはできず,心が通俗な物事を軽蔑し神聖な霊性によって感化されて高みに上るとき,人間の口には崇高過ぎることを歌うのだという.

文法 nullum magnum ingenium いかなる偉大な天才も〜ない 〈形 nullus の中性・単数・主格 ＋ 形 magnus の中性・単数・主格 ＋ 中 単数・主格〉/ sine mixtura dementiae 狂気の混合なしに 〈前 sine ＋ 女 mixtura の単数・奪格 ＋ 女 dementia の単数・属格〉/ fuit 存在した 〈動 sum の直説法完了・三人称・単数〉

nullum putāveris esse locum sine teste

ヌッルム プターウェリス エッセ ロクム シネ テステ

目撃者のいない場所は一つもないと思いなさい　[[Sen.] *Mor.* 79]

▶誰も見ていない場所で悪事を犯す者がある．しかし，神はいかなる隠れた場所で行われる悪事をもすべて見ているという考えを言い表した格言．

文法 nullum esse locum いかなる場所もない(と)〈形 nullus の男性・単数・対格 ＋ 動 sum の不定法現在 ＋ 男 locus の単数・対格〉/ putaveris 思いなさい〈動 puto の接続法完了・二人称・単数〉/ sine teste 目撃者がなく〈前 sine ＋ 男 testis の単数・奪格〉

nullum quod tetigit nōn ornāvit

ヌッルム クォド テティギト ノーン オルナーウィト

▶⇨ nihil tetigit quod non ornavit.

numquam imperātor ita pācī crēdit, ut nōn sē praeparet bellō

ヌンクァム インペラートル イタ パーキー クレーディト ウト ノーン セー プラエパレト ベッロー

将軍が，戦争の準備をしないほどに平和を信用するということは決してない　[Sen. *Vit.* 26.2]

▶セネカ『幸福な生活について』の原文では「まだ開始されてはいないが宣戦布告されている戦争に対して準備をしないほどに，将軍は平和を信じることは決してないのだ」となっており，「平和の持続」が「財産を所有している状態」に比較されている．将軍が「平和の持続」を信じないように，賢者は(現在たまたま所有している)財産や幸福がいつまでも続くとは考えないという．

参考 治にいて乱を忘れず

文法 numquam 決して〜ない 副 / imperator 将軍が〈男 単数・主格〉/ ita

それほど 副 / paci credit 平和を信じる〈女 pax の単数・与格 + 動 credo の直説法現在・三人称・単数〉/ ut non praeparet 準備しないほどに〈接 ut + 副 non + 動 praeparo の接続法現在・三人称・単数〉/ se 自分自身を〈代 単数・対格〉/ bello 戦争のために〈中 bellum の単数・与格〉

nunc aut nunquam
ヌンク アウト ヌンクァム
今だ さもなくばもう決してない，今こそその時

nunc dīmittis
ヌンク ディーミッティス
(主よ)今こそ(しもべを安らかに)行かせ給うなれ　[新約聖書「ルカ伝」2章29節]
▶メシアの到来を待ち望んでいたシメオンが幼子イエスを見て神を賛美した，いわゆる「シメオンの賛歌」の冒頭の言葉．転じて「退去の許可」また「人生への離別」の意で用いる．

nunc est bibendum
ヌンク エスト ビベンドゥム
今こそ(酒を)飲むべきだ　[Hor. *Carm.* 1.37.1]
▶ホラティウスは，女王クレオパトラの敗北と自殺を歌った『歌集』第1巻・第37歌をこの言葉で始めている．前31年9月アクティウムの海戦に勝利したオクタウィアヌスは，その11か月後エジプトに上陸し，アントニウスとクレオパトラは自殺(前30年8月)．その後もオクタウィアヌスは東方に留まり，ローマに凱旋帰国を果たしたのは前29年8月であった．この歌はおそらくその頃にアクティウムの海戦(とその他の戦い)の勝利を祝うために書かれたものと考えられる．「今こそ(酒を)飲むべきだ」という表現は，ギリシアの詩人アルカイオスが，政敵ミュルシロスの死を祝った勝利の歌を「今こそ酔っぱらうべきだ」という言葉で始め

たことに倣ったもの.

nunc vīnō pellite cūrās
ヌンク ウィーノー ペッリテ クーラース
今は酒(ワイン)によって苦悩を追い払え　[Hor. *Carm.* 1.7.31]
▶ホラティウス『歌集』第1巻・第7歌から採られたもので, 祖国を追放され失意の中にあったテウケル(テウクロス)が自分の仲間を励まして言った言葉とされる. テウケルはサラミスの王テラモンの子で, 異母兄弟に当たる大アイアスがトロイアで自殺した時, その復讐を果たせなかったことを父テラモンに咎められ祖国を追放されたが, のちにキュプロスに新たなサラミスを建設したとされる. 原文では「テウケルが導き, 予言する限りは, 絶望すべきことは何もない. なぜなら, 過つことなきアポロンが, 新天地に第2のサラミスがあるだろうと約束したのだ. おお, 私と共にしばしば(これより)酷い不幸に耐えた, 勇敢な者たちよ, 今はワインによって苦悩を追い払え」となっている. *cf.* nil desperandum.

nunquam est ille miser, cuī facile est morī
ヌンクァム エスト イッレ ミセル クイー ファキレ エスト モリー
容易に死ねる人は決して不幸ではない　[[Sen.] *Herc. Oet.* 111]
▶セネカの作と伝えられる『オエタ山上のヘラクレス』の中で, ヘラクレスに祖国を攻略され捕虜となったオエカリアの娘たちから成るコロス(合唱隊)の歌から採られた言葉. 不幸な禍いの中で嘆きながら生き長らえるよりは, いっそすぐに死んだ方がより幸福であるという感覚を表している.

[文法] nunquam 決して～ない [副] / est ～である 〈[動] sum の直説法現在・三人称・単数〉/ ille その人は 〈[代] 男性・単数・主格〉/ miser 不幸な 〈[形] 男性・単数・主格〉/ cui (その人にとって)～するところの 〈[関代] qui の男性・単数・与格〉/ facile est mori 死ぬことが簡単である 〈[形] facilis の中性・単数・主格 ＋ [動] sum の直説法現在・三人称・単数 ＋ [動] morior の

不定法現在〉

nunquam minus sōlus quam cum sōlus
ヌンクァム ミヌス ソールス クァム クム ソールス
独りでいる時よりも孤独ならざる時はない　[Cic. *Rep.* 1.17.27; Cic. *Off.* 3.1.1]
▶独りでいる時こそが最も孤独ではない時であるという意味．キケロが『国家について』の中で，大スキピオ(アフリカヌス)の口癖として引用している言葉．大スキピオによれば，自分は何もしていない時より多くのことをする時はなく，独りでいる時よりも孤独ならざる時はない．つまり，彼は公務から離れ孤独である時にも無為に過ごすことがなく，閑暇においてこそ最も忙しかったのである．

nusquam est quī ubīque est
ヌスクァム エスト クィー ウビークェ エスト
あらゆるところにいる人は，どこにもいない人である　[Sen. *Ep.* 2.2]
▶あらゆる著者の書物を読みあさることによって散漫な読書になり，落ち着きのない不安定な精神に陥ることを警告する言葉．セネカは，心の中にしっかり定着する何かを得たいならば，定評ある天才の書物に長く留まり，それらによって養育されなければならないとしている．
参考 多芸は無芸

olet lucerna
ランプの匂いがする

obscūrum per obscūrius
オブスクールム ペル オブスクーリウス
不明なことをもっと不明なことで(説明する)，分かりにくいことをもっと分かりにくいことによって(説明する)
▶ *cf.* ignotum per ignotius.

occasiōnem cognosce
オッカシオーネム コグノスケ
好機を知れ
参考 鉄は熱いうちに打て

occultae inimīcitiae magis timendae sunt quam apertae
オックルタエ イニミーキティアエ マギス ティメンダエ スント クァム アペルタエ
隠された敵意は公然たる敵意よりいっそう恐れられるべきである
[*cf.* Cic. *Verr.* II. 5.71.182]
▶ キケロの『ウェッレス弾劾』第2回公判第5演説において，キケロが裁判における公然たる敵ともの言わぬ隠れた敵を比較して言ったもの．

文法 occultae inimicitiae 隠された敵意は〈形 occultus の女性・複数・主格 ＋ 女 inimicitia の複数・主格〉/ magis いっそう 副 / timendae sunt 恐れられるべきである〈動 timeo の動形容詞・女性・複数・主格 ＋ 動 sum の直説法現在・三人称・複数〉/ quam 〜よりも 副 / apertae 公然たる〈形 apertus の女性・複数・主格〉

ōderint dum metuant
オーデリント ドゥム メトゥアント
人々が恐れている間は，憎ませておけ　[Cic. *Phil.* 1.14.34; *cf.* Suet. *Calig.* 30; Suet. *Tib.* 59]
▶キケロが『ピリッピカ』において，悲劇詩人アッキウスの『アトレウス』(Fr. 203) から引用して言った言葉．アトレウス(アガメムノン)が取った「人々が恐れている間は，憎ませておけ」という態度は，やがてアイギストスに殺されるという破滅を呼ぶことになる．キケロによれば，栄誉とは国家に奉仕することであり，同僚市民に賞賛され愛され尊敬されることであり，恐れられることではない．

ōdī et amō
オーディー エト アモー
私は憎みかつ愛する　[Catul. 85.1]
▶カトゥルスは自らの恋の苦しみを，この矛盾する感情の混交として表現している：「私は憎みかつ愛する．多分あなたはどうして私がそうするのかと尋ねるであろう．いや，私はそうなっていることを感じ，ひどく苦しいのだ」．

ōdī profānum vulgus et arceō
オーディー プロファーヌム ウゥルグス エト アルケオー
私は俗衆を憎み，遠ざける
▶⇨ favete linguis.

odium theologicum
オディウム テオロギクム
(見解の異なる)神学者同士の憎悪
▶神学論争を通じて生じる意見の食い違いからしばしばお互いを激しく憎み合うようになり，議論をまともに続けることもできなくなる神学者たちについてこう言われる．

ō fāmā ingens, ingentior armīs!
オー ファーマー インゲンス インゲンティオル アルミース
おお，名声において偉大な，武力においてはもっと偉大な者よ
[Verg. *A*. 11.124]
▶ウェルギリウス『アエネーイス』第11歌で，戦死者を埋葬するため一時休戦を申し出にやって来たラティヌス王の使者たちの一人で，アエネアスの宿敵トゥルヌスを憎むドランケスが，アエネアスを讃えて呼びかけた言葉．

ō fortūnātōs nimium, sua sī bona nōrint, agricolās
オー フォルトゥーナートース ニミウム スア シー ボナ ノーリント アグリコラース
彼らが自己の良いものを知るならば，おお幸せすぎる農夫たちよ
[Verg. *G*. 2.458]
▶ウェルギリウスは『農耕歌』第2歌において，戦争をする必要もなく，大地から日々の必要な糧を得ることのできる農夫たちの生活をこのように讃えている．農夫たちは，多くの庇護民を持つこともなく，多くの豪華な持ち物を手に入れることもない．しかし彼らには，不安のない誠実な生活，広大な土地と豊かな自然の喜び，働き者の若者，神々と先祖の崇拝がある，とウェルギリウスは言う．

ohē! jam satis
オヘー ヤム サティス

olet lucerna
おいおい，もう十分だ　[Hor. S. 1.5.12-13]
▶『諷刺詩集』第 1 巻・第 5 歌は，ホラティウスがウェルギリウス等の文人たちと共にマエケナスに随行して，アッピア街道をローマからブリンディシウムまで旅行した際の紀行文である(かのように書かれている). この詩の中でホラティウスは，自分たちが船に乗り込む様子をユーモラスなタッチで描写しているが，見出し句は，船にできるだけ多くの乗客を乗せようとする船頭に対して，船が沈没することを恐れた乗客が怒鳴って言った言葉である.

olet lucernā
オレト ルケルナー
ランプの匂いがする　[cf. Erasm. *Adagia* I vii 71]
▶努力して仕上げられた文書や仕事について，夜ふけまでランプを点して苦心した跡が見える，の意. なお，エラスムスは olet lucernam の形で引用している.

ō mātre pulchrā fīlia pulchrior
▶⇨ matre pulchra filia pulchrior.

ō mihi praeteritōs referat sī Juppiter annōs
オー ミヒ プラエテリトース レフェラト シー ユッピテル アンノース
ああ，ユピテルが私に過ぎ去った年月を取り戻してくれたら！　[Verg. *A.* 8.560]
▶ウェルギリウス『アエネーイス』第 8 歌から採られた言葉. アルカディアの王エウアンデルは，アエネアスと同盟を結び，彼を自国の兵の指揮官にすると，息子パラスを一緒に出陣させる. 王は自分自身がまだ若かったならば息子パラスを戦争に行かせずに済んだのにと涙を流しながら，見出し句のように言い，神々に息子の無事の帰還を願うが，この祈りは通じない. パラスはこの戦

いで死ぬ運命にあったのである．
文法 o おお 間 / mihi 私に〈人代 一人称・単数・与格〉/ praeteritos annos 過ぎ去った年月を〈形 praeteritus の男性・複数・対格 ＋ 男 annus の複数・対格〉/ referat si もし戻してくれたら〈動 refero の接続法現在・三人称・単数 ＋ 接 si〉/ Juppiter ユピテルが〈男 単数・主格〉

ō miserās hominum mentēs, ō pectora caeca!
オー ミセラース ホミヌム メンテース オー ペクトラ カエカ
おお，人間たちの惨めな精神，おお，（人間たちの）盲目の心 [Lucr. 2.14]

▶ルクレティウスは『物の本質について』第2巻の冒頭において，ちょうど大海で嵐にもまれる他人の不幸を陸から眺めているのが楽しいように，あるいは，ちょうど野に繰り広げられる戦争を安全な場所から眺めるのが楽しいように，人々が人生の中で迷い，苦しむ様を眺めることは哲学者の楽しみであると言っている．見出し句は，そのような観点から詩人が人間たちに対して同情を込めて叫んだ言葉．

文法 o おお 間 / miseras mentes 惨めな精神〈形 miser の女性・複数・対格 ＋ 女 mens の複数・対格〉/ hominum 人間たちの〈男 homo の複数・属格〉/ pectora caeca 盲目の心〈中 pectus の複数・対格 ＋ 形 caecus の中性・複数・対格〉

omne ignōtum prō magnificō
オムネ イグノートゥム プロー マグニフィコー
未知なものはすべて偉大なものと(見なされる) [Tac. *Agr.* 30]

▶タキトゥス『アグリコラ』の中で，ブリタンニア人の指導者カルガクスが，ローマ人との戦いを要求する群衆に向かって行った演説から採られた言葉．これより北には誰も住まない最果ての地・未知の土地であるブリタンニアを獲得したいと思うローマ人の，飽くなき征服欲を説明しようとしたもの．

omnem crēde diem tibi dīluxisse suprēmum

オムネム クレーデ ディエム ティビ ディールクシッセ スプレームム

毎日があなたにとって最後の日の輝きであったと思いなさい [Hor. *Ep.* 1.4.13]

▶ホラティウスは，詩人ティブルスに宛てた『書簡詩』第1巻・第4歌の中で，彼にこのような助言を与え，その理由を「もう来ないだろうと思われる時間(つまり明日)が来るならば，それは有り難いものと思われることだろう」と説明している．

文法 omnem diem すべての日を〈形 omnis の男性・単数・対格 ＋ 男 dies の単数・対格〉/ crede 考えなさい〈動 credo の命令法現在・二人称・単数〉/ tibi あなたにとって〈人代 二人称・単数・与格〉/ diluxisse 輝いた(と)〈動 dilucesco の不定法完了〉/ supremum 最後に 副

omnēs ūna manet nox

オムネース ウーナ マネト ノクス

ただ一つの夜がすべての人々を待っている [Hor. *Carm.* 1.28.15]

▶ホラティウス『歌集』第1巻・第28歌から採られた言葉．ここで「ただ一つの夜」と呼ばれているものとは，もちろん「死」のことである．人間である限り誰一人，死を逃れることはできない．死はすべての人間に共通の運命である．*cf.* pallida mors aequo pulsat pede pauperum tabernas regumque turres.

omne tulit punctum quī miscuit ūtile dulcī

オムネ トゥリト プンクトゥム クィー ミスクイト ウーティレ ドゥルキー

有益を快楽に混ぜる者が，全票を獲得する [Hor. *P.* 343]

▶ホラティウスは『詩論』の中で，読者を楽しませながら教えることによって「全票(つまり万人の賞賛)を獲得する」として，詩というものは教育的かつ有益であるのみならず，そのものが楽しくかつ喜ばしいものでなければならないことを説いている．*cf.*

aut prodesse volunt aut delectare poetae.
文法 omne punctum すべての票を〈形 omnis の中性・単数・対格 ＋ 中 punctum の単数・対格〉/ tulit 獲得した〈動 fero の直説法完了・三人称・単数〉/ qui ～するところの(人)〈関代 男性・単数・主格〉/ miscuit 混ぜた〈動 misceo の直説法完了・三人称・単数〉/ utile 有益を〈形 utilis の中性・単数・対格〉/ dulci 快楽に〈形 dulcis の中性・単数・与格〉

omne vīvum ex ōvō
オムネ ウィーウゥム エクス オーウォー
すべての生き物は卵から
▶血液の循環を発見したイギリスの医学者ウィリアム・ハーヴィーの言葉とされる.

omnia aliēna sunt; tempus tantum nostrum est
オムニア アリエーナ スント テンプス タントゥム ノストルム エスト
すべては他人のもの. 私たち(自身)のものは時間だけである [Sen. *Ep.* 1.3]
▶セネカは友人ルキリウスに宛てた手紙の中で, 時間は日々様々な仕方で奪われていくが, 最も恥ずべき時間の損失は怠惰による時間の浪費であると言う. 自然が私たちに所有物として与えた限られた時間を, 私たちは本当の意味で自分のものにできてはいないとセネカは説く.

omnia munda mundīs
オムニア ムンダ ムンディース
清い人にはすべてが清い　[新約聖書「テトス書」1 章 15 節]
▶この後に「しかし, 汚れた不信仰な者には, 清い物は一つもなく, その精神も良心も汚れてしまっている」と続く.

omnia mūtantur, nōs et mūtāmur in illīs
オムニア ムータントゥル ノース エト ムータームル イン イッリース
万物は変化する，われわれもまたそれらの中で変化する
▶フランク王ロタール1世の言葉とされる. *cf.* tempora mutantur, nos et mutamur in illis.

omnia praeclāra (sunt) rāra
オムニア プラエクラーラ (スント) ラーラ
すべてのすばらしいものは稀である　[Cic. *Amic.* 21.79]
▶キケロは『友情について』の中で，友情に値する人々とは，自身の内に愛される理由を持つ人々のことであり，それは稀な種族であると言っている．なぜなら，すばらしいものはすべて稀であり，その種族の中でもあらゆる点で完璧な者を見いだすことが一番難しいのだという．スピノザはこのキケロの言葉をもじってその著書『エティカ』を次のように結んでいる: Sed omnia praeclara tam difficilia, quam rara sunt「しかしすべての優れたものは稀であると同じくらいに難しい」.

omnia prius experīrī quam armīs sapientem decet
オムニア プリウス エクスペリーリー クァム アルミース サピエンテム デケト
武器に訴えるより前にあらゆる手段を尽くすことが賢者にはふさわしい　[Ter. *Eun.* 789]
▶テレンティウスの喜劇『宦官』第4幕第7場で，遊女タイスに与えた奴隷女パンピラ(実はアテナイ市民の娘)を取り戻すために，隊長トラソが手下を連れてタイスのもとへとやって来た時，手下から(武力を使って)突撃するかどうかを尋ねられ，トラソが答えて言った言葉.
文法 omnia すべてのことを〈中 omne の複数・対格〉/ prius quam 〜より前に〈副 prius ＋ 副 quam〉/ experiri 試みる(こと)〈動 experior の不定法現在〉/ armis 武器によって〈中・複 arma の奪格〉/ sapientem decet 賢者

にふさわしい 〈男 sapiens の単数・対格 ＋ 動 deceo の直説法現在・三人称・単数〉

omnia vānitās
▶⇨ vanitas vanitatum, et omnia vanitas.

omnia vincit amor, et nōs cēdāmus amōrī
オムニア ウィンキト アモル エト ノース ケーダームス アモーリー
アモル(愛の神)はすべてを打ち負かす．私たちもアモルに従おう [Verg. *Ecl.* 10.69]
▶ウェルギリウス『牧歌』第10歌は，彼の親友で恋愛詩人だったガルス自身の恋の苦しみを歌ったものだが，この歌の最後の部分から採られた言葉．チョーサー『カンタベリー物語』の「総序」では，尼僧院長の黄金のブローチに Amor vincit omnia と刻まれていたことになっている．

omnia vincit labor
▶⇨ labor omnia vincit.

omnibus īdem
オムニブス イーデム
万人に公平な [Verg. *A.* 10.112]
▶見出し句がウェルギリウス『アエネーイス』第10歌112行から採られたとするならば，この表現はユピテルを指して言われたものである．しかも，この文の発話者もユピテル自身であり，もともとは，敵対する人間たちの命運を運命に任せると宣言することにより，ユピテルが自分自身の中立性を表現した言葉だった．*cf.* fata viam invenient.

omnis amans āmens
オムニス アマンス アーメンス
愛する者はみな正気ではない
▶⇨ amantes amentes.

omnis homō mendax [mendācium]
オムニス ホモー メンダクス [メンダーキウム]
すべての人は偽りなり　[旧約聖書「詩篇」116 篇 11 節(ラテン語訳聖書 Vulgata では 115 篇 11 節)]

opprobrium medicōrum
オップロブリウム メディコールム
医者たちの不面目, 不治の病

optat ephippia bōs piger, optat arāre caballus
オプタト エピッピア ボース ピゲル オプタト アラーレ カバッルス
怠け者の牛は馬具を望み, (怠け者の)馬は(畑を)鋤くことを望む [Hor. *Ep.* 1.14.43]
▶他人の境遇を羨み自分の境遇を厭わしく思う者を, 怠け者の牛馬に譬えたもの. 自分が所有する田園の管理を任せた召使いに宛てて書かれた, ホラティウス『書簡詩』第 1 巻・第 14 歌から採られた言葉. その中でホラティウスは, 田園に生きる者を幸せだと考えながら都会生活を強いられている自分自身と, 都会に生きる者を幸せだと考えながら田園生活を強いられている召使いとを対比した上で, この書簡詩を見出し句によって締めくっている.
参考 隣の芝生は青い

optimum est patī quod ēmendāre nōn possīs
オプティムム エスト パティー クォド エーメンダーレ ノーン ポッシース
あなたがその誤りを正すことのできないことは耐えるのが最善で

ある [Sen. *Ep.* 107.9]
▶「誤りを正すことのできないこと」とは，神の定めた運命や自然の法則のことである．万人に公平に訪れる死の運命や降りかかる天変地異は避けることができない．耐えるしかないことは耐えるべきである．
文法 optimum 最善の〈形 optimus の中性・単数・主格〉/ est 〜である〈動 sum の直説法現在・三人称・単数〉/ pati 耐える(こと)〈動 patior の不定法現在〉/ quod（それを）〜するところの(こと)〈関代 qui の中性・単数・対格〉/ emendare non possis（あなたが）改善することができない〈動 emendo の不定法現在 ＋ 副 non ＋ 動 possum の接続法現在・二人称・単数〉

ōrā prō nōbīs
オーラー プロー ノービース
われらのために祈りたまえ
▶聖母マリアに捧げる祈祷文の一節．

ōrāre est labōrāre, labōrāre est ōrāre
オーラーレ エスト ラボーラーレ ラボーラーレ エスト オーラーレ
祈ることは働くこと，働くことは祈ることである
▶ベネディクト会のモットー．

ōrātor fit, poēta nascitur
オーラートル フィト ポエータ ナスキトゥル
弁論家は作られ，詩人は生まれる
▶弁論家は後天的な学習と訓練によって作られるが，詩人は天与の才能によって詩人になる．どんなに努力を重ねても才能のないものは詩人にはなれない，の意． *cf.* poeta nascitur, non fit.

ōre rotundō
オーレ ロトゥンドー
「丸い口で」,洗練された言葉で　[Hor. *P.* 323]
▶ホラティウス『詩論』中の,詩歌の才能において賞賛されることを好んだギリシア人と,商売による金儲けを好んだローマ人とを対比した箇所から採られた言葉.詩歌の女神ムーサは,ギリシア人たちに(詩の)才能と洗練された言葉で語る能力を与え,彼らは賞賛の他いかなるものに対しても「貪欲」ではなかった.一方,幼い頃から長大な金の計算を学んで育ったローマ人たちがひとたびこの金銭に対する「貪欲」によって精神が蝕まれるならば,彼らに詩を作るなどということを期待できるのか,とホラティウスは言う.

ō sancta simplicitās!
オー サンクタ シンプリキタース
おお聖なる単純よ!
▶宗教改革者ヤン・フスの最後の言葉.フスが異端者として火刑に処された際,薪をくべた敬虔な老婆に対して言ったとされる.現在では,主に無邪気な愚行を冷笑する時に用いられる.

ō sī sīc omnia [omnēs]!
オー シー シーク オムニア [オムネース]
おお,もしすべて[すべての人々]がこのようで(あったならば)!
[*cf.* Juv. 10.123]
▶ユウェナリスは『諷刺詩』第10歌において,卓越した弁論家はむしろ彼らの弁論の才能の豊かさゆえに死んだと述べているが,その箇所でキケロの悪名高い詩の一節「おお,私が執政官の年に生まれ幸運なローマ」を引用しながら,Antoni gladios potuit contemnere si sic omnia dixisset「もし彼の弁論のすべてがこのようで(=彼の下手な詩のようで)あったならば,彼はアント

ニウスの剣をものともしなかった(=アントニウスに殺されなかった)だろう」と皮肉っている．「優れた弁論で」アントニウスを攻撃したキケロは，第2回三頭政治の成立後，アントニウスの命令によって暗殺された．

ō tempora! ō mōrēs!
オー テンポラ オー モーレース
おお(何という)時代よ，おお(何という)習わしよ！　[Cic. *Cat.* 1.1.2]
▶キケロ『カティリナ弾劾』第1演説で，当時の人々がカティリナの陰謀を野放しにしていることを嘆いた，キケロ自身の言葉．一般的には，世の中の道徳性の低下と時代の頽廃を嘆く際に用いられる．

ōtia dant vitia
オーティア ダント ウィティア
余暇が悪徳を与える
▶⇨ nihil agendo homines male agere discunt.

ōtium cum dignitāte
オーティウム クム ディグニターテ
威厳ある余暇　[*cf.* Cic. *de Orat.* 1.1.1]
▶キケロは，最高に繁栄した国家において，数々の名誉ある官職と業績の栄光に恵まれ，(公の)仕事にあっては安全に，「(私の)閑暇においては威厳をもって」人生の道のりを進むことのできる人々は幸福であるとしている．

ovem lupō committere
オウェム ルポー コンミッテレ
羊をオオカミに預ける　[*cf.* Ter. *Eun.* 832]

ovem lupo committere

▶そもそも何者かに羊の番をさせるのはオオカミから羊を守るためであるが,万一,羊をオオカミに預けるならば,羊が食べられてしまうことは明白である.信用できない相手に頼ることで,必ずや大失敗に終わる愚行の譬え.ちなみに,エラスムスの『格言集』には ut lupus ovem という諺もあり,「ちょうどオオカミが羊を(愛する)ように」と訳されるが,こちらは偽善の譬え.

参考 猫に鰹節

P

panem et circenses
パンと戦車競技を

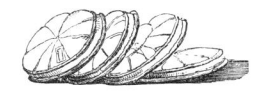

pacta sunt servanda
パクタ スント セルウァンダ
協定は維持されなければならない　[*cf.* Cic. *Off.* 3.24.92]
▶キケロ『義務について』の原文によれば,「暴力や悪辣な策略によって結ばれたのでない限り,協定と約束は保持されなければならない」となっている.

Paetē, nōn dolet
パエテー ノーン ドレト
パエトゥスよ,痛くありません　[Plin. Min. *Ep.* 3.16]
▶小プリニウスによれば,カエキナ・パエトゥスが陰謀に加担した罪でクラウディウス帝から自殺を命じられた時,烈女として知られる彼の妻アッリアが自ら短剣で自分の胸を突き刺し,夫に短剣を差し出しながらこう言ったという.

pallida mors aequō pulsat pede pauperum tabernās rēgumque turrēs
パッリダ モルス アエクォー プルサト ペデ パウペルム タベルナース レーグムクェ トゥッレース

palmam qui meruit ferat

青白い死(神)は等しい足で，貧乏人の小屋と王の宮殿の戸をたたく [Hor. *Carm.* 1.4.13-14]
▶ホラティウス『歌集』第1巻・第4歌は春の訪れを祝う歌であるが，その中でホラティウスは，死は貧乏・富裕の区別なく万人に等しく与えられた共通の運命であり，人の人生は短く，死の世界に去り行く時がすぐにもやって来ることを歌っている.「足で戸をたたく」とはいかにも奇異な表現ではあるが，これは当時の人々が足で戸を蹴ってノックした習慣による. *cf.* omnes una manet nox.
文法 pallida mors 青白い死は 〈形 pallidus の女性・単数・主格 ＋ 女 単数・主格〉/ aequo pede 等しい足で 〈形 aequus の男性・単数・奪格 ＋ 男 pes の単数・奪格〉/ pulsat たたく 〈動 pulso の直説法現在・三人称・単数〉/ pauperum tabernas 貧乏人の小屋を 〈形 pauper の男性・複数・属格 ＋ 女 taberna の複数・対格〉/ regum turres 王の宮殿を 〈男 rex の複数・属格 ＋ 女 turris の複数・対格〉/ -que ～と～ 前接辞

palmam quī meruit ferat
パルマム クィー メルイト フェラト
棕櫚はそれに相応しい人が身につけよ
▶賞賛はそれに相応しい人が受けるべきである，の意.

pānem et circensēs
パーネム エト キルケンセース
パンと戦車競技を [Juv. 10.81]
▶ユウェナリスが，当時のローマの民衆がパンと戦車競技だけにしか関心を示さないことを指摘して，(本来ならばローマの主権者として政治のことを考えるべき)民衆の堕落ぶりを非難したもの.「パンと戦車競技を」とは「食物と娯楽を」というほどの意味であろう.

parce, precor, precor

パルケ プレコル プレコル

許してくれ, お願いだ, お願いだ　[Hor. *Carm.* 4.1.2]

▶ホラティウス『歌集』第4巻・第1歌の原文では「おおウェヌスよ, 長い間中断されていた戦いをまた始めよと言うのか, 許してくれ, お願いだ, お願いだ」とある. 50代にもなって, 恋をするには相応しくない自分に訪れた新しい恋心について, 愛の女神ウェヌスに許しを願ったもの. この歌を最後まで読むと, 詩人が愛するようになった新しい恋人とは, リグリーヌスという名前の少年であることが分かる. *cf.* non sum qualis eram.

parcere subjectīs et dēbellāre superbōs

パルケレ スブイェクティース エト デーベッラーレ スペルボース

征服された者たちを許し, 傲慢な者たちを打ち負かす　[Verg. *A.* 6.853]

▶ウェルギリウス『アエネーイス』第6歌で, 冥界を訪ねたアエネアスに父アンキセスの亡霊が与えた命令の一部:「ローマ人よ, 忘れるな, お前は諸国民を統治するのだということを(これがお前の技術となろう), 平和を人々の習わしとするということを, 征服された者たちを許すということを, 傲慢な者たちを打ち負かすということを」.

parens patriae

パレンス パトリアエ

「国の親」, 保護者としての国

▶子供や知的障害者など法的能力に制限のある者を国が後見人として保護する, あるいは, 相続人を持たずに死んだ者の財産を国家が相続する, という理念.

parēs cum paribus facillimē congregantur

パレース クム パリブス ファキッリメー コングレガントゥル

等しい者たちは等しい者たちと共に最も容易に集まる　[Cic. Sen. 3.7]

▶似た者どうしは最も容易に集まるものだという意味. キケロ『老年について』から採られた言葉だが, キケロはすでにこの言葉を古い格言として引用している. なお, アリストテレス『弁論術』(1371b) にも類似の諺が列挙されている. *cf.* cicada cicadae cara, formicae formica.

参考 類は友を呼ぶ

pār nōbile frātrum

パール ノービレ フラートルム

名高い(悪名高い)二人兄弟　[Hor. S. 2.3.243]

▶ホラティウス『諷刺詩集』第2巻・第3歌の中で, クイントゥス・アッリウスの息子たちを指して言われた言葉.「名高い」とはもちろん皮肉である. 父親のクイントゥス・アッリウスも葬儀に何千人もの客を招いたことが知られているが, 息子たちも贅沢と放蕩で知られ, 高価なナイチンゲール(サヨナキウグイス)を購入しては食用に付していたとされる.

Parthīs mendācior

パルティース メンダーキオル

パルティア人たちよりもっと嘘つきな　[Hor. Ep. 2.1.112]

▶ホラティウス『書簡詩』第2巻・第1歌から採られた言葉. ギリシア人は遊戯とスポーツと芸術と演劇を好み, ローマ人は法律と実利を好んだが, 今ではローマの民衆は嗜好を変え, 詩を書くことに熱中している. ホラティウスは, 自分も一度はもう詩など書かないと宣言したのに,「パルティア人たちよりもっと嘘つき」になって, 再び詩を書く気になっていると言っている. ローマ人

はしばしば「嘘つき」の称号を自分たちの敵である民族に与えた: *cf.* infidi Persae (Hor. *Carm.* 4.15.23); fides Punica.

parturiunt [parturient] montēs, nascētur rīdiculus mūs
パルトゥリウント [パルトゥリエント] モンテース ナスケートゥル リーディクルス ムース
山々が産気づいている，生まれるのは滑稽な鼠一匹　[Hor. *P.* 139; *cf.* Phaedr. 4.24]

▶おそらくギリシアの寓話作家アイソポス(イソップ)に遡る諺で，日本語の諺「大山鳴動して鼠一匹」も 16 世紀キリスト教徒によって西洋から伝えられたものであろう．見出し句は，ホラティウスが『詩論』の中で，叙事詩圏詩人による(詩の)書き出しを，大げさな悪い例として引用した際に言われたものである．あまりに壮大な文体で物語を始めると，突然格調を落とさざるを得なくなり，滑稽に陥る危険があるというのであろう．

parva compōnere magnīs
パルウァ コンポーネレ マグニース
小さなものを大きなものに比べる　[Verg. *G.* 4.176]

▶ウェルギリウス『農耕歌』第 4 歌の主題はミツバチと養蜂である．ウェルギリウスはミツバチの勤勉さを一つ目巨人(キュクロプス)たちの勤勉さに比較した後，「小さなものを大きなものに比べることが許されるならば」と断った上で，さらにキュクロプスを「ケクロプスの国 (＝アテナイ) のミツバチ」に比較している．後者の比較は「キュクロプス」と「ケクロプス」の音の類似に着目した言葉遊びか．*cf.* parvis componere magna.

parvīs compōnere magna
パルウィース コンポーネレ マグナ

小さなものに大きなものを比べる　[Verg. *Ecl.* 1.23]
▶ウェルギリウス『牧歌』第1歌に登場する牧人ティテュルスの言葉. かつてローマの都を見たことがなかったティテュルスは, 子犬に親犬を, 子山羊に母山羊を比べるように, 自分の町と比較してまだ見ぬローマの大きさを想像していた. しかし彼の想像以上に, ローマは低木の間にそびえ立つ糸杉のように大きかった. *cf.* parva componere magnis.

passibus ambiguīs Fortūna volūbilis errat
パッシブス アンビグイース フォルトゥーナ ウォルービリス エッラト
移ろいやすいフォルトゥナ(運の女神)はふらふらした足でさまよう　[Ov. *Tr.* 5.8.15]
▶オウィディウス『悲しみの歌』第5巻・第8歌から採られた言葉. 原文によれば「移ろいやすいフォルトゥナ(運命の女神)は, ふらふらした足でさまよい, いかなる場所にもしっかりと確実に留まることがなく, ある時は喜んでやって来て, ある時は不機嫌な顔をしている. ただ気まぐれなだけが彼女の不変の性質である」となっている.

pater historiae
パテル ヒストリアエ
歴史の父　[Cic. *Leg.* 1.1.5]
▶キケロ『法律について』から採られた言葉で, 古代ギリシアの歴史家ヘロドトスのこと. キケロは, 歴史においてはすべてが真実に照らして語られ, 詩においては大抵のことが楽しみのために語られるものだが, 歴史の父ヘロドトスやテオポンポスには数えきれない作り話が見いだされる, と言っている.

Pater Noster
パテル ノステル

われらの父よ
▶「主の祈り」の冒頭の言葉.

Pater Patriae
パテル パトリアエ
祖国の父, 国父
▶キケロ, カエサル, 初代皇帝アウグストゥスなどに対して元老院が与えた称号.

patria est ubicumque est bene
パトリア エスト ウビクムクェ エスト ベネ
祖国とは, それがどこであっても, 居心地の良い場所のことである   [Cic. *Tusc.* 5.37.108]
▶キケロは『トゥスクルム荘対談集』の中で, 祖国から追放されて一生を過ごした哲学者たちを列挙した後, 人生において追求する喜びが得られるならば, それがどこであっても幸福に生きることができると説き, 見出し句の言葉を大アイアスの異母兄弟テウケル(やはり祖国から追放されたことで有名な英雄)の言葉として引用している.

patris est fīlius
パトリス エスト フィーリウス
「彼は(彼の)父親の息子」, この父にしてこの子あり   [*cf.* Erasm. *Adagia* IV iii 36]
参考 この親にしてこの子あり

paulō mājōra canāmus
パウロー マーヨーラ カナームス
少々大きな(偉大な)話題を歌いましょう   [Verg. *Ecl.* 4.1]
▶ウェルギリウス『牧歌』第4歌は, ある子供の誕生とともに平

和な黄金時代が再び到来するという予言を含んでいる点で, 牧歌というジャンルの中ではやや特異な内容を持つ作品とされるが, 見出し句はその冒頭から採られた言葉. ここでウェルギリウスは(控えめな言い方がかえって効果を強める)緩叙法 (litotes) を用いており, 「少々大きな」とは, 実際には「かなり大きな」を意味する.

pauper ubīque jacet
パウペル ウビークェ ヤケト
貧乏人は至る所で貶められている　[Ov. *F.* 1.218]
▶オウィディウスは『祭暦』の中で, 質素な暮らしと農業を旨とした昔日のローマと同時代のローマとを比べながら, 同時代のローマが金次第の世の中であり, 貧乏人がのし上がるチャンスはないことを嘆く.
参考 成るも成らぬも金次第

pax huīc domuī
パクス フイーク ドムイー
この家に平和(があるように)　[新約聖書「ルカ伝」10章5節]
▶イエスが宣教のために選んだ72人を町々に派遣する際に言った言葉から. イエスは行った先の町で誰かの家に招かれたら, まずこの言葉でその家に神の祝福があるように祈れと命じた.

Pax Rōmāna
パクス ローマーナ
ローマの平和　[*cf.* Liv. 38.51.2; Mart. 7.80.1]
▶紀元1世紀から2世紀にかけての, ローマ帝国の政治的・軍事的支配の安定がもたらした比較的平和な時代のこと.

pax vōbīs
パクス ウォービース
平安汝らにあれ ［新約聖書「ルカ伝」24 章 36 節］
▶復活したイエスが弟子たちの前に現れて言った言葉．pax vobiscum とも言い，別れの挨拶に用いられる．

peccā fortiter
ペッカー フォルティテル
大胆に罪を犯せ
▶この後に「しかし，もっと大胆に信じキリストにあって喜べ」と続く．宗教改革者マルティン・ルターの言葉．

pecūniam in locō neglegere maximum interdum est lucrum
ペクーニアム イン ロコー ネグレゲレ マクシムム インテルドゥム エスト ルクルム
然るべき時に金のことを考えないことが時には最大の利益となる
[Ter. *Ad.* 216]
▶テレンティウスの喜劇『兄弟』第 2 幕第 2 場から採られた言葉．若者アエスキヌスに痛めつけられ奴隷女(実は自由人)を奪い取られた女衒のサンニオに，アエスキヌスの父親の奴隷シュルスは見出し句のように言って，その「奴隷女」を安値で譲るよう交渉する．ここで言う「金のことを考えない」とは，もうけを度外視するという意味．
参考 損して得取れ
文法 pecuniam 金を〈女 pecunia の単数・対格〉/ in loco 然るべき時に〈前 in ＋ 男 locus の単数・奪格〉/ neglegere 無視する(こと)〈動 neglego の不定法現在〉/ maximum lucrum 最大の利益〈形 maximus の中性・単数・主格 ＋ 中 単数・主格〉/ interdum 時に 副 / est ～である〈動 sum の直説法現在・三人称・単数〉

Pēliō impōnere Ossam
▶⇨ imponere Pelio Ossam.

pendente līte
ペンデンテ リーテ
訴訟係属中で[は]
▶主格の形では pendens lis「係属中の訴訟」となる．例えば pendente lite nihil innovetur「訴訟係属中は何も変えられない」という言い方で用いられる．

per angusta ad augusta
ペル アングスタ アド アウグスタ
諸々の困難を経て尊厳へ
▶⇨ ad astra per aspera.

per ardua ad astra
ペル アルドゥア アド アストラ
艱難を経て星へ
▶英国空軍など数か国の空軍のモットーとなっている．*cf.* ad astra per aspera.

per aspera ad astra
▶⇨ ad astra per aspera.

perfer, obdūrā
ペルフェル オブドゥーラー
耐えるのだ，持ちこたえるのだ　[Catul. 8.11]
▶『詩集』第8歌においてカトゥルスは，去って行った恋人のことをきっぱりと諦めるよう自分の心にこう言い聞かせている．

permitte dīvīs cētera
ペルミッテ ディーウィース ケーテラ
他のことは神々に任せておきなさい　[Hor. *Carm.* 1.9.9]
▶冬の寒い日にも楽しみがあることを歌った『歌集』第1巻・第9歌の中で，ホラティウスは，「暖炉に薪をくべ取っておきのワインを味わうこと，それ以外のことは(すべて)神々に任せておきなさい(つまり，それ以外のことは何もしなくてよい)」，そして明日がどうなるかとくよくよ考えるのはやめなさいと説いている．また，詩の後半では，若者に対して今こそ恋人を探し，愛の歓びを追求すべき時であると勧めている．

per stirpēs
ペル スティルペース
代襲によって[の]
▶すでに死亡している相続人に代わってその子が財産を相続する場合についていう．

per variōs cāsūs, per tot discrīmina rērum
ペル ウァリオース カースース ペル トト ディスクリーミナ レールム
様々な災難を経て これほど多くの危難を経て　[Verg. *A.* 1.204]
▶ウェルギリウス『アエネーイス』第1歌で，アエネアスとトロイア人たちは，トロイア戦争以来の多くの不幸と多くの危険を経て，ディードの支配するカルタゴの岸にたどり着く．そこでアエネアスが，疲れきったトロイア人たちを元気づけるために行った演説から採られた言葉．

petītiō principiī
ペティーティオー プリンキピイー
先決問題要求の虚偽，循環論法，論点の先取り
▶論点となっている事柄を前提として論を進めること．

pictor ignōtus
ピクトル イグノートゥス
(絵画について)作者不明

poēta nascitur, nōn fit
ポエータ ナスキトゥル ノーン フィト
詩人は生まれるのだ，作られるのではない
▶⇨ orator fit, poeta nascitur.

pollice versō
ポッリケ ウェルソー
親指を下に向けて
▶剣闘士試合において，敗れた剣闘士の処刑を要求する観衆の合図．

pons asinōrum
ポンス アシノールム
「ろばの橋」，初心者・愚か者にとっての難問
▶ユークリッド幾何学の第5命題「二等辺三角形の2つの底角は等しい」に付けられた呼び名．証明が難しく多くの学生がこの命題でつまずいて落ちこぼれたことから．

populī Rōmānī est propria lībertās
ポプリー ローマーニー エスト プロプリア リーベルタース
自由はローマ国民に固有のものである　　[Cic. *Phil.* 6.7.19]
▶キケロ『ピリッピカ』第6演説の末尾を飾る言葉．キケロの原文によれば「他の国民は隷属に甘んじることができるが，自由はローマ国民に固有のものである」となっている．

populus est novārum rērum cupiens pavidusque

ポプルス エスト ノウァールム レールム クピエンス パウィドゥスクェ
民衆は政変を望みつつ恐れている　　[Tac. *An.* 15.46]

▶ネロ帝の時代にローマで大火が起きたとき(64年), 民衆はネロが大火を起こすよう命じたと信じて疑わなかった. ネロはこの噂をかき消す目的で, 大火はキリスト教徒たちの犯行であると民衆に信じ込ませ, 多くのキリスト教徒たちを極めて残忍な方法で処刑した. それと同じ頃, ローマ郊外のプラエネステという町で剣闘士が暴動を企てるという事件があり, 人々は過去に起きた暴動(スパルタクスの反乱など)のことを引き合いに出しては盛んに噂した. 見出し句は, このような民衆の行動を評してタキトゥスが『年代記』の中で言った言葉.

文法 populus 民衆は 〈男 単数・主格〉/ est novarum rerum pavidus 新しいこと(=政変)を恐れている 〈動 sum の直説法現在・三人称・単数 ＋ 形 novus の女性・複数・属格 ＋ 女 res の複数・属格 ＋ 形 男性・単数・主格〉/ cupiens 望みつつ 〈動 cupio の現在分詞・男性・単数・主格〉/ -que ～そして～ 前接辞

porrō ūnum est necessārium

ポッロー ウーヌム エスト ネケッサーリウム
されど, なくてならぬものはただ一つのみ　　[新約聖書「ルカ伝」10章42節]

▶接待の手伝いもせずイエスの足下でひたすら話を聞く妹のマリアを非難した姉マルタに対して, イエスが言った言葉.

posse comitātūs

ポッセ コミタートゥース
「郡民の力」, 民警団[市民隊, 州民兵]

▶治安維持・暴動鎮圧などのために召集される市民の集団.

possunt quia posse videntur

ポッスント クィア ポッセ ウィデントゥル

力が出る[できる]と思うがゆえに力が出る[できる]　[Verg. *A.* 5.231]

▶ウェルギリウス『アエネーイス』第5歌から採られた言葉．アエネアスの艦隊からえり抜きの戦艦が参加した競技の場面において，ある戦艦の船長とこぎ手たちについて，彼らは勝つことができると思うがゆえに勝つことができると言われている(が，結局彼らは第2位に終わる)．

post equitem sedet ātra cūra

ポスト エクィテム セデト アートラ クーラ

黒い心配が騎兵の後ろに座っている　[Hor. *Carm.* 3.1.40]

▶ホラティウス『歌集』第3巻・第1歌の原文によれば「黒い心配は青銅張りの三段櫂船を去ることはなく，騎兵の後ろに座っている」とある．大きな権力・武力・財力を持つ者であっても，恐怖や心配から逃れることはできない．反対に，必要なものだけで満足する者は恐れることが少ない．この同じ歌の中では，シチリアの独裁者ディオニュシオスが自分の境遇を羨む家来ダモクレスを宴会に誘ったとき，ダモクレスの頭上に馬の毛一本で吊るされた抜き身の刃が吊るされてあり，ディオニュシオスがダモクレスに自分の幸福とはこのようなものだと言ったという「ダモクレスの剣」の主題も歌われている．

post hoc, ergō propter hoc

ポスト ホク エルゴー プロプテル ホク

この後に それゆえこのために

▶時間の前後関係を因果関係と混同する誤謬．AがBの後に起きたことで，BをAの原因と見なしてしまう，など．

potius sērō quam nunquam
ポティウス セーロー クァム ヌンクァム
遅くなってもやらないよりはましだ

prior tempore, prior jūre
プリオル テンポレ プリオル ユーレ
時間において先なる者が，権利において先なる者である
参考 先んずれば人を制す; 早い者勝ち

pristinae virtūtis memorēs
プリスティナエ ウィルトゥーティス メモレース
かつての勇気を忘れていない(人々) [Sall. *C.* 60.3]
▶サルスティウス『カティリナの陰謀』において，カティリナの反乱を鎮圧するために集められ，マルクス・ペトゥレイウスの指揮下にあった古参兵たちについて言われたもの．

prō ārīs et focīs
プロー アーリース エト フォキース
祭壇と炉にかけて [*cf.* Cic. *Nat.* 3.40.94]
▶誓ったり発言したりする時の決まり文句．キケロ『神々の本性について』第3巻の議論の最後の場面でも，登場人物の一人が「祭壇と炉にかけて」発言をしている．祭壇(ara)と炉(focus)は，いずれもかまどの女神ウェスタが支配する神聖な領域であり，それぞれ宗教と国家(あるいは家)を象徴し，女神の祭祀はそれらの永続性を保証すると考えられた．

probitās laudātur et alget
プロビタース ラウダートゥル エト アルゲト
正直は賞賛されるが凍えている [Juv. 1.74]
▶当世のローマで悪徳に優る者たちが繁栄する様を描写しなが

ら，ユウェナリスは，ひとかどの者になりたければ追放や死刑を恐れるなかれと悪徳を勧める(振りをする). なぜなら，見出し句で言われるように，正直は賞賛されるが，本当の意味での見返りは与えられず，正直者は貧乏に甘んじているからであるという. *cf.* virtus laudatur et alget.

参考 正直者は馬鹿を見る

procul, ō procul este, profānī
プロクル オー プロクル エステ プロファーニー
離れていなさい，おお離れていなさい，不浄なお前たち　[Verg. *A.* 6.258]
▶ウェルギリウス『アエネーイス』第6歌で，しかるべき清めの儀式が行われ，冥界への入り口が開かれた時，アエネアス一人だけを冥界へと案内するため，巫女シビュラがその他の者たちに向かって叫んだ言葉.

profānum vulgus
▶⇨ odi profanum vulgus et arceo.

prō memoriā
プロー メモリアー
記憶[記念]のために，覚えとして
▶長期間失効している権利を思い起こさせるために使う外交用語.

propriē commūnia dīcere
プロプリエー コンムーニア ディーケレ
ありふれた主題を独特な仕方で語ること　[Hor. *P.* 128]
▶ホラティウスは『詩論』の中で，アキレウス，メデア，イノ，イクシオン，イオ，オレステスのようなよく知られた，ありふれた主

題をオリジナリティーあふれる独特な方法で語ることは難しいと言う.

proprium hūmānī ingeniī est ōdisse quem laeseris
プロプリウム フーマーニー インゲニイー エスト オーディッセ クェム ラエセリス
(一度)傷つけた人間を憎むということは人間の習性である [Tac. *Agr.* 42]

▶タキトゥス『アグリコラ』から採られた言葉. タキトゥスの岳父アグリコラは皇帝ドミティアヌスの冷遇によって傷つけられていた. 一度傷つけた人間を再び憎むという人間の習性によれば皇帝からさらに嫌われるところであろうが, アグリコラは持ち前の謙虚さと思慮深さによって, 再び皇帝の怒りを買うことがなかったという.

文法 proprium humani ingenii 人間の性質に固有な〈形 proprius の中性・単数・主格 + 形 humanus の中性・単数・属格 + 中 ingenium の単数・属格〉/ est 〜である〈動 sum の直説法現在・三人称・単数〉/ odisse 憎む(こと)〈動 odi の不定法〉/ quem laeseris (あなたが)傷つけた人〈関代 qui の男性・単数・対格 + 動 laedo の接続法完了・二人称・単数〉

pulvis et umbra sumus
プルウィス エト ウンブラ スムス
私たちは塵と影である [Hor. *Carm.* 4.7.16]

▶『歌集』第4巻・第7歌でホラティウスは, 自然は滅びてもまた再生するが, 人間はひとたび死ねば二度と再生することがないと歌っており, その中で, 死んで冥界(黄泉の国)に下れば, 私たちは塵と影に過ぎないのだと言っている.

Pūnica fidēs
▶⇨ fides Punica.

purpureus pannus
プルプレウス パンヌス
紫の布切れ　[Hor. *P*. 15-16]
▶ホラティウス『詩論』の原文では「遠くまで輝いて見えるようにと着物に縫い付けられる1本あるいは2本の紫の布切れ」と言われている．それ自体は美しく見事なものではあるが，作品全体の統一性をぶちこわしにしてしまう余計な要素のこと．

putō deus fīō
プトー デウス フィーオー
私は神になるのだな　[Suet. *Vesp*. 23]
▶スエトニウスによれば，死の間際までジョークを忘れなかった皇帝ウェスパシアヌスが，(死に至る)病気の最初の発作に襲われた時に言ったとされる言葉．

Q

quod non opus est, asse carum est
不要なものは1アスでも高い

quae fuerant vitia mōrēs sunt
クァエ フエラント ウィティア モーレース スント
かつて悪徳であったものが習慣となっている [Sen. *Ep.* 39.6]
▶セネカの原文では「不幸が最大になるのは、恥ずべき行為を単に喜ぶのみならず愛する時であり、かつて悪徳であったものが(今では)習慣となっているのに、治療の余地がなくなっている時である」となっている. 欲望は限りなく, 過度に陥ることで, かつて快楽であったものが不可欠なものになる. そうなると, 人々は「快楽」を楽しむどころかその奴隷となり, それらを愛し求めるようになってしまう. こうなると, なかなか治療することは困難である.

quālis artifex pereō
クァーリス アルティフェクス ペレオー
何という芸術家として私は死ぬことか! [Suet. *Ner.* 49]
▶スエトニウスによれば, 自ら詩と絵画と彫刻を作り, 歌手であり, 戦車競技の馭者であり, 様々な体育競技にも参加したとされる皇帝ネロが, 自殺前に自分自身について言った言葉の一つ.

quālis rex, tālis grex
クァーリス レクス ターリス グレクス
この王にしてこの群衆あり
▶王は群衆を支配するものであり、群衆の模範となるべき存在であるから、王が悪ければ支配されている群衆も悪いということになる．ペトロニウス『サテュリコン』にも類似の表現 plane qualis dominus, talis et servus「全くこの主人にしてこの奴隷ありだ」がある．
参考 この親にしてこの子あり

quandōque bonus dormītat Homērus
立派なホメロスが居眠りをすることもある
▶⇨ aliquando bonus dormitat Homerus.

quantum mūtātus ab illō
クァントゥム ムータートゥス アブ イッロー
かつての彼からはなんと変わってしまったことか　[Verg. *A.* 2.274]
▶ウェルギリウス『アエネーイス』第2歌で、トロイアの人々が木馬を城内に引き入れ、勝利の宴を祝って眠りに就いていた頃、テネドスからギリシア軍がトロイアを目指し、木馬の中の勇者たちが出て来て城内から門を開く．その時、今は亡きヘクトルの亡霊がアエネアスの夢枕に立ち、敵が城を占拠したことを告げ、アエネアスに逃亡を勧める．見出し句は、この亡霊を目にした時にアエネアスが叫んだ言葉．

quem dī dīligunt adolescens morītur
クェム ディー ディーリグント アドレスケンス モリートゥル
神々に愛される者は若死にする　[Plaut. *Bac.* 816–17]
▶プラウトゥスの喜劇『バッキス姉妹』第4幕第7場で、ある奴

隷が年老いた主人に向かって言った言葉の一部．神々に愛される者は，心も体もしっかりしているうちに若くして死ぬものだ．もし神々の中の誰かがこの男(年老いた主人)を愛しているならば，10年も20年も前にこの男は死んでいたはずである，と．この表現は，ギリシアの喜劇詩人メナンドロスの言葉のラテン語訳である．
参考 美人薄命
文法 quem (その人を)〜するところの(人)〈関代 qui の男性・単数・対格〉/ di 神々が〈男 deus の複数・主格〉/ diligunt 愛する〈動 diligo の直説法現在・三人称・複数〉/ adolescens 若くして〈形 単数・主格〉/ moritur 死ぬ〈動 morior の直説法現在・三人称・単数〉

quem Jupiter [Deus] vult perdere, prius dēmentat

クェム ユピテル [デウス] ウゥルト ペルデレ プリウス デーメンタト
ユピテル[神]は滅ぼしたいと望む者を最初に狂わせる
▶ソフォクレスの悲劇『アンティゴネー』の合唱隊歌において，テーバイの老人たちからなる合唱隊は，ある賢者の言葉として「神がその心を狂わせ，破滅(ἄτη)へと導く者にはしばしば悪が善と思われる」というフレーズを引用している．見出し句は，この言葉(あるいはこれに付された古注に見られるよく似た引用句)をラテン語に訳したもの．*cf.* quos deus vult perdere, prius dementat.

quia hominēs amplius oculīs quam auribus crēdunt

クィア ホミネース アンプリウス オクリース クァム アウリブス クレードゥント
なぜなら人は自分の耳で聞いたことより眼で見たことをずっとよく信じるのだから　　[Sen. *Ep.* 6.5]
▶『道徳書簡』第6番においてセネカは，友人のルキリウスに重要箇所に印を付けた書物を送ると約束しながらも，一方で，立派な教師の生きた声と直接の交流によって学ぶこと，他方で，現実そのものに当たって学ぶことを勧める．見出し句の言葉は，後者

quicquid agunt homines,

の理由として言われたもの.
参考 百聞は一見に如かず

quicquid agunt hominēs, nostrī est farrāgō libellī
クィックィド アグント ホミネース ノストリー エスト ファッラーゴー リベッリー
人々のなすことは何であれ, 私の本の餌(題材)となる [Juv. 1.85-86]
▶ユウェナリスがここで「人々のなすこと」と言っているのは, 彼の諷刺詩による攻撃の対象となりそうな, 当時のローマのスキャンダラスな話題のことである.
文法 quicquid (それを)～するものは何でも 〈関代 quisquis の中性・単数・対格〉/ agunt 行う 〈動 ago の直説法現在・三人称・複数〉/ homines 人々が 〈男 homo の複数・主格〉/ nostri libelli 私の本の 〈形 noster の男性・単数・属格 ＋ 男 libellus の単数・属格〉/ est ～である 〈動 sum の直説法現在・三人称・単数〉/ farrago 飼料 〈女 単数・主格〉

quicquid dēlīrant rēgēs, plectuntur Achīvī
クィックィド デーリーラント レーゲース プレクトゥントゥル アキーウィー
王たちの犯す狂気の沙汰が何であれ, アカイア人たちが(それを)償うことになる [Hor. *Ep.* 1.2.14]
▶プラエネステでホメロスの作品を読んだホラティウスが, 友人のロリウスに宛てて様々な助言を試みる『書簡詩』第1巻・第2歌から採られた言葉. 見出し句は, ホラティウスがこの書簡詩の中で行った『イーリアス』の要約の一部. アカイア(ギリシア)の兵士たちは, アガメムノンがアポロン神官の嘆願を拒否した時は疫病によって, アキレウスが激怒して戦線から離脱した時は度重なる敗北によって,「王たちの狂気の沙汰」の償いをすることになった.

quid faciant lēgēs, ubi sōla pecūnia regnat?
クィド ファキアント レーゲース ウビ ソーラ ペクーニア レグナト
法に何ができるだろうか，金だけが支配しているというのに
[Petr. 14]
▶ペトロニウスの小説『サテュリコン』で，主人公の二人の青年エンコルピオスとアスキュルトスは，とある市場で自分たちから盗んだ部屋着を売りに来ている男を見つける．実はこの部屋着の縁飾りには金をかくしてあったが，その男は気づいていなかった．そこで，エンコルピオスは法律に訴えてこの部屋着を返してもらうことを提案するが，それに対してアスキュルトスがある詩を引用して反対する．その詩の一行目がこの見出し句である．

参考 地獄の沙汰も金次第

文法 quid 何を〈疑代 quis の中性・単数・対格〉/ faciant 行うことができる(のか)〈動 facio の接続法現在・三人称・複数〉/ leges 法は〈女 lex の複数・主格〉/ ubi ～の場所で 副 / sola pecunia 金だけが〈形 solus の女性・単数・主格 ＋ 女 単数・主格〉/ regnat 支配する〈動 regno の直説法現在・三人称・単数〉

quid rīdēs? mūtātō nōmine, dē tē fābula narrātur
クィド リーデース ムータートー ノーミネ デー テー ファーブラ ナッラートゥル
▶⇨ mutato nomine, de te fabula narratur.

quid Rōmae faciam?
クィド ローマエ ファキアム
私はローマで何をなすべきか？ [Juv. 3.41]
▶まともな詩を書いていてはローマではもう暮らしていけないと言い残し，同業者の友人がローマを後にしてクマエに引っ越してしまった．そのことを引き合いに出しながら，諷刺詩人ユウェナリスが自分自身はローマで何をなすべきかを自問自答して言った言葉．もちろんローマには，ユウェナリスが諷刺によって攻撃す

べき多くのスキャンダルがあった. *cf.* difficile est satiram non scribere.

quid sit futūrum crās fuge quaerere
クィド シト フトゥールム クラース フゲ クァエレレ
明日は何が起きるだろうかと尋ねることは避けなさい　[Hor. *Carm.* 1.9.13]
▶ギリシアの抒情詩人アルカイオスの詩を模して作られた『歌集』第1巻・第9歌の中で, ホラティウスは,「明日は何が起きるだろうかと尋ねることは避けなさい. 運命(の女神)が与える日々はすべて利益と見なし, あなたは甘い恋も, あなたが踊ることも軽蔑するな」と歌っている. *cf.* permitte divis cetera.
文法 quid 何が〈疑代 quis の中性・単数・主格〉/ sit futurum 起きようとしているのだろう(か)〈動 sum の接続法現在・三人称・単数＋動 sum の未来分詞・中性・単数・主格〉/ cras 明日 副 / fuge 避けなさい〈動 fugio の命令法現在・二人称・単数〉/ quaerere 尋ねる(こと)〈動 quaero の不定法現在〉

quiēta nōn movēre
クィエータ ノーン モウェーレ
平穏を乱さないこと
▶同様の表現がサルスティウス『カティリナの陰謀』第21節において肯定文で使われている. サルスティウスの原文では「あらゆる不利益をたっぷり持っており, 現状も未来の希望も良くない人々, 彼らには平穏をあえて乱すことに大きな値打ちがあると思われたが」となっている.
参考 触らぬ神に祟りなし

quī facit per alium facit per sē
クィー ファキト ペル アリウム ファキト ペル セー

他人を通じて行なう者は自分自身で行う
▶他人を通じて何かを行なう場合，自分自身が行なう場合と同様に，行為の結果生じる損害に対して責任を負わなければならない，の意.

quī labōrat, ōrat
クィー ラボーラト オーラト
働く者は祈る
▶⇨ orare est laborare, laborare est orare.

quis custōdiet ipsōs custōdēs?
クィス クストーディエト イプソース クストーデース
誰が監視役自身を監視するだろうか？ [Juv. 6.347-48]
▶ユウェナリスによれば，妻の浮気を防ぐために監視役を付けても無駄である．なぜなら，用心深い妻はまず監視役から誘惑するからであるという.

quis fallere possit amantem?
クィス ファッレレ ポッシト アマンテム
誰が恋する者を欺けるだろうか？ [Verg. *A*. 4.296]
▶ウェルギリウス『アエネーイス』第4歌で，恋するディードは，恋人アエネアスが密かに彼女を捨てイタリアへと出発する準備をしていることに気づく．そのような恋する女の勘の鋭さに関する詩人自身のコメント.

quis scit an adiciant hodiernae crastina summae tempora dī superī?
クィス スキト アン アディキアント ホディエルナエ クラスティナ スンマエ テンポラ ディー スペリー
天の神々が今日の総額に明日の時間を加えてくれるかどうかを誰

quis separabit?

が知るでしょう? [Hor. *Carm.* 4.7.17]

▶『歌集』第4巻・第7歌の中でホラティウスは,自然は滅びてもまた再生するものだが,人間においては,幸せな日々が永遠に続くことはない上に,ひとたび死ねば二度と再生することはないのだと歌っている.見出し句は,我々にやがて訪れる死が,一体いつ何時やって来るのかも知ることができないというほどの意味. *cf.* pulvis et umbra sumus.

文法 quis 誰が〈疑代 男性・単数・主格〉/ scit 知る(だろうか)〈動 scio の直説法現在・三人称・単数〉/ an ～かどうか 小辞 / adiciant 加える〈動 adicio の接続法現在・三人称・複数〉/ hodiernae summae 今日の総額に〈形 hodiernus の女性・単数・与格 ＋ 女 summa の単数・与格〉/ crastina tempora 明日の時間を〈形 crastinus の中性・複数・対格 ＋ 中 tempus の複数・対格〉/ di superi 天の神々が〈男 deus の複数・主格 ＋ 形 superus の男性・複数・主格〉

quis sēparābit?
クィス セーパラービト
誰が(われらを)引き離すだろうか?

▶聖パトリック勲位のモットーで,新約聖書「ロマ書」8章35節 quis nos separabit a caritate Christi「誰がわれらをキリストの愛より引き離すだろうか」にちなむ.

quī stat, caveat nē cadat
クィー スタト カウェアト ネー カダト
立っている者は,倒れないように気をつけるがよい [*cf.* 新約聖書「コリント前書」10章12節]

▶ラテン語訳聖書 Vulgata の原文では qui se existimat stare videat ne cadat「(自分が)立っていると思う者は…」となっている.パウロがコリント教会の信徒に書き送った手紙の中で,偶像礼拝を警戒するよう語った言葉の一部.

quī tacet consentīre vidētur
クィー タケト コンセンティーレ ウィデートゥル
黙っている者は同意しているものと見なされる
▶*cf.* tacent: satis laudant / cum tacent, clamant.

quī timidē rogat, docet negāre
クィー ティミデー ロガト ドケト ネガーレ
恐る恐る頼みごとをする者は断ることを教えている　[Sen. *Phaed.* 593-94]
▶テセウスの妻パエドラが，義理の息子ヒッポリュトゥスに道ならぬ恋の告白をしようとする場面から採られた言葉．パエドラは怯える自分の心に呼びかけて，びくびくして恐る恐るお願いをするならば，相手に断られても仕方ないと，自らに言い聞かせる．

quī transtulit sustinet
クィー トランストゥリト ススティネト
(われらを)入植させた者(＝神)は(われらを)支えたもう
▶米国コネティカット州のモットー．

quod erat dēmonstrandum
クォド エラト デーモンストランドゥム
そのことは証明されるべきことであった，証明終わり
▶数学や論理学の証明の最後に略形 QED で記され，証明の完了を示す．

quod in animō sōbriī, id est in linguā ēbriī
クォド イン アニモー ソーブリイー イド エスト イン リングァー エーブリイー
しらふの人の心の中に(隠されて)あるものが，酒に酔った人の舌[言葉]に現れる　[Erasm. *Adagia* II i 55]
▶⇨ in vino veritas.

quod nōn opus est, asse cārum est
クォド ノーン オプス エスト アッセ カールム エスト
不要なものは 1 アスでも高い [Sen. *Ep.* 94.27]
▶セネカが大カトーの言葉として引用している文句.「アス」はローマのコイン(貨幣の単位)で,「1 アス」とは非常に安価なことの譬え. カトーは有用なものをではなく, 必要なものを買うべきであると言っていたという.
文法 quod ～するところの(もの) 〈関代 qui の中性・単数・主格〉/ non ～でない 副 / opus est 必要である 〈中 単数・主格 ＋ 動 sum の直説法現在・三人称・単数〉/ asse 1 アスで(も) 〈男 as の単数・奪格〉/ carum 高い 〈形 carus の中性・単数・主格〉/ est ～である 〈動 sum の直説法現在・三人称・単数〉

quod scrīpsī, scrīpsī
クォド スクリプシー スクリプシー
わが記したることは記したるままに [新約聖書「ヨハネ伝」19 章 22 節]
▶十字架上のイエスの罪状書きに「ユダヤ人の王ナザレのイエス」と書かれていたことに対してユダヤ人の祭司長たちは, ピラトに向かって「『ユダヤ人の王』と書かずに『この人はユダヤ人の王と自称していた』と書いてほしい」と抗議した. これに対して総督ピラトが言った言葉.

quod vidē
クォド ウィデー
それを見よ, … 参照
▶略 q.v. 参照箇所が 2 つ以上ある場合は quae vide (略 qq.v.).

quōrum pars magna fuī
クォールム パルス マグナ フイー

私はそのことで大きな役割を演じた　[Verg. *A.* 2.6]

▶ウェルギリウス『アエネーイス』第1歌の最後でトロイアの陥落について語り聞かせてくれるようディードに頼まれたアエネアスは，第2歌冒頭で「女王よ，あなたは語るに語れぬ苦しみを想起せよと命じておられる．ギリシア人たちがどのようにしてトロイアの富と嘆かわしい王国を滅ぼしたかを，私自身がどんな悲惨このうえない出来事を見たかを．私はそのことで大きな役割を演じた (＝それらの出来事の大部分が私のことだった) のです」と答えて，物語を始める．*cf.* infandum, regina, jubes renovare dolorem.

quōs deus vult perdere, prius dēmentat
クォース デウス ウゥルト ペルデレ プリウス デーメンタト

▶⇨ quem Jupiter [Deus] vult perdere, prius dementat.

quot hominēs, tot sententiae
クォト ホミネース トト センテンティアエ

人間の数だけ考え(の違い)がある　[Ter. *Phorm.* 454; Cic. *Fin.* 1.5.15; *cf.* Erasm. *Adagia* I iii 7]

▶人間が異なれば，考え方も異なっている．それゆえ，人間の数だけ異なった意見がありうるという相対主義的な考え方．『善と悪の究極について』の対話の中でキケロは，エピクロス派の教えを信奉するトルクアトゥスに対して，意見の違いがあることを表明しながら，「人間の数だけ考え(の違い)がある．私たちが間違っているかもしれない」と言っている．*cf.* suus cuique mos.

参考 十人十色

quō usque tandem?
クォー ウスクェ タンデム

いったいどこまで　[Cic. *Cat.* 1.1.1]

quo vadis, (Domine)?

▶キケロ『カティリナ弾劾』の冒頭の言葉. 国家に対するカティリナの陰謀を告発したこの演説の原文によれば「カティリナよ, お前はいったいどこまで我々の忍耐を濫用するのか?」となっている.

quō vādis, (Domine)?
クォー ウァーディス (ドミネ)
(主よ)汝いずこへ行きたもうか　[新約聖書「ヨハネ伝」13章36節]
▶十字架の死に向かおうとするイエスに向かって, 弟子ペテロが言った言葉. ポーランドの作家シェンキェヴィチの歴史小説のタイトルにもなった.

R

remis velisque
櫂と帆を使って──全力で

rādix malōrum est cupiditās
ラーディクス マロールム エスト クピディタース
貪欲は諸悪の根源なり　[新約聖書「テモテ前書」6 章 10 節]
▶チョーサーの『カンタベリー物語』「免罪符売りの話・序」にこのラテン語が引用されている．

rāra avis
ラーラ アウィス
珍しい鳥
▶珍しいもの，珍しい人の譬え． *cf.* rara avis in terris nigroque simillima cygno.

rāra avis in terrīs nigrōque simillima cygnō
ラーラ アウィス イン テッリース ニグロークェ シミッリマ キュグノー
世にも稀な黒い白鳥に非常によく似た鳥　[Juv. 6.165]
▶極めて稀であることの譬え．ユウェナリスは，美人で上品で金持ちで，子供を沢山産み，良家の出身であり，かつ貞節であるような女性のことを，極めて稀な存在であるとした上で，このようにすべての美徳を備えた妻に耐えられる男があるだろうかとも言っ

recepto dulce mihi furere est amico

ている.
文法 rara avis 珍しい鳥〈形 rarus の女性・単数・主格 ＋ 女 単数・主格〉/ in terris この世で〈前 in ＋ 女 terra の複数・奪格〉/ nigro cygno 黒い白鳥に〈形 niger の男性・単数・与格 ＋ 男 cygnus の単数・与格〉/ -que ～そして～ 前接辞 / simillima 非常によく似た〈形 similis の最上級・女性・単数・主格〉

receptō dulce mihi furere est amīcō
レケプトー ドゥルケ ミヒ フレレ エスト アミーコー
友人が戻ったら，ばか騒ぎするのが私には楽しみだ　[Hor. *Carm.* 2.7.28]
▶ホラティウスは，かつての戦友ポンペイウス・ウァルスの戦地からの帰還を祝う『歌集』第2巻・第7歌の中で，旧友の戦争の疲れを労い，酒宴に誘いながら，こう言った．
文法 recepto amico 友人が戻ったら〈動 recipio の完了分詞・男性・単数・奪格 ＋ 男 amicus の単数・奪格〉/ dulce 喜ばしい〈形 dulcis の中性・単数・主格〉/ mihi 私には〈人代 一人称・単数・与格〉/ furere ばか騒ぎする(こと)〈動 furo の不定法現在〉/ est ～である〈動 sum の直説法現在・三人称・単数〉

redde legiōnēs!
レッデ レギオーネース
(私の)軍団を返せ!　[Suet. *Aug.* 23]
▶スエトニウスによれば，皇帝アウグストゥスは後9年，ゲルマニアにおいて将軍ウァルスと3個軍団と援軍を失うという大敗を喫している．アウグストゥスはこの敗北を大変な屈辱と感じており，壁に頭をぶつけながら「ウァルスよ，(私の)軍団を返せ!」と叫んだという．

redolet lucernā
レドレト ルケルナー
▶⇨ olet lucerna.

reductiō ad absurdum
レドゥクティオー アド アブスルドゥム
背理法, 帰謬法
▶ある命題が真であることを証明するために, それが偽であると仮定すると矛盾が生じることを証明する方法.

reductiō ad impossibile
レドゥクティオー アド インポッシビレ
▶⇨ reductio ad absurdum.

regnat populus
レグナト ポプルス
人民が支配する
▶米国アーカンソー州のモットー.

regressus in infīnītum
レグレッスス イン インフィーニートゥム
無限への遡及, 無限後退
▶原因や条件の連鎖が, どれだけ遡っても無限に存在し, 終わりに至らないこと.

religiō lāicī
レリギオー ラーイキー
平信徒の宗教
▶イギリスの詩人ジョン・ドライデンが書いた英国教擁護の詩のタイトル.

religiō locī
レリギオー ロキー

その土地の神聖さ　[Verg. *A.* 8.349-50]

▶ウェルギリウス『アエネーイス』第8歌で，ラティウムに対抗してアエネアスと同盟を結ぶアルカディア王エウアンデルが，アエネアスをやがてローマとなる土地に案内する．ユピテルが住まうとされ，やがてカピトリウムとなるその土地を説明する部分から採られた言葉:「(エウアンデルは)タルペイアの住処とカピトリウムへ(アエネアスを)案内する．そこは今では黄金で飾られているが，かつては森の茂みであった．その時すでに，その土地のぞっとするような神聖さが，野に暮らす人々を震え上がらせ，森と岩を震え上がらせていた」．

rem acū tetigistī
レム アクー テティギスティー

お前は針によって触れた　[Plaut. *Ru.* 1306]

▶プラウトゥスの喜劇『綱引き』第5幕第2場で，みすぼらしく汚い姿をした奴隷ラブラクスが，なぞなぞ風に自分のことを「医者(medicus)より一文字多い者である」と言ったのに対し，もう一人の奴隷は「お前は乞食(mendicus)だ」と即答した．見出し句は，自分のみずぼらしい姿を見てすぐに乞食だと言い当てたことに対してラブラクスが言った言葉で,「お前の言葉が胸に突き刺さった」の意．

rēmīs vēlīsque
レーミース ウェーリースクェ

櫂と帆を使って　[*cf.* Cic. *Tusc.* 3.11.25; Erasm. *Adagia* I iv18]

▶古代の帆船は駆動力として帆(風力)と櫂(人力)を備えており，全速力で航海する場合，この両者を使うことになる．「全速力で，全力で」の意．キケロは『トゥスクルム荘対談集』において「(苦悩

は)全力で，櫂と帆によって，避けるべきだ」という使い方をしている．

requiescat in pāce
レクィエスカト イン パーケ
(死者が)安らかに憩わんことを
▶墓碑銘などに使われる句．略 RIP．

rēs angusta domī
レース アングスタ ドミー
家計の困窮　[Juv. 3.165]
▶ユウェナリスは，たとえ個人的には能力があっても，「家計の困窮」によってその長所が妨げられるような者がローマにおいて頭角をあらわすことは容易ではないと言っている．

rēs in cardine est
レース イン カルディネ エスト
事が蝶番にある　[cf. Erasm. *Adagia* I i 19]
▶(それによって物事の成否が決まるような)重大な局面[転機]にある，の意．

rēs ipsa loquitur
レース イプサ ロクィトゥル
事実そのものが語る　[Cic. *Mil.* 20.53]
▶『ミロ弁護』演説においてキケロは，クロディウスを待ち伏せして殺害したとして告発されたミロを弁護するにあたり，クロディウスの方がミロを待ち伏せしたのだと主張している．キケロは事件が起きたとされる現場の地勢を説明し，クロディウスが待ち伏せしたのかミロが待ち伏せしたのかという問題については「事実そのものが語る」と言った．

respice fīnem
▶⇨ finem respice.

retrō mē, satanā
▶⇨ vade retro me, satana.

rīdendō dīcere vērum
リーデンドー ディーケレ ウェールム
笑いによって真実を語ること　[cf. Hor. S. 1.1.24–25]
▶『諷刺詩集』第 1 巻・第 1 歌の中でホラティウスは，ridentem dicere verum quid vetat?「笑いながら真実を語ることを何が禁じるだろうか?」と言い，「笑いによって真実を語る」という諷刺詩人の態度を，子供にお菓子のご褒美を与えながら教える教師のやり方に譬えている．冗談と笑いの中に真実と教訓を混ぜることは，諷刺詩と喜劇の基本的な方法であろう．

rīdēre in stomachō
リーデーレ イン ストマコー
憤りの最中に笑うこと　[Cic. Fam. 154.7 (=2.16.7)]
▶stomachus とは「腹」のことだが，キケロの原文では「憤り，不機嫌」の意味．マルクス・カエリウス宛の深刻な話題を連ねた手紙の中でキケロは，ちょっとしたユーモアを用いてカエサルのことを皮肉った後，そのようなユーモアを用いるのは「私には憤りの最中に笑う習慣があることを君に知ってもらいたいからだ」と言っている．cf. ridendo dicere verum.

rīdē sī sapis
リーデー シー サピス
もしお前に分別があるなら，笑いなさい　[Mart. 2.41.1]
▶マルティアリス『エピグランマタ』第 2 巻の原文では「娘よ，

もしお前に分別があるなら，笑いなさい」となっており，これをパエリグニーの詩人(＝オウィディウス)からの引用としているが，オウィディウスにこの言葉は見当たらない．マルティアリスはこの言葉で醜い老女マクシミーナに呼びかけ「お前は粉化粧がにわか雨を恐れ，練化粧が太陽を恐れるように，(化粧が崩れるから)笑いを恐れなければいけない」として，彼女の厚化粧を笑い者にし，最後は先に引用した句をもじって plora, si sapis, o puella, plora「嘆きなさい，お前に分別があるなら，娘よ，嘆きなさい」と結んでいる．

rīsum teneātis, amīcī?
リースム テネアーティス アミーキー
友人たちよ，君たちは笑いをこらえられるだろうか？　[Hor. *P.* 5]
▶ホラティウスは『詩論』の冒頭で，ちぐはぐでまとまりのない詩を，人間の頭に馬の首をつなげ，あちこちから手足を集めてきて，上半身は美女であるのに下半身は醜い魚に終わっているような絵画に譬え，そのような絵画を見て「友人たちよ，君たちは笑いをこらえられるだろうか？」と問うている．*cf.* desinit in piscem mulier formosa superne.

rixātur dē lānā saepe caprīnā
リクサートゥル デー ラーナー サエペ カプリーナー
(彼は)しばしば山羊の羊毛について争う
▶⇨ de lana caprina rixari.

ruat caelum
ルアト カエルム
▶⇨ fiat justitia et ruant coeli.

ruit mōle suā
▶⇨ vis consilii expers mole ruit sua.

rūs in urbe
ルース イン ウルベ
都会の中の田舎　[Mart. 12.57.21]
▶マルティアリス『エピグランマタ』第12巻で,都会ローマの喧噪を嫌って田舎へ出発するマルティアリスが,裕福な友人がローマに持っている広い領地と庭園について言った言葉.

S

sic itur ad astra
こうして人は星々に到る

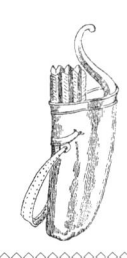

sāl Atticum
サール アッティクム
「アッティカの塩」，機知
▶塩は料理にメリハリのある味を与えるものであることから，人や文学の性格に鋭さを与える「機知」の意味で用いられる．アッティカとはアテナイのことで，古典古代のアテナイに相応しい機知，すなわち，洗練された機知，辛辣な機知のこと．

salūs populī suprēma lex estō
サルース ポプリー スプレーマ レクス エストー
国民の平安が最高の法であれ　[Cic. *Leg.* 3.3.8]
▶キケロ『法律について』の中で，法務官，裁判官，執政官について言われた言葉．米国ミズーリ州のモットー．

sancta simplicitās!
▶⇨ o sancta simplicitas!

sapere audē
サペレ アウデー

satis eloquentiae [loquentiae],
知ることに勇気を持て [Hor. *Ep.* 1.2.40]
▶ホラティウス『書簡詩』第1巻・第2歌は，プラエネステでホメロスを読み直し，「(ホメロスは)何が立派で何が恥ずべきことか，何が有益であり何がそうでないかを，クリュシッポス(ストア派の哲学者)やクラントル(アカデメイア派の哲学者)より平易かつ見事に語っている」と考えたホラティウスが，ローマで弁論術を学ぶ若い友人ロリウス・マクシムスに宛て人生訓を述べたものである．ホラティウスは『イーリアス』と『オデュッセイア』の内容を簡単に要約した上で，知恵に目覚め，学問と高潔な物事に関心を向け，正しく生きることを学ぶよう勧めている．そして，正しい生き方を始めるならば若いうちにそうすべきだ，「知ることに勇気を持て」と励ましている．*cf.* dimidium facti, qui coepit, habet.

satis ēloquentiae [loquentiae], sapientiae parum
サティス エーロクェンティアエ [ロクェンティアエ] サピエンティアエ パルム
雄弁(の力)は十分，知恵はほとんどない [Sall. *C.* 5.4]
▶歴史家サルスティウスは，政治家カティリナによる政府転覆の陰謀事件を扱った著作の中で，カティリナという人物の性格について要約的に述べているが，その箇所から採られた言葉．*cf.* alieni appetens, sui profusus.

satis superque
サティス スペルクェ
十分にかつそれ以上に [*cf.* Plaut. *Amp.* 168; Hor. *Epo.* 1.31]
▶プラウトゥスの喜劇『アンピトルオ』の最初の場面で，奴隷のソシアは，自分たちには昼も夜も行わなければならないことや言わなければならないことが「十分にかつそれ以上に」あり，休まる暇がないと言って，金持ちの主人に仕える奴隷の忙しさを嘆いている．

satis superque mē benignitās tua dītāvit

サティス スペルクェ メー ベニグニタース トゥア ディーターウィト

あなたの寛大さが十分かつあり余るほど私を豊かにした　[Hor. *Epo.* 1.31]

▶ホラティウス『エポディー』第1歌から採られた言葉. この歌によってホラティウスは, パトロンであるマエケナスがオクタウィアヌスと共に出陣するに際して, どこへなりともマエケナスと共にすべての戦いに喜んで従軍するという決意を表明している. ホラティウスがそうする理由は, 戦争に参加することによって自分がマエケナスに感謝され, それによってより裕福になるためではなく, すでに「あなたの寛大さが十分かつあり余るほど私を豊かにした」からであるという. *cf.* satis superque.

文法 satis 十分に 副 / super さらに加えて 副 / -que 〜かつ〜 前接辞 / me 私を〈人代 一人称・単数・対格〉/ benignitas tua あなたの好意が〈女 単数・主格 ＋ 形 tuus の女性・単数・主格〉/ ditavit 豊かにした〈動 dito の直説法完了・三人称・単数〉

scientia est potentia

スキエンティア エスト ポテンティア

知識は力なり

▶英国の政治家・哲学者フランシス・ベーコンの言葉.

scīre faciās

スキーレ ファキアース

「あなたは知らせるべし」, 告知令状

▶原告が公記録を利用してはならない理由があればその理由を示すよう命じる令状. 略 sci.fa.

secundās fortūnās decent superbiae

セクンダース フォルトゥーナース デケント スペルビアエ

幸運には傲慢が相応しい [Plaut. *St.* 300]

▶プラウトゥスの喜劇『スティクス』に登場する奴隷の台詞から採られた言葉. 喜ばしい知らせを女主人に伝えようと急いでいるある奴隷が, 自分の手柄に得意になって言った言葉の一部. 幸運に恵まれる者には傲慢な態度が似つかわしいというほどの意味.

sēditiō cīvium hostium est occāsiō

セーディティオー キーウィウム ホスティウム エスト オッカーシオー

市民の内紛は敵たちの好機である [Syr. S38 (Meyer)]

▶市民と市民が味方同士の間で武器を取って戦うことを内紛(あるいは内乱)と呼ぶが, このような国内情勢は, 国家の敵を利するものであり, 国家にとっては有害であるという教え.

semel insānīvimus omnēs

セメル インサーニーウィムス オムネース

私たちは誰でも一度は気が狂ったことがある [J.B. Mantuanus *Ecloga* 1.118]

▶16世紀イタリアの詩人マントゥアヌスの『牧歌』で, 二人の牧夫が愛について語り合う場面から採られた言葉. 原文では「あなたも, お見受けしたところ, 愛のことを知らない人ではありませんね——それ(愛)は皆に共通の不幸です. 私たちは誰でも一度は気が狂ったことがあるのです」となっている. 人は誰でも人生の一時期, 自分自身の心が理性に支配されない, 恋の狂気に陥ったことがある, の意で, 愛は狂気であり不幸(あるいは病気)であるという, 伝統的なトポスに基づく言葉.

semper eadem

センペル エアデム

常に同じ(女)

▶英国女王エリザベス1世のモットー.

semper fidēlis
センペル フィデーリス
常に忠実な
▶米国海兵隊のモットー.

semper parātus
センペル パラートゥス
常に準備ができている
▶米国沿岸警備隊のモットー.

Senātus Populusque Rōmānus
セナートゥス ポプルスクェ ローマーヌス
元老院とローマ人民
▶共和制ローマの国家主権を表す言葉で，領内のあらゆる公共物に刻まれ，また演説の冒頭での呼びかけにも用いられた．略形 SPQR は現在，ローマ市のモットーに採用されている．

senectūs ipsa est morbus
セネクトゥース イプサ エスト モルブス
老年それ自体が病気だ　[Ter. *Phorm.* 575]
▶テレンティウスの喜劇『ポルミオ』第4幕第1場におけるクレメスとデミポの対話の中で，クレメスは旅行先で自分の滞在が長くなった理由を病気のせいだったと説明する．デミポが詳細を問いただすと，クレメスは「老年それ自体が病気だ」と答え，「病気」とは実は「老年」のことであったことが分かる．

senex bis puer
セネクス ビス プエル
▶⇨ bis pueri senes.

sequiturque patrem nōn passibus aequīs
セクィトゥルクェ パトレム ノーン パッシブス アエクィース
(そして彼は)等しくない足取りで父に従う　[Verg. *A*. 2.724]
▶ウェルギリウス『アエネーイス』第2歌のトロイア陥落の場面から採られた言葉．アエネアスは父アンキセスを背負い，妻クレウーサと息子イウールスを連れて，トロイア脱出を試みるが，幼いイウールスは等しくない(揃わない)足取りで父アエネアスに必死で従った．

sērō venientibus ossa
セーロー ウェニエンティブス オッサ
遅く来た者には骨
▶遅れてやって来る者には肉がもう残っていない．骨とは食べられない物のことで，遅れた者には収穫がない，の意. *cf.* prior tempore, prior jure.

servāre modum
セルウァーレ モドゥム
限度[節度]を守ること　[Verg. *A*. 10.502]
▶ウェルギリウス『アエネーイス』第10歌で，ルトゥリ人の王トゥルヌスは，アエネアスの同盟者エウアンデルの息子パラスを討ち取り，負けたパラスの死体から剣帯を奪い取って勝ち誇る．この場面に対する詩人自身のコメントから採られた言葉:「運命と未来の境遇を知らず，順境に高ぶり，限度を守ることを知らない人間たちの心よ」．そして，勝ったトゥルヌスも，やがて敵のアエネアスによって討ち取られる運命にある．

Servus Servōrum Deī
セルウゥス セルウォールム デイー
神の僕の僕

▶ローマ教皇の称号.

sesquipedālia verba
セスクィペダーリア ウェルバ
並外れて長い台詞　[Hor. *P.* 97]
▶悲劇の文体について言われた言葉．ホラティウスは『詩論』において，悲劇には悲劇に，喜劇には喜劇に，それぞれ相応しい文体があるが，喜劇の中で怒った人物が激しい口調で話すことがあるように，悲劇の中でもテーレポスやペーレウスが貧乏人や亡命者となって登場する場合には，(悲劇に特有の)大げさな「並外れて長い台詞」を捨てることもあると言う．

sīc erat in fātīs
シーク エラト イン ファーティース
これは運命なのだ　[Ov. *F.* 1.481]
▶オウィディウス『祭暦』によれば，アルカディアの英雄エウアンデルが母と共に祖国から追放された時，母が幼いエウアンデルに言った言葉．彼女は，自分たちが追放されたのは，エウアンデルの過ちによるものではなく，神がもたらした運命であるから，男らしく堪えなければならないと言って息子を慰めた．

sīc itur ad astra
シーク イトゥル アド アストラ
こうして人は星々に到る　[Verg. *A.* 9.641]
▶ウェルギリウス『アエネーイス』第9歌で，アエネアスの息子アスカニウスは，大言壮語する敵のヌマーヌス(レムルス)に弓を引き，その頭を貫通させ，見事にこれを打ち倒す．見出し句は，これを見ていた弓の神アポロンがアスカニウスを賞賛して言った言葉．星々とは神々の住む場所，永遠不滅の名誉のこと．

sīc semper tyrannīs
シーク センペル テュランニース
専制者たちには常にかくのごとく(あれ)
▶米国バージニア州のモットー. 1865年リンカーン大統領を暗殺したジョン・ウィルクス・ブースが大統領襲撃後にこの言葉を叫んだとされる.

sīc transit glōria mundī
シーク トランシト グローリア ムンディー
こうしてこの世の栄光は過ぎゆく
▶ドイツ生まれの宗教思想家トマス・ア・ケンピスの言葉とされ, 教皇就任ミサにおいて唱えられる.

sīcut patribus sit Deus nōbīs
シークト パトリブス シト デウス ノービース
神が私たちの祖先に対してあったのと同じように私たちに対してありますように
▶米国ボストン市のモットー.

sīc volō, sīc jubeō
シーク ウォロー シーク ユベオー
▶⇨ hoc volo, sic jubeo.

sī Deus prō nōbīs [nōbīscum], quis contrā nōs?
シー デウス プロー ノービース [ノービースクム] クィス コントラー ノース
▶⇨ Deus nobiscum, quis contra.

silent lēgēs enim inter arma
シレント レーゲース エニム インテル アルマ
▶⇨ inter arma silent leges.

simile gaudet similī

シミレ ガウデト シミリー

似たものは似たものを喜ぶ

▶⇨ cicada cicadae cara, formicae formica.

参考 類は友を呼ぶ

similia similibus cūrantur

シミリア シミリブス クーラントゥル

似たものは似たものに癒やされる

▶ホメオパシー(同種療法)の原理. *cf.* contraria contrariis curantur.

参考 毒をもって毒を制す

sī monumentum requīris, circumspice

シー モヌメントゥム レクィーリス キルクムスピケ

(彼の)記念碑を探し求めるのであればあたりを見回せ

▶ロンドンのセント・ポール大聖堂の建築者クリストファー・レンの墓碑銘.

simplex munditiīs

シンプレクス ムンディティイース

(お前は)清潔な装いで小綺麗に(して) [Hor. *Carm.* 1.5.5]

▶ホラティウス『歌集』第1巻・第5歌は, ホラティウスのかつての恋人ピュッラに呼びかける形で書かれている. 詩人は言う:「ピュッラよ, 洞窟の中でお前に言い寄る少年は誰なのか? お前が清潔な装いで小綺麗に(して)金髪を結んでいるのは誰のためなのか? そのうぶな男は何度お前の心変わりを嘆くことになるだろうか」.

sine īrā et studiō
シネ イーラー エト ストゥディオー
憎悪と贔屓なしで　[Tac. *An.* 1.1]
▶タキトゥスは，アウグストゥス帝時代の最後から始めてティベリウス帝とそれ以降の皇帝の治世を扱う『年代記』の冒頭において，ティベリウス帝以降の皇帝の歴史は，皇帝の存命中は恐怖心によって，皇帝の死後は憎悪によって編纂されたが，自分自身は「憎悪と贔屓なしに」公正に歴史叙述を行うことを宣言している．

sine pennīs volāre haud facile est
シネ ペンニース ウォラーレ ハウド ファキレ エスト
羽根なしで飛ぶことは決して容易ではない　[Plaut. *Poen.* 871; *cf.* Erasm. *Adagia* III v 84]
▶プラウトゥスの喜劇『カルタゴ人』の奴隷同士の対話から採られた言葉．翼を失って飛べなくなったイカロスのエピソードをもじったものか．

sint Maecēnātēs, nōn dēerunt, Flacce, Marōnēs
シント マエケーナーテース ノーン デーエルント フラッケ マローネース
マエケナスのような人たちがいれば，フラックスよ，マローのような人たちにも事欠かなかった　[Mart. 8.55.5]
▶マエケナスは，アウグストゥスのもとで詩人たちのパトロンとなったことで有名な人物．マローとは詩人ウェルギリウスのことで，マエケナスは彼のパトロンだった．偉大な詩人は偉大なスポンサーがあってこそ生まれるものである．

sī parva licet compōnere magnīs
シー パルウァ リケト コンポーネレ マグニース
もし小さなものを大きなものに比べることが許されるならば
▶⇨ parva componere magnis.

sī quaeris peninsulam amoenam, circumspice
シー クァエリス ペニンスラム アモエナム キルクムスピケ
(もしお前が)美しい半島を探し求めているのであれば，あたりを見回せ
▶米国ミシガン州のモットー．イギリスの建築家クリストファー・レンの墓碑銘 si monumentum requiris, circumspice が基になっている．

siste, viātor
システ ウィアートル
(立ち)止まれ，旅人よ
▶路傍の墓碑銘．

sit tibī terra levis
シト ティビー テッラ レウィス
汝の上に土の軽からんことを
▶墓碑銘に使われる句．

sit venia verbō [verbīs]
シト ウェニア ウェルボー [ウェルビース]
(この)言葉に(あなたの)お許しがありますように，このような言い方をお許しください

sī vīs amārī amā
シー ウィース アマーリー アマー
(あなたは)愛されたければ愛しなさい   [Sen. *Ep.* 9.5]
▶『道徳書簡』の中でセネカが，友情に関して，ストア派の哲学者で自分の教師でもあったヘカトンの言葉として引用している文句．ヘカトンによれば，これがいかなる薬もいかなる魔女の呪文も使わない惚れ薬であるという．

文法 si もし〜ならば 接 / vis (あなたが) 望む 〈動 volo の直説法現在・二人称・単数〉 / amari 愛される(こと) 〈動 amo の受動相・不定法現在〉 / ama 愛しなさい 〈動 amo の命令法現在・二人称・単数〉

solitūdinem faciunt, pācem appellant
ソリトゥーディネム ファキウント パーケム アッペッラント
彼らは荒涼たる状態を作り，(これを)平和と呼ぶ　[Tac. *Agr.* 30]
▶ブリタンニア人の指導者カルガクスが，戦いを求める群衆を前にして行った，ローマの平和を公然と非難する演説から採られた言葉．タキトゥス『アグリコラ』の原文によれば「彼ら(ローマ人)は奪うこと，虐殺すること，略奪することを，偽りの名で支配と呼び，荒涼たる状態を作ると，(これを)平和と呼ぶ」．*cf.* omne ignotum pro magnifico.

solventur rīsū tabulae
ソルウェントゥル リースー タブラエ
訴訟は笑いによって幕を閉じる　[Hor. *S.* 2.1.86]
▶ホラティウス『諷刺詩集』第2巻・第1歌は，ホラティウスが諷刺詩の書き方について，トレバティウス(キケロと同時代の法律家)に相談するという対話の形式で書かれている．見出し句は，ホラティウスの最後の質問「もし誰かが良いものを書いてカエサルに賞賛され，もし誰かが非難に値する者にかみついて，自分自身は潔白であるならば?」に対するトレバティウスの返答「訴訟は笑いによって幕を閉じ，お前は無罪放免だ」から採られたもの．

spectātum veniunt, veniunt spectentur ut ipsae
スペクタートゥム ウェニウント ウェニウント スペクテントゥル ウト イプサエ
(彼女たちは)観るためにやってくるのだが，自分たちが観られるために(も)やって来る　[Ov. *A. A.* 1.99]
▶オウィディウスは『恋愛の技法』において，誘惑すべき相手を

見つけるには劇場がおあつらえ向きであることを強調する．もちろん女性たちはそこへ演劇を観るためにやって来るのだが，彼女たち自身も観られるためにやってくるのだから．

文法 spectatum 見るために〈動 specto の目的分詞・対格〉/ veniunt (彼女たちは)やって来る〈動 venio の直説法現在・三人称・複数〉/ ut spectentur 見られるために〈接 ut + 動 specto の受動相・接続法現在・三人称・複数〉/ ipsae 彼女たち自身〈代 ipse の女性・複数・主格〉

spēs sibi quisque
スペース シビ クィスクェ
誰もがそれぞれに希望を持っている　[Verg. *A.* 11.309]
▶ウェルギリウス『アエネーイス』第11歌で，ラティウムのラティヌス王は，トロイア人たちと戦うために求めていたディオメデスからの援軍が得られなかったことを知ると，トロイア人たちに領地を与えて盟約を結ぶという苦渋の決断をする．見出し句は，その決断を述べる箇所から採られた言葉：「(君たちの)誰もがそれぞれに希望を持っている．しかし君たちはそれが如何に乏しいものであるかも知っている」．

splendidē mendax
スプレンディデー メンダクス
みごとに嘘をついた者　[Hor. *Carm.* 3.11.35]
▶ホラティウス『歌集』第3巻・第11歌の原文では「父親に対してみごとに嘘をついた，永遠に高潔な乙女」とあり，ダナウスの娘ヒュペルムネストラについて言われた言葉．ダナウスの50人の娘たちはアエギュプトゥスの50人の息子たちと結婚するが，ダナウスは，自分がそれらの息子たちの一人によって殺されるという神託が下されていたため，娘たち全員に各々の夫を殺すよう命じた．しかし，ただ一人ヒュペルムネストラだけは父の命に従わず，約束を破り，自分の夫リュンケウスを殺さなかった．

sprētae injūria formae
スプレータエ インユーリア フォルマエ
不正によって美貌がないがしろにされたこと [Verg. *A.* 1.27]
▶ウェルギリウス『アエネーイス』第1歌の原文に judicium Paridis spretaeque injuria formae「パリスの審判とないがしろにされた美貌という不正が」とある通り，トロイアの王子パリスが女神ウェヌスに買収されて，ユノではなくウェヌスを最も美しい女神との審判を下したことを指す．そしてこれが，女神ユノがトロイアの一族に敵意を抱く理由の一つであるとされる（もっとも，ユノも同様にパリスの買収を試みたはずであるが）．

stat [stet] prō ratiōne voluntās
スタト [ステト] プロー ラティオーネ ウォルンタース
意志が理性の代わりになる[なればよい] [*cf.* Juv. 6.223]
▶このような態度は，ユウェナリス『諷刺詩』に登場する，夫を尻に敷く妻の言葉に現れている．彼女は自分の奴隷を何が何でも処刑したい時，たとえ夫がその奴隷を正しく弁護しても，たとえその奴隷が何もしていなくても，処刑することに固執する．彼女にとっては，理由ではなく，彼女の意志こそが重要なのだ．*cf.* hoc volo, sic jubeo.

stā, viātor, hērōem calcās
スター ウィアートル ヘーローエム カルカース
止まれ，旅人よ，お前は英雄(のなきがら)を踏んでいる
▶コンデ公(ルイ2世)がネルトリンゲンの戦いで勝利した際，戦死した敵将の墓石に刻ませた文句．後に，フランスの啓蒙思想家ルソーがその著書『エミール』の中で，古代人の碑文と比較しながらこの碑文を貶している．*cf.* siste, viator.

stemmata quid faciunt?
ステンマタ クィド ファキウント
家系図が何の役に立つのか? [Juv. 8.1]
▶ユウェナリスは『諷刺詩』第8歌の冒頭で，ある人が貴族の出であり，国民の指導者たりうるとすれば，それはその人の品性と精神の美徳によるのであって，その人が誇る祖先の偉大な家系図(血統)によるのではないのだと説く．
参考 氏より育ち

stet fortūna domūs
ステト フォルトゥーナ ドムース
家運が安泰でありますように [cf. Verg. G. 4.209]
▶ウェルギリウス『農耕歌』第4歌において，ミツバチの社会について言われた表現中の，動詞の直説法を接続法に変えて作られた言葉．ウェルギリウスの原文では「個々のミツバチは滅びても，(ミツバチの)種族は不滅であり，長い年月に渡り家運は安泰で，祖父の祖父まで数え上げられる」とある．

studium immāne loquendī
ストゥディウム インマーネ ロクェンディー
語ることの果てしない欲望 [Ov. M. 5.678]
▶オウィディウス『変身物語』の中で，ひどくおしゃべり好きであったがためにカササギに姿を変えられてしまったマケドニアの女たちについて言われた言葉．

stultōrum calamī carbōnēs, moenia chartae
ストゥルトールム カラミー カルボーネース モエニア カルタエ
チョークは愚か者のペン，壁は愚か者の紙
▶落書きに対する非難の言葉．

stupor mundī
ストゥポル ムンディー
世界の脅威, 世界を驚愕させるもの
▶神聖ローマ皇帝となったフレデリック2世は同時代人からこの呼び名で呼ばれていた.

suāviter in modō, fortiter in rē
▶⇨ fortiter in re, suaviter in modo.

sub rosā
スブ ロサー
バラの下で, 内密に
▶バラは古代の密議宗教において沈黙と秘密の象徴であり, 秘密を厳守しなければならない入信者はバラを身につけ, 入信式の行われる部屋はバラで飾られた. また, バラは, 沈黙の神と解釈されたハルポクラテース(ホルス)の象徴でもあった. 秘密にすべき事柄を話し合う会議においてはバラが天上に吊るされ, 出席者は秘密の厳守を誓うことを求められた.

sub speciē aeternitātis
スブ スペキエー アエテルニターティス
「永遠の相の下に」, 永遠という観点から見て[見ると]
▶オランダの哲学者スピノザの言葉.

suggestiō falsī
スッゲスティオー ファルシー
虚偽の暗示, 不実な表示
▶⇨ suppressio veri, suggestio falsi.

summā cum laude

スンマー クム ラウデ

最高の栄誉をもって，最優等で

▶卒業証書などに用いる最高評価を表す言葉. *cf.* cum laude / magna cum laude.

summum jūs, summa injūria

スンムム ユース スンマ インユーリア

最高の法は最大の不正である　[*cf.* Cic. *Off.* 1.10.33]

▶ある種の不正が法律そのものの巧みな解釈と悪知恵によってなされる例として，キケロは，30日間の休戦協定の30日後の夜に(休戦協定は昼に結ばれたと称して)略奪行為を行った者の例や，ある2都市間の領土争いに際して調停者となった者が，両者に譲歩を勧めた上で間に残った土地をローマのものにしてしまった例を挙げている．もちろんこうした行為は欺瞞にすぎない．

sunt aliquid Mānēs: lētum nōn omnia fīnit

スント アリクィド マーネース レートゥム ノーン オムニア フィーニト

(死者の)霊魂は存在する．死によってすべてが終わるのではない　[Prop. 4.7.1]

▶プロペルティウスは『詩集』第4巻・第7歌において，死んで荼毘に付されたばかりの恋人キュンティアが自分の夢枕に現れたことを歌っているが，その歌の冒頭から採られた言葉．

sunt bona, sunt quaedam mediōcria, sunt mala plūra

スント ボナ スント クァエダム メディオークリア スント マラ プルーラ

良いものがあり，平凡なものが幾らかあり，悪いものはもっと多い　[Mart. 1.16]

▶マルティアリスは『エピグランマタ』冒頭で次のように言って，これから書こうとする内容を説明している：「ここ(この本)で

あなたが読むものの中には，良いものがあり，平凡なものが幾らかあり，もっと多くの悪いものがある．アウィートゥスよ，そうでなければ本にならないのだ」．

sunt lacrimae rērum
スント ラクリマエ レールム
(人の)世の事柄には涙が(流される)　[Verg. *A.* 1.462]
▶ウェルギリウス『アエネーイス』第1歌で，女神ウェヌスがかけてくれた厚い雲の覆いに守られ，誰にも気づかれずにアエネアスは女王ディードの壮大な宮殿にたどり着く．職人が腕を競い合った作品の中にトロイア戦争の一場面が描かれているのを見いだした時，アエネアスはお供のアカーテスにこう語った：「アカーテスよ，地球上のいかなる土地が今や私たちの苦難に満たされていないだろうか？ 見よ，プリアムスだ．ここでも栄光は自己の報酬を持っている．死すべき者たちの事柄は人の心を打ち，人の世の事柄には涙が流される．恐れを捨てなさい．この名声がお前に救いをもたらすのだ」．

suppressiō vērī, suggestiō falsī
スップレッシオー ウェーリー スッゲスティオー ファルシー
真実の隠蔽は虚偽の暗示である
▶重要な事実を隠蔽することは，積極的に虚偽を表示するに等しい．

sūs Minervam
スース ミネルウァム
豚がミネルウァに(教える)　[Cic. *Fam.* 191.3 (=9.18.3); *cf.* Erasm. *Adagia* I i 40]
▶おそらくギリシア語の格言の翻訳．ミネルウァ(アテナ)は学問と技術の女神であり，豚は愚かな動物の代表者である．すでによ

く知っている者に対して，良く知らない者が教える愚かさの譬え．
参考 釈迦に説法

suum cuīque pulchrum est
スウム クイークェ プルクルム エスト
各人にとっては自分のものが美しい [Cic. *Tusc.* 5.22.63; Erasm. *Adagia* I ii 15]
▶キケロ『トゥスクルム荘対談集』の中で悲劇詩人一般について言われた言葉．キケロによれば，どういうわけかこの文学ジャンルにおいては他のジャンル以上に，各々の詩人にとって自分の作品が美しい(と思われている)のだという．
参考 自画自賛
文法 suum 自分のものが〈中 単数・主格〉/ cuique 各人にとって〈代 quisque の男性・単数・与格〉/ pulchrum est 美しい〈形 pulcher の中性・単数・主格 ＋ 動 sum の直説法現在・三人称・単数〉

suus cuīque mōs
スウス クイークェ モース
人にはそれぞれ(独自)の習慣がある [Ter. *Phorm.* 454]
▶テレンティウスの喜劇『ポルミオ』第 2 幕第 4 場で，自分の留守中に勝手に結婚してしまった息子についてヘギオが友人たちに助言を求める場面において，友人の一人デミポが彼に言った言葉から：「人の数だけ考えがあり，人にはそれぞれの習慣がある」．*cf.* quot homines, tot sententiae.
参考 十人十色

T

timeo Danaos et dona ferentes
私はギリシア人たちを恐れる，たとえ彼らが贈り物を持ってくる時でさえ

tābula rāsa
タブラ ラーサ
「(削られて)文字の書いていない書字板」
▶外界からいかなる知覚(観念)も受け取っておらず，まだいかなる知識も習得していない白紙状態の心を，何も書かれていない書字板に譬えたもの．生得観念の存在を否定したイギリスの哲学者ジョン・ロックの用語．

tacent: satis laudant
タケント サティス ラウダント
彼らは黙っているが，これは賞賛しているということなのだ [Ter. *Eun.* 476]
▶テレンティウスの喜劇『宦官』第3幕第2場において，奴隷パルメノが，自分の主人から遊女タイスへの贈り物として連れて来た宦官について，その顔が美しいことに同意させようとしている場面で，相手が黙っているのを見てこのように言ったもの．

tacitum vīvit sub pectore vulnus
タキトゥム ウィーウィト スブ ペクトレ ウゥルヌス

tantaene animis caelestibus irae?

胸の奥底で傷は静かに生きている　[Verg. *A.* 4.67]

▶ウェルギリウス『アエネーイス』第4歌においてアエネアスに恋をしたディードについて言われたもので,「傷」とはディードのアエネアスに対する狂おしい恋心を指す.

文法 tacitum vulnus 静かな傷は〈形 tacitus の中性・単数・主格 ＋ 中 単数・主格〉/ vivit 生きている〈動 vivo の直説法現在・三人称・単数〉/ sub pectore 胸の奥底で〈前 sub ＋ 中 pectus の単数・奪格〉

tantae mōlis erat Rōmānam condere gentem

タンタエ モーリス エラト ローマーナム コンデレ ゲンテム

ローマの一族を打ち立てることはこれほどの苦難を伴うことだったのだ　[Verg. *A.* 1.33]

▶ウェルギリウス『アエネーイス』の冒頭部分から採られた言葉.『アエネーイス』は,トロイアの王国の滅亡を逃れた英雄アエネアスが,女神ユノの怒りに苛まれ,海上に陸上に,戦争と放浪による様々な苦難を乗り越え,約束の地イタリアにローマの礎を打ち立てるまで(実際には宿敵トゥルヌスを討ち取る場面で終わっている)の物語である.見出し句は,このアエネアスの波乱に満ちた物語を一言で要約した言葉.

文法 tantae molis erat これほど大きな苦難を伴っていた〈形 tantus の女性・単数・属格 ＋ 女 moles の単数・属格 ＋ 動 sum の直説法未完了過去・三人称・単数〉/ Romanam gentem ローマの一族を〈形 Romanus の女性・単数・対格 ＋ 女 gens の単数・対格〉/ condere 打ち立てる(こと)〈動 condo の不定法現在〉

tantaene animīs caelestibus īrae?

タンタエネ アニミース カエレスティブス イーラエ

神々の心にこれほどの怒りが(あるものなのか)?　[Verg. *A.* 1.11]

▶ウェルギリウス『アエネーイス』の冒頭からの引用.『アエネーイス』の悲劇的な主題の一つ(女神ユノのトロイアとアエネ

アスに対する怒り)を説明する言葉．これは，『イーリアス』におけるアキレウスの怒り，『オデュッセイア』におけるポセイドンの怒りに比べることができる．

文法 tantae irae これほど大きな怒りが〈形 tantus の女性・複数・主格 ＋ 女 ira の複数・主格〉/ -ne 〜か 前接辞 / animis caelestibus 神々の心に〈男 animus の複数・奪格 ＋ 形 caelestis の男性・複数・奪格〉

tantum religiō potuit suādēre malōrum
タントゥム レリギオー ポトゥイト スアーデーレ マロールム
宗教にはこれほどの悪事を行わせる力があったのだ　[Lucr. 1.102]

▶ルクレティウスは，宗教こそが非道徳的な行為の原因であると主張して，アガメムノンが自分の娘イフィゲネイアを殺させたことをその具体例として挙げている．

文法 tantum malorum これほどの悪事を〈中 tantum の単数・対格 ＋ 中 malum の複数・属格〉/ religio 宗教は〈女 単数・主格〉/ potuit suadere 行わせることができた〈動 possum の直説法完了・三人称・単数 ＋ 動 suadeo の不定法現在〉

tēlum imbelle sine ictū
テールム インベッレ シネ イクトゥー
弱々しく(的に)命中しない槍　[Verg. *A.* 2.544]

▶ウェルギリウス『アエネーイス』第2歌において，今まさにトロイアが陥落しようとしていたその時，アキレウスの息子ピュルスがプリアムスの息子の一人ポリーテスを追いつめ，父親の目の前で惨殺する．この神をも恐れぬ暴挙に対して，プリアムスは，かつてアキレウスが自分にヘクトルを返してくれた例を挙げつつ，激しく抗議して，ピュルスに向かって槍を投げつける．しかし，この「弱々しく命中しない槍」は容易にはね返され，プリアムスはピュルスによって祭壇まで引きずられて行き，その場で殺されて

しまう．一般的には，この表現は「効果のない議論(反論)」についても用いられる．

参考 糠に釘

tempora mūtantur, nōs et mūtāmur in illīs
テンポラ ムータントゥル ノース エト ムータームル イン イッリース
時は変化する，われわれもまたそれらの中で変化する
▶ *cf.* omnia mutantur, nos et mutamur in illis.

tempus edax rērum
テンプス エダクス レールム
万物を食べつくす時間(よ)　[Ov. *M.* 15.234]
▶オウィディウス『変身物語』第15巻の原文では，名高い競技家ミロ(ミロン)の筋力もいつかは衰え，絶世の美女ヘレネも鏡に映る自分の老いた姿を悲しむように，時間はあらゆるものを蝕むものであると言われている．そのような時間に対する呼びかけとして用いられた言葉．

tempus fugit
テンプス フギト
時は逃げ去る
▶⇒ fugit irreparabile tempus.

tenēre lupum auribus
テネーレ ルプム アウリブス
▶⇒ auribus teneo lupum.

terminus ante quem
テルミヌス アンテ クェム
それより前であるという境界点，(歴史学・考古学などで，年代推

定の)下限

▶ある出来事が1200年から1250年の間に起きたことが明らかであると言う場合, terminus ante quem は1250年.

terminus post quem
テルミヌス ポスト クェム

それより後であるという境界点, (歴史学・考古学などで, 年代推定の)上限

▶ある出来事が1200年から1250年の間に起きたことが明らかであると言う場合, terminus post quem は1200年.

timeō Danaōs et dōna ferentēs
ティメオー ダナオース エト ドーナ フェレンテース

私はギリシア人たちを恐れる, たとえ彼らが贈り物を持ってくる時でさえ　[Verg. *A*. 2.49]

▶ウェルギリウス『アエネーイス』第2歌で, トロイアの神官ラオコーンは, ギリシア人たちがトロイアの浜辺に残して立ち去った木馬をトロイアの城内に入れることに激しく反対して, こう言った. しかし, シノンの奸計とラオコーン親子が大蛇に絞め殺されるという事件のせいで, 結局トロイア人たちは木馬を城内に引き入れてしまう.

tolle lege, tolle lege
トッレ レゲ トッレ レゲ

(本を)手に取って読め, (本を)手に取って読め　[Aug. *Conf.* 8.12.29]

▶古代キリスト教の教父アウグスティヌスがキリスト教に回心するきっかけとなった言葉. ある日, 隣の家から「取って読め, 取って読め」と言う子供の声が聞こえてきたので, アウグスティヌスは「ロマ書」(新約聖書)を手に取って開いた. その時に最初に目

に入ってきたのが第13章13-14節「宴楽と泥酔，淫乱と好色，争いと妬みを捨て，主イエス・キリストを身にまとえ，肉の欲を満たすことに心を向けてはならない」で，この言葉を読んで彼はキリスト教に回心したという．

tot hominēs, tot [quot] sententiae
▶⇨ quot homines, tot sententiae.

tōtus mundus agit histriōnem
トートゥス ムンドゥス アギト ヒストリオーネム
世界全体が芝居をやっている
▶「全世界は劇場である」とも訳される．ロンドンにあった劇場グローブ座の正面玄関にそのモットーとして掲げられていた言葉．12世紀英国の宗教家ソールズベリーのヨハネ(ジョン)がペトロニウスの言葉であるかのように引用した文句によっている．人生を演劇作品に，あるいは世界全体を，人間が俳優，運命の女神が演出家，神(々)が観客である演劇作品に譬える思想は非常に古く，少なくともプラトンまで遡る．

trahit sua quemque voluptās
トラヒト スア クェムクェ ウォルプタース
各々の快楽が各々を導く　　[Verg. *Ecl.* 2.65]
▶ウェルギリウス『牧歌』第2歌は，牧人コリュドンが自分に振り向いてくれない美少年アレクシスへの愛をひたすら歌ったものだが，その箇所から採られた言葉：「凶暴な雌ライオンはオオカミを，オオカミは雌ヤギを追いかけ，好色な雌ヤギは花咲くウマゴヤシを追いかける．おおアレクシス，コリュドンはお前を追いかける．各々の快楽が各々を導くのだ」．
文法 trahit 導く 〈動 traho の直説法現在・三人称・単数〉 / sua voluptas 自分の快楽が 〈形 suus の女性・単数・主格 ＋ 女 単数・主格〉 / quemque

各人を〈代 quisque の男性・単数・対格〉

trāicit et fātī lītora magnus amor
トラーイキト エト ファーティー リートラ マグヌス アモル
偉大な愛は運命の岸をも越える　[Prop. 1.19.12]
▶プロペルティウス『詩集』第1巻・第19歌から採られた言葉. ここで「運命の岸」と呼ばれているのは，死のことである．偉大な愛は死をも越えて続くという意味.
文法 traicit 越える〈動 traicio の直説法現在・三人称・単数〉/ et ～でさえも 副 / fati litora 運命の岸を〈中 fatum の単数・属格 ＋ 中 litus の複数・対格〉/ magnus amor 偉大な愛は〈形 男性・単数・主格 ＋ 男 単数・主格〉

tria juncta in ūnō
トリア ユンクタ イン ウーノー
一つに合体した三つ
▶tria numina juncta in uno「一つに合体した三つの神格」から numina が省略された形で，三位一体を指す．バス勲位のモットー.

tristis eris sī sōlus eris
トリスティス エリス シー ソールス エリス
(あなたは)独りでいると悲しくなる　[Ov. Rem. 583]
▶オウィディウス『恋の療治』から採られた言葉．恋する者にとって孤独は有害であり，人のいない場所を避けるべきである．独りでいると悲しくなり，不在の恋人の顔が目の前に現れるからである.

Trōja fuit
トローヤ フイト

トロイアはあった(もう存在しない) [Prop. 2.8.10]

▶プロペルティウス『詩集』第2巻・第8歌の原文によれば「偉大な指導者たちも,独裁者たちも,しばしば倒された.テーバエも崩れ,古のトロイアももう存在しない」となっている.しかし,プロペルティウスの長年の努力にもかかわらず,彼の意中の女は「落ちなかった」.

Trōs Tyriusque mihi nullō discrīmine agētur
トロース テュリウスクェ ミヒ ヌッロー ディスクリーミネ アゲートゥル
私はトロイア人とテュロス(カルタゴ)人を決して差別しない
[Verg. *A.* 1.574]

▶ウェルギリウス『アエネーイス』第1歌で,カルタゴの女王ディードが,庇護を求めるトロイア人たち(アエネアスと逸れて別途カルタゴに漂着したグループ)に向かって語った言葉から.ラティウムを目指すにしろシチリアを目指すにしろ,彼らに援助を惜しまないと宣言し,「あなたたちが私と対等の資格でこの王国に定住したいなら,私が建設中の都はあなたたちのものである.艦隊を陸に上げなさい.私はトロイア人とテュロス(カルタゴ)人を決して差別しない」と言って,彼女は共住をさえ提案する.一方,アエネアスは暗い雲に包まれたまま一部始終を見守っている.
文法 Tros トロイア人は〈男 単数・主格〉/ Tyrius テュロス人は〈形 Tyriusの男性・単数・主格〉/ -que 〜と〜 前接辞 / mihi 私によって〈人代 一人称・単数・与格〉/ nullo discrimine いかなる区別によっても(〜ない)〈形 nullus の中性・単数・奪格 ＋ 中 discrimen の単数・奪格〉/ agetur (= habebitur) 扱われる〈動 ago の受動相・直説法未来・三人称・単数〉

trūditur diēs diē, novaeque pergunt interīre lūnae
トルーディトゥル ディエース ディエー ノウァエクェ ペルグント インテリーレ ルーナエ
日は日に追われ,新月は次々と消滅する [Hor. *Carm.* 2.18.15–

16]

▶ホラティウス『歌集』第2巻・第18歌は，与えられた程々の土地と財産，信義と詩才に満足するホラティウスが，富める者にも貧しい者にも死が等しく待ち受けることを教えつつ，貪欲によって過剰な富を求めるべきではないと説いたものだが，その箇所から採られた言葉．この見出し句は，時間の経過と自然界の生成消滅を，日と月によって表現したもの．

文法 truditur 追われる〈動 trudo の受動相・直説法現在・三人称・単数〉/ dies 日は〈男 単数・主格〉/ die 日によって〈男 dies の単数・奪格〉/ -que ～そして 前接辞 / novae lunae 新月は〈形 novus の女性・複数・主格＋女 luna の複数・主格〉/ pergunt interire 滅び続ける〈動 pergo の直説法現在・三人称・複数＋動 intereo の不定法現在〉

tū fuī, egō eris
トゥー フイー エゴー エリス
私はお前だった．お前は私になる
▶墓碑銘に用いられる言葉．今は死人である私はお前のようにかつては生きていた，今は生きているお前も私のようにいずれ死人となる，の意．*cf.* memento mori.

tū quoque
トゥー クォクェ
お前だってそうだ(という言い分・やり返し)
▶非難の矛先を非難した相手に転ずる論法．

tū viperam sub ālā nūtricās
トゥー ウィペラム スブ アーラー ヌートリカース
お前は腋の下に毒蛇を養っている　[Petr. 77]
▶ペトロニウスの小説『サテュリコン』の中で，トルマルキオが占い師に言われたこととして回想する言葉の一部．やがて恩を仇

tu viperam sub ala nutricas

で返すような者を身内に養っているというほどの意味.
参考 飼い犬に手を噛まれる

U

utinam unam cervicem haberet!
ローマが一つの頭を持っていたら
よいのに!

ūberrima fidēs
ウーベッリマ フィデース
最大の信義
▶受約者が契約に関連する重要な事実を告知する義務を負うこと. 保険契約における健康状態に関する告知義務など.

ubi amīcī ibīdem sunt opēs
ウビ アミーキー イビーデム スント オペース
友のいるその同じ場所に財産がある　[Plaut. *Truc.* 885]
▶プラウトゥスの喜劇『トゥルクレントゥス』に登場する, 複数の男を手玉に取って多額の金を得ることに成功する遊女プロネシウムが引用した言葉. 本来は「物質的な富ではなく友人こそが財産である, 持つべきものは友」を意味する諺だが, プロネシウムにおいては, 男友達 (amici) とは金づるにすぎず, 多くの友達があればそれだけ多くの財産が手に入るという意味になってしまう.

ubi bene, ibi patria
ウビ ベネ イビ パトリア
▶⇨ patria est ubicumque est bene.

ubi solitūdinem faciunt pācem appellant
▶⇨ solitudinem faciunt, pacem appellant.

ubi sunt?
ウビ スント
今いずこ?
▶主語は複数形なので,直訳すると「彼(女)らは[それらは]どこにいる[ある]?」となる.中世のラテン詩の冒頭に見られる常套句で,失われたもの,忘れ去られたもの,世のはかなさを思い,過去を懐かしむテーマで用いられることが多い.

ultima ratiō rēgum
ウルティマ ラティオー レーグム
王(たち)の最後の論理,(最後の手段としての)武力の行使,戦争
▶フランス国王ルイ 14 世が大砲に刻んだ言葉.

ultima Thūlē
ウルティマ トゥーレー
「Thule の最も遠い場所」,最果て(の地),はるかな到達点[目標]
▶Thule とは古代世界で極北の地と考えられた島.

ultimus Rōmānōrum
ウルティムス ローマーノールム
最後のローマ人　[Tac. *An.* 4.34]
▶タキトゥス『年代記』には,ある歴史家がその著作の中でカエサル暗殺の首謀者の一人であったカッシウスをこう呼んで讃えたという廉で起訴されたとある.ちなみに,シェイクスピア『ジュリアス・シーザー』第 5 幕第 3 場では,この言葉は,死んだカッシウスを讃えるブルートゥスの台詞になっている.

ūna salūs victīs nullam spērāre salūtem

ウーナ サルース ウィクティース ヌッラム スペーラーレ サルーテム

敗北した者にとって唯一の救いとは，いかなる救いも求めないことだ [Verg. *A*. 2.354]

▶ウェルギリウス『アエネーイス』第2歌で，トロイアが敵の手に落ちたことを知ったアエネアスが，集まって来たトロイアの仲間たちに向かって，勇敢に戦ってトロイアと共に死のうと言って励ます場面から採られた言葉．しかし，実際には，アエネアスはトロイアと共に滅びることにはならない．

文法 una salus 唯一の救いは〈形 unus の女性・単数・主格 ＋ 女 単数・主格〉/ victis 打ち負かされた者たちにとって〈動 vinco の完了分詞・男性・複数・与格〉/ nullam salutem いかなる救いをも(〜ない)〈形 nullus の女性・単数・対格 ＋ 女 salus の単数・対格〉/ sperare 期待する(こと)〈動 spero の不定法現在〉

ūnō saltū duōs aprōs capere

ウーノー サルトゥー ドゥオース アプロース カペレ

一つの森で二頭のイノシシを捕まえる [*cf.* Plaut. *Cas.* 476; Erasm. *Adagia* III vi 63]

▶プラウトゥスの喜劇『カシナ』の中で，ある奴隷が，盗み聞きによって恋敵の奴隷と主人の陰謀を知った時に言った言葉．原文では「(私は)一つの森の中で巧みに二頭のイノシシを捕まえてやろう」となっている．

参考 一石二鳥

urbem latericiam invēnit [accēpit], marmoream relīquit

ウルベム ラテリキアム インウェーニト [アッケーピト] マルモレアム レリークィト

(彼は)レンガの都を見いだし[引き継ぎ]，大理石の都を後に残した [*cf.* Suet. *Aug.* 28]

▶スエトニウスによれば,アウグストゥスはローマの公共建築の領域においても大きな功績があり,「(アウグストゥスが)レンガの都を引き継ぎ,それを大理石作りで残したと自慢したのも当然だ」という.

urbī et orbī
ウルビー エト オルビー
都(ローマ)および全世界に
▶教皇の大勅書の呼びかけの言葉.ローマの内(都)と外(世界)にいる信徒たちに,の意.

urbs antīqua ruit, multōs domināta per annōs
ウルプス アンティークァ ルイト ムルトース ドミナータ ペル アンノース
長い年月に渡り君臨した古い都が崩壊する   [Verg. *A.* 2.363]
▶ここで言う「都」とはトロイアのこと.ウェルギリウス『アエネーイス』第2歌で,ギリシア人たちの手によってトロイアがまさに陥落する様を目の当たりにしているアエネアスの言葉.

usque ad ārās
ウスクェ アド アーラース
祭壇まで,死ぬまで
▶*cf.* amicus usque ad aras.

ūsus [consuētūdō] est altera nātūra
ウースス [コンスエートゥードー] エスト アルテラ ナートゥーラ
習慣[慣習]は第2の自然である   [*cf.* Cic. *Fin.* 5.25.74; Erasm. *Adagia* IV ix 25]
▶キケロ『善と悪の究極について』の中に,consuetudine quasi alteram quandam naturam effici「慣習によって第2の本性のようなものが作られる」という表現が見いだされる.また,アリ

usus est tyrannus

ストテレスは『弁論術』の中で,快楽を「精神が全体として知覚される形で本来の自然状態へ回復する運動」,あるいは「自然本来の状態に進み行くこと」と定義した上で,自然と同様に,習慣も快楽であると考えている.彼によれば,その理由は「習慣化したものはすでに,持って生まれた性質のようになってしまっており,習慣は自然と類似している」からである.自然と習慣の違いは「常に」と「たいてい」の違いであるとも言われている.12世紀の叙事詩作品『アレクサンドレイス』に consuetudo potens natura fortior ipsa「慣習は自然そのものより強力な力である(Gualtherus ab Insulis *Alexandreis* 6.292)」という表現がある.人間は社会的・文化的な動物であり,教育と学習によってその性質を変えてゆく.社会と文化の中に生きる度合が強ければ強いほど,自然より習慣の方が強力にもなるという.*cf.* jus et norma loquendi / abeunt studia in mores / nil consuetudine majus.

ūsus est tyrannus
ウースス エスト テュランヌス
習慣は独裁者である [*cf.* Hor. *P.* 71-72]

▶ヘロドトスがピンダロスから引用した言葉 (νόμον πάντων βασιλέα...εἶναι) の不完全なラテン語訳.ヘロドトスは『歴史』第3巻で,どの国の人であれ自国の慣習をこそ最良のものと考えている以上,ペルシア王カンビュセスが他国の慣習や宗教を嘲笑に付し,それらを尊重しない態度を取ったことは狂気の沙汰であったと評し,この言葉を「慣習(ノモス)こそが人々を支配する王である」の意味で用いている.プラトンも『ゴルギアス』の中で同じ言葉をピンダロスからカリクレスによって(ヘロドトスとは異なる意味で)引用させた.カリクレスによれば,引用句中の「慣習(ノモス,法)」とは,自然界に観察される,より強い者がより弱い者を打ち負かし支配するという弱肉強食の理法,すなわち「自然の正義」のことである.ホラティウスも『詩論』の中でこ

の言葉を引用しているが, 慣習 (usus) こそが言葉の流行と衰退を意のままに支配するという意味で使っている. *cf.* jus et norma loquendi / usus [consuetudo] est altera natura / abeunt studia in mores / nil consuetudine majus.

ūtī forō
ウーティー フォロー
市場をわきまえていること　[*cf.* Ter. *Phorm.* 79]
▶市場において売り買いされる商品の値打ちが良く分かっているの意から, 状況に詳しく, 的確な判断ができることの譬え.

utinam ūnam cervīcem habēret!
ウティナム ウーナム ケルウィーケム ハベーレト
(ローマが)一つの頭を持っていたらよいのに!　[Suet. *Calig.* 30]
▶スエトニウスによれば, カリグラはある戦車駁者のチームを特別贔屓にしていたので, 戦車競技の際に民衆がそれとは別のチームを応援すると, このように叫んだという.
文法 utinam 願わくは 副 / unam cervicem 一つの頭を 〈形 unus の女性・単数・対格 ＋ 女 cervix の単数・対格〉/ haberet 持っていたらよいのに 〈動 habeo の接続法未完了過去・三人称・単数〉

ut pictūra poēsis
ウト ピクトゥーラ ポエーシス
詩は絵のようなものである　[Hor. *P.* 361; *cf.* [Cic.] *Rhet. Her.* 4.39]
▶絵画と詩歌の類似性は古くから指摘されており, 古代ギリシアのエレゲイア詩人シモニデスの言葉「詩は言葉を語る絵, 絵はものを言わない詩である」(Plutarchus *Moralia* 17f, 58b, 346f) はあまりにも有名だが, アリストテレスは『詩学』において, しばしば悲劇や叙事詩を絵画に譬えて論じている. ホラティウスも『詩

ut pictura poesis

論』の中で「詩は絵のようなものである．より近づいてみるとよく分かるものもあれば，遠く離れてみた方がよく分かるものもある．あるものは暗がりを好み，あるものは光のもとで見られることを望む」と言って，詩歌と絵画を比較している．

V〜Z

vox faucibus haesit
声が喉に詰まる

vāde in pāce
ウァーデ イン パーケ
安らかに行くべし　[旧約聖書「出エジプト記」4章18節]
▶モーセがエジプトの親族のもとへ帰らせてほしいと頼んだ時に，舅のエトロがモーセに言った言葉．別れの挨拶．

vāde retrō mē, satanā
ウァーデ レトロー メー サタナー
サタンよ，わが後に退け　[新約聖書「マタイ伝」16章23節；「マルコ伝」8章33節]
▶自らの十字架の死を予告したイエスをいさめた弟子ペテロに対して，イエスが言った言葉．

vae victīs
ウァエ ウィクティース
敗者たちにわざわいあれ　[Liv. 5.48.9]
▶前390年，アッリア川の戦いでローマ軍を破ったガリア人の指導者ブレンヌスの言葉とされる．

vānitās vānitātum, et omnia vānitās
ウァーニタース ウァーニタートゥム エト オムニア ウァーニタース
空の空，すべては空なり(空しい)　　[旧約聖書「伝道の書」1章2節]

varium et mūtābile semper fēmina
ウァリウム エト ムータービレ センペル フェーミナ
女は常に移り気で変わりやすいものだ　　[Verg. *A.* 4.569-70]
▶ウェルギリウス『アエネーイス』第4歌で，ディードのもとを離れイタリアへと出発すべくすでに船上にありながら，未だ出発を躊躇して眠っているアエネーアスの夢枕にメルクリウス(らしき者)が現れ，即座に出帆するよう忠告して言った言葉から．この直後，アエネーアスは仲間に出帆を命じる．

参考 女心と秋の空

vēlīs rēmīsque
ウェーリース レーミースクェ
▶⇨ remis velisque.

vendidit hīc aurō patriam
ウェンディディト ヒーク アウロー パトリアム
この男は金のために祖国を売った　　[Verg. *A.* 6.621]
▶ウェルギリウス『アエネーイス』第6歌において，金のために祖国を売った人間が，その他の重大な罪を犯した者たち(生前に兄弟を憎んだ者，父に暴力を振るった者，富を独り占めした者，不義密通のために殺された者，金のために法律の改廃を行った者，娘と禁断の婚礼をなした者等)と共に，タルタロス(冥界)の住人に数えられている．

venēnum in aurō bibitur
ウェネーヌム イン アウロー ビビトゥル
毒は黄金の杯で飲まれるものなのだ　[Sen. *Thy.* 453]
▶セネカの原文によれば，アトレウスの兄弟テュエステスが，貧しい境遇にある者の安心と王の地位にある者の不安を比べ，幸運より不運を選ぶ方が良いという逆説を語る際に言った言葉．見出し句は，王の地位にある者が毒杯によって暗殺されることを言ったもの．

vēnit summa diēs et ineluctābile tempus
ウェーニト スンマ ディエース エト イネルクタービレ テンプス
最後の日と避けることのできない時が来た　[Verg. *A.* 2.324]
▶ウェルギリウス『アエネーイス』第2歌で，木馬から出て来たギリシア人の勇士たちによってトロイアの城市に火が放たれたことを知ると，アエネアスは武器を手に取り，手勢を集め，敵と戦うために出て行こうとするが，その時，逃げて来たポエブス(アポロン)神官のパントゥスに出会う．その際に，トロイアの悲惨な運命についてパントゥスがアエネアスに言った言葉の一部． *cf.* fuimus Troes; fuit Ilium.

vēnī, vīdī, vīcī
ウェーニー ウィーディー ウィーキー
(私は)来た，(私は)見た，(私は)勝った　[Suet. *Caes.* 37]
▶歴史家スエトニウスが伝えるユリウス・カエサルの言葉．スエトニウスによれば，カエサルが対ポントス戦の凱旋式を行った際，この強烈な3語のメッセージを戦利品の行列の間に掲示して，自らの勝利の迅速さを誇示したという．

vēra incessū patuit dea
ウェーラ インケッスー パトゥイト デア

verbum sat sapienti (est)

歩みによって本物の女神であることが分かった　　[Verg. A. 1.405]

▶ウェルギリウス『アエネーイス』第1歌で，アフリカのカルタゴに漂着したアエネアスは，まだ自分たちがどこにたどり着いたのかを知らぬまま，アカーテスと共に偵察に出かけ，狩りをする乙女の姿を取った女神ウェヌスに出会う．ウェヌスがアエネアスにここがディードの支配するカルタゴであること，ディードがカルタゴを建設するに至ったいきさつを説明すると，アエネアスは自分の身分を明かし，イタリアに向かっていると語る．ウェヌスがアエネアスを励まし，ディードの館に向かうよう勧めて立ち去ろうとしたその時，アエネアスには，(彼女がその)歩みによって本物の女神であることが分かった．そして，女神であるのみならず，自分の母ウェヌスであることも分かったのである．

文法 vera dea 本物の女神が〈形 verus の女性・単数・主格 ＋ 女 単数・主格〉/ incessu 歩みによって〈男 incessus の単数・奪格〉/ patuit 明らかになった〈動 pateo の直説法完了・三人称・単数〉

verbum sat sapientī (est)

ウェルブム サト サピエンティー（エスト）

▶⇒ dictum sapienti sat est.

Vergilium vīdī tantum

ウェルギリウム ウィーディー タントゥム

(私は)ウェルギリウスとは一度会っただけ　　[Ov. Tr. 4.10.51]

▶オウィディウスの自伝と呼ばれる『悲しみの歌』第4巻・第10歌の中で，オウィディウスが同時代の詩人たちの思い出を語った部分から採られた言葉．

vēritās nunquam perit

ウェーリタース ヌンクァム ペリト

真実は決して滅びない　[Sen. *Tro.* 614]
▶セネカの戯曲『トロイアの女たち』から採られた言葉．ヘクトルの子アステュアナクスをヘクトルの墓に隠し，アステュアナクスは死んだと嘘をついて彼の命を守ろうとするヘクバ(ヘカベ)に対して，ウリクセス(オデュッセウス)は言葉の策略によって彼女の嘘を暴こうとする．その時にウリクセスが自らを励まして言った言葉の一部．

vēritās odium parit
ウェーリタース オディウム パリト
真実は嫌悪を生む　[Ter. *And.* 68]
▶本当のことを言えば友人を失うというほどの意味．テレンティウスの喜劇『アンドロス島の女』第1幕第1場で，奴隷が主人の息子の賢い生き方をほめて言った言葉の一部:「今時，従順は友人を，真実は嫌悪を生むと言いますからね」．
参考 口は禍のもと

vēritās omnia vincit
ウェーリタース オムニア ウィンキト
真理はすべてに勝つ

vēritās praevalet
ウェーリタース プラエウァレト
▶⇨ magna est veritas et praevalebit.

vēritās vōs līberābit
ウェーリタース ウォース リーベラービト
真理は汝らに自由を得さすべし　[新約聖書「ヨハネ伝」8章32節]
▶イエスが自分を信じたユダヤ人たちに語った言葉の一部:「あ

なたがたは真理を知り，真理はあなたがたを自由にする」．見出し句の言葉は，米国ジョンズ・ホプキンズ大学のモットーとなっており，日本でもこのラテン語をモットーに掲げている大学図書館がいくつかある．

vēritātis simplex ōrātiō est
ウェーリターティス シンプレクス オーラーティオー エスト
真実を語る言葉は単純である　[Sen. *Ep.* 49.12]

▶セネカが『道徳書簡』の中で「あの詩人の言葉」として引用している文句．「あの詩人」とはギリシアの三大悲劇詩人の一人エウリピデスのことであり，その言葉とは『ポイニキアの女たち』469 の $\dot{\alpha}\pi\lambda o\tilde{\upsilon}\varsigma\ \dot{o}\ \mu\tilde{\upsilon}\theta o\varsigma\ \tau\tilde{\eta}\varsigma\ \dot{\alpha}\lambda\eta\theta\varepsilon i\alpha\varsigma\ \check{\varepsilon}\phi\upsilon$ であろう．

vestīgia terrent, omnia tē adversum spectantia, nulla retrorsum
ウェスティーギア テッレント オムニア テー アドウェルスム スペクタンティア ヌッラ レトロルスム
足跡はすべてお前の方を向いており，逆向きの足跡は一つもないことが恐れさせる　[Hor. *Ep.* 1.1.74-75]

▶ホラティウス『書簡詩』第1巻・第1歌で，用心深い小ギツネがライオンに向かって言ったとされる言葉．ライオンが住む洞穴に向かった動物の足跡は残っているが，戻って来る動物の足跡は見当たらず，それが恐ろしいという意味．寓話詩人バブリオスは，病気のふりをして，見舞いに訪れる動物たちを次々と餌食にしていたライオンが，洞窟の中からキツネに呼びかけ，近寄って慰めの言葉を述べるよう命じたが，用心深いキツネは見出し句に相当する言葉を述べて断ったというエピソードから，「他の人々の禍いから学ぶ者は幸いである」という教訓を引き出している（Babrius 103）．なお，すでにプラトンが『アルキビアデス』（*Alcibiades* 123A）の中で，この見出し句をイソップのものとして，その

パロディーを作っている.
[参考] 他山の石
[文法] vestigia 足跡が〈[中] vestigium の複数・主格〉/ terrent 恐れさせる〈[動] terreo の直説法現在・三人称・複数〉/ omnia すべて(の足跡)が〈[形] omnis の中性・複数・主格〉/ te adversum お前の方へ〈[人代] 二人称・単数・対格＋[前] adversum〉/ spectantia 向いている〈[動] specto の現在分詞・中性・複数・主格〉/ nulla いかなる(足跡)もない〈[形] nullus の中性・複数・主格〉/ retrorsum 逆向きに [副]

Via Dolōrōsa
ウィア ドローローサ
悲しみの道
▶イエスが歩いたとされる処刑地ゴルゴタの丘までの道. 転じて, 苦難の道, の意.

victī vīcimus
ウィクティー ウィーキムス
負けた我々が勝利したのだ　[Plaut. *Cas.* 510]
▶プラウトゥスの喜劇『カシナ』に登場する奴隷の台詞. この奴隷カリヌスは, 一度はくじ引きに負けて同僚の奴隷に女(カシナ)を奪われたものの, 盗み聞きによって, カシナを恋人にしたかったのは実は同僚の奴隷ではなく, 彼らの主人リュシダムスであったことを知る. この真実を味方である女主人(リュシダムスの妻)に密告することを思いつき, 勝ち誇る場面から採られた言葉.
[参考] 負けるが勝ち

videō meliōra probōque, dēteriōra sequor
ウィデオー メリオーラ プロボークェ デーテリオーラ セクォル
私はより良いものが分かり, それを良しとする, (しかし)より悪いものに従う　[Ov. *M.* 7.20–21]

vilius argentum est auro,

▶オウィディウス『変身物語』第7巻のイアソンとメデアのエピソードにおける独白中で，メデアが自分自身について語った言葉．メデアは恋する男イアソンを助けるために自分の肉親である父と兄を裏切り，イアソンに裏切られると彼に復讐する目的で我が子を殺す．彼女は，激しい恋心を理性で抑えることができずに悪事に走る自分を嘆いて見出し句の言葉を吐く．
参考 恋は曲者

vīlius argentum est aurō, virtūtibus aurum
ウィーリウス アルゲントゥム エスト アウロー ウィルトゥーティブス アウルム
銀は金より，金は(美)徳より(値段が)安い　[Hor. *Ep.* 1.1.52]
▶『書簡詩』第1巻・第1歌でホラティウスは，多くの労苦や気違いじみた野心に対する報酬として与えられる金銭や財産よりも，哲学によって獲得される人間の美徳そのものの方が貴重である，と言っている．より一般的には，金の方が銀より貴重であるように，(美)徳の方がいかなる財産よりも価値が高い，の意．

vincet amor patriae
ウィンケト アモル パトリアエ
祖国への愛が勝利するであろう　[Verg. *A.* 6.823]
▶ウェルギリウス『アエネーイス』第6歌で，ルキウス・ユニウス・ブルートゥスについて，アンキセスの亡霊が彼の誇り高い生き方を賞賛して言った言葉の一部．ブルートゥスは圧制者タルクイニウス王を追放し，共和制を創始し，最初の執政官に就任する．さらに彼は，タルクイニウス王をローマに呼び戻そうとした自分の息子たちを処刑する．

vincit omnia vēritās
▶⇨ veritas omnia vincit.

vincit quī sē vincit
ウィンキト クィー セー ウィンキト
自己に勝利するものが勝利する
▶⇨ bis vincit, qui se vincit in victoria.

vīrēs acquīrit eundō
ウィーレース アックィーリト エウンドー
進むにつれて力を獲得する　[Verg. *A.* 4.175]
▶ウェルギリウス『アエネーイス』第4歌に見られる「噂」の女神の描写から採られた言葉. ⇨ fama crescit eundo.
文法 vires 力を〈女 vis の複数・対格〉/ acquirit（彼女は）獲得する〈動 acquiro の直説法現在・三人称・単数〉/ eundo 進むことによって〈動 eo の動名詞・奪格〉

virtus consistit in mediō
ウィルトゥス コンシスティト イン メディオー
徳は中庸にある

virtūs est vitium fugere et sapientia prīma stultitiā caruisse
ウィルトゥース エスト ウィティウム フゲレ エト サピエンティア プリーマ ストゥルティティアー カルイッセ
(美)徳とは(何よりまず)過ちを避けること，知恵とは何よりまず愚行を欠いていることである　[Hor. *Ep.* 1.1.41]
▶ホラティウス『書簡詩』第1巻・第1歌の原文では「(最初の)美徳は過ちを避けること，最初の知恵は愚行を欠いていることである」となっている．人間は，美徳や知恵そのものを一気に実現できるものではなく，まずは個々の過ちを避け，できるだけ愚行を犯さないよう気をつけることから始めなければならないという意味．

virtūs laudātur et alget
ウィルトゥース ラウダートゥル エト アルゲト
美徳は賞賛されるが凍えている　[*cf.* Juv. 1.74]
▶⇨ probitas laudatur et alget.

virtūs post nummōs
ウィルトゥース ポスト ヌンモース
(美)徳は金の次　[Hor. *Ep.* 1.1.54]
▶ホラティウス『書簡詩』第1巻・第1歌によると，ローマの金融街(ヤスヌ通り)に掲げられていたとされる言葉で，「まずは金，美徳は二の次（金がなければ何事も始まらない，美徳を身に付けるのはその後でも良い)」というほどの意味.

virtūte et armīs
ウィルトゥーテ エト アルミース
勇気と武力によって
▶米国ミシシッピ州のモットー.

vīs consiliī expers mōle ruit suā
ウィース コンシリイー エクスペルス モーレ ルイト スアー
思慮なき力は自らの重みによって崩壊する　[Hor. *Carm.* 3.4.65]
▶『歌集』第3巻・第4歌の中でホラティウスは，アウグストゥスの勝利をユピテル(ゼウス)の勝利に比べている．この見出し句は，思慮ある力を体現するユピテルが，思慮なき力を体現する巨人族や怪物に勝利したという物語の教訓を要約するもの．
文法 vis 力は〈女 単数・主格〉/ consilii expers 思慮を欠いた〈中 consilium の単数・属格 ＋ 形 女性・単数・主格〉/ mole sua 自らの重みによって〈女 moles の単数・奪格 ＋ 形 suus の女性・単数・奪格〉/ ruit 崩壊する〈動 ruo の直説法現在・三人称・単数〉

vīta brevis, ars longa
▶⇨ ars longa, vita brevis.

vīta hominis sine litterīs mors est
ウィータ ホミニス シネ リッテリース モルス エスト
学問[文学]のない人生は死である　[*cf.* Sen. *Ep.* 82.3]
▶ここで litterae とは文学・学問の意味．セネカの原文では「学問のない閑暇は死であり，生きた人間の葬式である」となっている．

vītam impendere vērō
ウィータム インペンデレ ウェーロー
人生を真実にささげる　[Juv. 4.91]
▶ユウェナリス『諷刺詩』第4歌において，ウィビウス・クリスプスという人物について言われた言葉．クリスプスは，皇帝の前で真実を言って自分の身を危うくするようなことはせず，持ち前の慎重さという武器によって，宮廷において80歳まで生き抜いた．ユウェナリスによれば，彼は「人生を真実に賭ける」ような人ではなかったという．ちなみに，フランスの啓蒙思想家ルソーはこの句をモットーとしていた．

vīta nōn est vīvere sed valēre vīta est
▶⇨ non est vivere sed valere vita est.

vīta, sī sciās ūtī, longa est
ウィータ シー スキアース ウーティー ロンガ エスト
人生は(あなたが)使い方を知っていれば長い　[Sen. *Brev.* 2.1]
▶偉大な事業を成し遂げるためには人生は短すぎるとも言われる．しかしセネカは『人生の短さについて』において，人生が短いのは人生を浪費しているからであると反論し，我々は短い人生

vivamus, mea Lesbia, atque

を与えられたのではなく，自ら浪費することによって人生を短くしているのであるとも言っている．*cf.* ars longa, vita brevis.

文法 vita 人生は〈女 単数・主格〉/ si もし～ならば 接 / scias uti (あなたが)使い方を知っている〈動 scio の接続法現在・二人称・単数 ＋ 動 utor の不定法現在〉/ longa 長い〈形 longus の女性・単数・主格〉/ est ～である〈動 sum の直説法現在・三人称・単数〉

vīvāmus, mea Lesbia, atque amēmus
ウィーウァームス メア レスビア アトクェ アメームス
私たちは生きようじゃないか，私のレスビアよ，そして愛し合おうじゃないか　[Catul. 5.1]

▶カトゥルスの『詩集』第5歌の冒頭を飾る言葉．恋人のレスビアに呼びかけて歌われたこの歌の中で，カトゥルスは，「太陽は何度も沈んでまた昇ることができるが，私たちはひとたび短い光(＝命)が沈むや，一つの永遠の夜を眠らなければならない」と歌い，人生のはかなさ，伝統的な価値観，金儲けの論理に対して，愛し合うことの価値を対立させている．

文法 vivamus (私たちは)生きようではないか〈動 vivo の接続法現在・一人称・複数〉/ mea Lesbia 私のレスビアよ〈形 meus の女性・単数・呼格 ＋ 女 Lesbia の単数・呼格〉/ atque そして 接 / amemus (私たちは)愛そうではないか〈動 amo の接続法現在・一人称・複数〉

vīvere est cōgitāre
ウィーウェレ エスト コーギターレ
生きるとは考えることである　[Cic. *Tusc.* 5.38.111]

▶キケロ『トゥスクルム荘対談集』によれば，教養と学識を備えた人の思索と仕事は必ずしも視覚を必要とせず，たとえ目が見えなくても思索することによって多くの喜びを見いだすことができるという．

vixēre fortēs ante Agamemnona

ウィクセーレ フォルテース アンテ アガメムノナ

アガメムノン以前に(も)勇者たちはいた　[Hor. *Carm.* 4.9.25]

▶ホラティウス『歌集』第4巻・第9歌の原文では「アガメムノン以前にも勇者たちは沢山いた．しかし彼らは嘆かれず知られず，長い夜に葬られている．なぜなら彼らは神聖な詩人を欠いているからである」とある．アガメムノンはトロイア戦争でギリシア勢を率いた総大将．アガメムノンの名前が後世にも知られているのは，神聖な詩人ホメロスが『イーリアス』によって彼の名声を不朽のものにしたからであるという．

文法 vixere 生きていた〈動 vivo の直説法完了・三人称・複数〉/ fortes 勇者たちは〈形 fortis の男性・複数・主格〉/ ante Agamemnona アガメムノン以前に〈前 ante ＋ 男 Agamemnon の単数・対格〉

volentī nōn fit injūria

ウォレンティー ノーン フィト インユーリア

(不法な行為を)望む者に不法はなされない[なされえない]　[*Dig.* 47.10.1.5]

▶例えば，泥棒に物品を盗まれることを望んだ者は，その泥棒に窃盗という不法行為をされたことにならない．妻に不倫してくれと望んだ夫は，妻に不倫という不法行為をされたことにはならない．

vōs exemplāria Graeca nocturnā versāte manū, versāte diurnā

ウォース エクセンプラーリア グラエカ ノクトゥルナー ウェルサーテ マヌー ウェルサーテ ディウルナー

あなたがたはギリシアの模範を夜も手に取って学びなさい，昼も手に取って学びなさい　[Hor. *P.* 268–69]

▶『詩論』においてホラティウスは，ローマ人が，優れたギリシア

語の詩作品を自分たちの詩作の模範として研究することによって，ラテン語の詩をより洗練されたものにすることを望んでいる．*cf.* Graecia capta ferum victorem cepit et artes intulit agresti Latio.

vox clāmantis in dēsertō

ウォクス クラーマンティス イン デーセルトー

荒野に呼ばわる者の声　[新約聖書「マタイ伝」3章3節;「マルコ伝」1章3節;「ルカ伝」3章4節;「ヨハネ伝」1章23節]

▶イエスの先駆者として人々に洗礼を授けた洗礼者ヨハネを指す表現．米国ダートマス大学のモットー．

vox et praethereā nihil

ウォクス エト プラエテレアー ニヒル

声はあるが，その他に何もない

▶プルタルコス『倫理論集』(Plutarchus *Moralia* 233a) からの引用のラテン語訳．プルタルコスは，あるスパルタ人が鶯の羽根をむしってみたところ，その体があまりにも小さかったので φωνὰ τύ τίς ἐσσι καὶ οὐδὲν ἄλλο「お前は声だ，それ以外に何もない」と言ったというエピソードを伝えている．

vox faucibus haesit

ウォクス ファウキブス ハエシト

声が喉に詰まる　[Verg. *A.* 2.774]

▶ウェルギリウス『アエネーイス』から採られた，驚愕と啞然の状態を表す決まり文句．第2歌の原文では，妻クレウーサの亡霊が突然眼前に現れた時，驚愕するアエネアスについて彼自身が語った言葉の中で用いられている．トロイア陥落に際して，アエネアスは年老いた父アンキセスを背負い，妻クレウーサと幼い息子イウールスを連れてトロイア脱出を試みるが，その途中でクレ

ウーサを見失う．アエネアスはすでにギリシア軍の手中に落ちたトロイアへと引き返し，あらゆる場所に戻ってクレウーサを探すが見つからず，絶望のあまり妻の名前を何度も叫ぶと，クレウーサの亡霊が現れ，アエネアスに語りかける．その時の自分自身の心身の状態を想起して，アエネアスは「私は呆気にとられ，髪の毛は逆立ち，声が喉に詰まる」と語っている．『アエネーイス』の他の場面でも，同様の心身状態を表すために同じ表現が用いられている（*A*. 3.48, 4.280, 12.868）．

vox populī vox deī
ウォクス ポプリー ウォクス デイー
民の声は神の声　　[Alcuin *Epistolae* 132]
▶カール大帝に仕えた神学者アルクインが引用して伝える格言．一般に，民衆の声を神の声として尊重すべしと解釈されるが，アルクインは民衆の喧噪はむしろ狂気に近いと言って，このような格言を吹聴する者の言うことを聞くべきではないとしている．

zōnam perdidit
ゾーナム ペルディディト
（彼は）胴巻きをなくした，一文なしである　　[Hor. *Ep*. 2.2.40; *cf.* Erasm. *Adagia* I v 16]
▶「胴巻き」とは財布のこと．兵士が胴巻きに有り金すべてを携行していたことから，胴巻きをなくすとは，全財産を失うという意味．ホラティウス『書簡詩』第2巻・第2歌では，ある兵士が，（胴巻きに入れてあった）有り金すべてを盗まれたため，まるでお腹をすかした狼のようにがむしゃらになって武勲をあげ，その報償として大金を獲得し，その後，再び司令官から出陣を命じられた時，「胴巻き（全財産の入った財布）をなくした者はどこへでもあなたの命令する所へ行きましょう」と答えたという逸話が語られている．

索 引

総合索引

【愛】

agnosco veteris vestigia flammae　私は昔の炎の痕跡を認めます

is quidem nihili est qui nihil amat　何物も愛さない人はまったく何の価値もない存在である

si vis amari ama　愛されたければ愛しなさい

traicit et fati litora magnus amor　偉大な愛は運命の岸をも越える

vivamus, mea Lesbia, atque amemus　私たちは生きようじゃないか 私のレスビアよ そして愛し合おうじゃないか

【挨拶】

Dominus vobiscum　主があなたたちと共にあらんことを

et cum spiritu tuo　また主があなたの魂とともにあらんことを

pax vobis　平安汝らにあれ

vade in pace　安らかに行くべし

【悪徳】

nemo repente fuit turpissimus　突然にひどく邪悪な人間になる者は存在しない

quae fuerant vitia mores sunt　かつて悪徳であったものが習慣となっている

【家柄】

stemmata quid faciunt?　家系図が何の役に立つのか?

【怒り】

furor arma ministrat　怒りが武具を供給する

ira furor brevis est　怒りは短い狂気である

【意志】

hoc volo, sic jubeo　私がこれを望んでいるのだ 私がこう命じるのだ

in magnis et voluisse sat est　偉大なことにおいては欲したことで十分なのだ

stat [stet] pro ratione voluntas　意志が理性の代わりになる[なればよい]

【偉大】

o fama ingens, ingentior armis!　おお 名声において偉大な 武力においてはもっと偉大な者よ

【一期一会】

nunc aut nunquam　今だ さもなくばもう決してない

【嘘】

mendacem memorem esse oportet　嘘つきは記憶が良くなければならない

索　引

【裏切り】

et tu, Brute!　ブルータスよ おまえもか！

vendidit hic auro patriam　この男は金のために祖国を売った

【羨み】

optat ephippia bos piger, optat arare caballus　怠け者の牛は馬具を望み 馬は畑を鋤くことを望む

【噂】

fama clamosa　やかましい噂

fama crescit eundo　噂は進むにつれて増大する

fama nihil est celerius　噂より速いものは何もない

【運・運命】

centum doctum hominum consilia sola haec devincit dea Fortuna　百人の賢者の思慮もこの女神フォルトゥナ一人にかなわない

desine fata deum flecti sperare precando　神々の決めた運命が懇願によって変えられることを望むのはやめよ

dis aliter visum　神々には別様に思われた

ducunt volentem fata　運命は望む者を導く

dum fata sinunt, vivite laeti　運命が許す間は幸せに生きるがよい

fata obstant　運命が反対する

fata viam invenient　運命が道を見いだす

fortuna favet fatuis　運は愚か者たちを助ける

fortuna opes auferre potest, non animum　運の女神は富を奪い取ることはできるが精神を奪うことはできない

fortuna vitrea est; tum, cum splendet, frangitur　運はガラスでできている 輝いて見えるうちに壊れる

ille crucem sceleris pretium tulit, hic diadema　あの男は悪行の代価として十字架を この男は王冠を得た

optimum est pati quod emendare non possis　あなたがその誤りを正すことのできないことは耐えるのが最善である

passibus ambiguis Fortuna volubilis errat　移ろいやすい運の女神はふらふらした足でさまよう

sic erat in fatis　これは運命なのだ

venit summa dies et ineluctabile tempus　最後の日と避けることのできない時が来た

【演劇・劇作】

deus ex machina　機械仕掛けの神

incredulus odi　私は信じられず嫌悪する

nec deus intersit nisi dignus vindice nodus（inciderit）　神を介入させてはいけない 問題がそのような弁護人に相応しくない限りは

【援助】

bis dat qui cito dat　早く与える者は２度与える

inopi beneficium bis dat, qui dat celeriter　貧窮している者にた

だちに恩恵を与える者は二度与える

【臆病】

ante tubam trepidat　ラッパがなる前に震える

【お喋り】

studium immane loquendi　語ることの果てしない欲望

【お節介】

homo sum; humani nihil a me alienum puto　私は人間である 人間に関することは何一つ私と無関係であるとは思わない

【親子】

maxima debetur puero reverentia　子供には最大の敬意が払われるべし

【愚かさ】

ovem lupo committere　羊をオオカミに預ける

【恩恵】

et sceleratis sol oritur　極悪人たちにも太陽は昇る

【覚悟】

ad utrumque paratus　どちらに対しても覚悟はできている
alea jacta est　賽は投げられた
animis opibusque parati　精神と資力によって準備[覚悟]のできた人々
in omnia paratus　あらゆることに対して用意のできた
non tali auxilio　このような援助[加勢]は要らない

【学問・学芸】

Graecia capta ferum victorem cepit et artes intulit agresti Latio　征服されたギリシアが野蛮な勝利者を征服し 数々の学芸を粗野なラティウムにもたらした
vita hominis sine litteris mors est　学問[文学]のない人生は死である

【悲しみ】

de profundis　深き淵より
est quaedam flere voluptas　泣くことはある種の喜びなのだ
sunt lacrimae rerum　人の世の事柄には涙が流される

【金・金持ち】

mihi crede: non potes esse dives et felix　私を信じてくれ あなたは裕福でありかつ幸せであることはできない
quid faciant leges, ubi sola pecunia regnat?　法に何ができるだろうか 金だけが支配しているというのに
virtus post nummos　美徳は金の次

【神々】

dii majorum gentium　より偉大な種族の神々
di nos quasi pilas homines habent　神々は我々人間をまるでボールのように扱う

【感謝】

deus nobis haec otia fecit　神が私たちにこの平安を与えてくれたのです

omnem crede diem tibi diluxisse supremum　毎日があなたにとって最後の日の輝きであったと思いなさい

satis superque me benignitas tua ditavit　あなたの寛大さが十分かつあり余るほど私を豊かにした

【慣習】

consuetudo pro lege servatur　慣習は法律として遵守される

leges mori serviunt　法律は慣習に従う

【願望】

hoc erat in votis　これが私の願いだった

hoc volo, sic jubeo　私がこれを望んでいるのだ　私がこう命じるのだ

【危機・危険】

foenum habet in cornu　角に藁を付けている

graviora manent　さらに重大な危険が待っている

Hannibal ad portas　城門の前にハンニバル

incedis per ignis suppositos cineri doloso　お前は人の目を欺く灰の下に置かれた炎を伝って歩む

incidit in Scyllam qui vult vitare Charybdim　カリュブディスを避けようと欲する者はスキュラに出会う

latet anguis in herba　蛇が草の中に隠れている

【機知】

merum sal　純粋な塩

sal Atticum　アッティカの塩

【技能】

materiam superabat opus　細工が材料に優っていた

【気晴らし】

dulce est desipere in loco　しかるべき場で分別を失うことは喜びである

【希望】

dum spiro, spero　命あるかぎり希望あり

spes sibi quisque　誰もがそれぞれに希望を持っている

【逆効果】

aegrescit medendo　宥めることでますます荒れ狂う

【教育】

longum iter est per praecepta, breve et efficax per exempla　教説による道は長いが実例による道は短く効果がある

【驚愕】

vox faucibus haesit　声が喉に詰まる

【狂気】

naviget Anticyram　彼は船でアンティキュラに行くがよい

【恐怖】

ante tubam trepidat　ラッパがなる前に震える

degeneres animos timor arguit　恐れるということは卑しい心の証拠である

horresco referens　私は自ら語り

つつも身の毛がよだつ
post equitem sedet atra cura 黒い心配が騎兵の後ろに座っている

【教養】

emollit mores, nec sinit esse feros 性質を和らげ野蛮であることを許さない

homo doctus in se semper divitias habet 教養ある人はいつも自分自身の中に富を有している

【キリスト教・聖書】

abyssus abyssum invocat 深淵は深淵を呼ぶ

ad limina (apostolorum) （使徒たちの）戸口へ

advocatus diaboli 「悪魔の代弁者」

agnus Dei 神の小羊

ave Maria めでたしマリアよ

Christe eleison キリストよ憐れみたまえ

consummatum est 事終わりぬ

contemptus mundi 世に対する蔑み

Corpus Christi キリストの身体

date et dabitur vobis 与えよ さらば与えられん

de fide 信仰箇条として守るべき

Dei judicium 神盟裁判

de profundis 深き淵より

Deus absconditus 隠れたる神

Deus misereatur 神 憐れみたまわんことを

Deus nobiscum, quis contra 神もしわれらの味方ならば 誰かわれらに敵せんや

dies irae 怒りの日

Dominus illuminatio mea 主はわが光なり

Dominus vobiscum 主があなたたちと共にあらんことを

dona eis requiem 彼（女）らに安息を与えたまえ

dona nobis pacem われらに平安を与えたまえ

ecce agnus Dei 見よ 神の子羊

ecce homo 見よ この人なり

et cum spiritu tuo また主があなたの魂とともにあらんことを

ex cathedra 権威によって

ex fructu arbor agnoscitur 木はその実によって知られる

fiat lux 光あれ

Gloria in Excelsis (Deo) いと高きところには栄光（神にあれ）

Iesus [Jesus] Nazarenus Rex Iudaeorum [Judaeorum] ユダヤ人の王ナザレのイエス

in Christi nomine キリストの名において

in manus tuas commendo spiritum meum わが霊を御手にゆだねん

in nomine Patris et Filii et Spiritus Sancti 父と子と聖霊の御名によりて

in te, Domine, speravi 主よわれ汝によりたのむ

ite, missa est 行きなさい ミサは終わりました

Joannes est nomen ejus 彼の名はヨハネ

jubilate Deo 神に向かいて喜ばしき声をあげよ

Kyrie eleison 主よ憐れみたまえ

locus poenitentiae 悔悛[回復]の機会

lux in tenebris 光は暗闇に輝く

lux mundi われは世の光なり

magna est veritas, et praevalebit 真理は偉大であり勝つであろう

margaritas ante porcos 豚に真珠
mea culpa わが過失により
medice, cura teipsum 医者よあなた自身を治療しなさい
nihil sub sole novi 日の下に新しきものなし
nisi Dominus, frustra 主にあらずば徒労なり
noli me tangere われに触れるなかれ
nunc dimittis 今こそ行かせ給うなれ
omnia munda mundis 清い人にはすべてが清い
ora pro nobis われらのために祈りたまえ
Pater Noster われらの父よ
pax huic domui この家に平和があるように
pax vobis 平安汝らにあれ
pecca fortiter 大胆に罪を犯せ
porro unum est necessarium さればなくてならぬものはただ一つのみ
quis separabit? 誰がわれらを引き離すだろうか？
qui stat, caveat ne cadat 立っている者は倒れないように気をつけるがよい
quod scripsi, scripsi わが記したることは記したるままに
quo vadis, (Domine)? (主よ)汝いずこへ行きたもうか
radix malorum est cupiditas 貪欲は諸悪の根源なり
Servus Servorum Dei 神の僕の僕
sic transit gloria mundi こうしてこの世の栄光は過ぎゆく
vade in pace 安らかに行くべし
vade retro me, satana サタンよわが後に退け
vanitas vanitatum, et omnia vanitas 空の空 すべては空なり
veritas vos liberabit 真理は汝らに自由を得さすべし
Via Dolorosa 悲しみの道
vox clamantis in deserto 荒野に呼ばわる者の声

【金字塔】

exegi monumentum aere perennius 私は青銅よりも永続的な記念碑を完成させた

【勤勉】

fervet opus 仕事が熱を発する
industriae nil impossibile 勤勉にとっては何事も不可能ではない
limae labor et mora ヤスリの労苦と時間
nulla dies sine linea 一本の線も引かない日は一日もない

【苦境】

a fronte praecipitium, a tergo lupi 前方に断崖絶壁 背後に狼たち
auribus teneo lupum 私は狼の両耳をつかんでいる

【苦難】

ad astra per aspera 苦難を経て栄光へ
bella! horrida bella! 戦争！恐るべき戦争！
forsan et haec olim meminisse juvabit これらもまたいつか思い出すことがおそらく喜びとなるだろう
Ilias malorum 諸々の禍いのイーリアス

jucundi acti labores 過ぎ去った苦労は快いものだ
per ardua ad astra 艱難を経て星へ
tantae molis erat Romanam condere gentem ローマの一族を打ち立てることはこれほどの苦難を伴うことだったのだ

【経験】

experientia docet stultos 経験は愚か者をさえ教える
experto credite [crede] 経験を有する者を信じなさい
expertus metuit 経験を有する者は恐れる
magna est vis consuetudinis 習慣の力は大きい

【警告】

inter caesa et porrecta 犠牲と奉納の間に
latet anguis in herba 蛇が草の中に隠れている

【芸術】

ars gratia artis 芸術のための芸術
honos alit artes 名誉が芸術を養う

【軽蔑】

Acherontis pabulum アケロンの餌
ecce iterum Crispinus 見よまたしてもクリスピーヌスだ
graeculus esuriens, in caelum jusseris, ibit 飢えたそのギリシア人はお前が命じるならば天にも上るだろう
panem et circenses パンと戦車競技を

【激励】

dabit deus his quoque finem 神はこれらにも終わりを与えてくれる
forsan et haec olim meminisse juvabit これらもまたいつか思い出すことがおそらく喜びとなるだろう
ne cede malis, sed contra audentior ito 禍いに屈するな むしろよりいっそう勇敢に進め
nil desperandum 絶望すべきことは何もない
nunc vino pellite curas 今は酒によって苦悩を追い払え
per varios casus, per tot discrimina rerum 様々な災難を経てこれほど多くの危難を経て
sapere aude 知ることに勇気を持て
una salus victis nullam sperare salutem 敗北した者にとって唯一の救いとはいかなる救いも求めないことだ

【決意】

flectere si nequeo superos, Acheronta movebo もし私に天の神々の心を変えられないならば私はアケロンを動かそう

【決断】

alea jacta est 賽は投げられた

【潔白】

conscia mens recti famae mendacia risit 自分の正しさを自覚している心は噂の虚偽を笑った

【結末】

finem lauda 結末を賞賛せよ

finis coronat opus　結末が作品に冠を与える

【権威】

ipse dixit　彼自身が言った

【限界】

non omnia possumus omnes　私たちは皆すべてのことができるわけではない

【健康】

non est vivere sed valere vita est　人生はただ生きるだけではなく元気であることなのだ

【賢者】

altissima quaeque flumina minimo sono labi　最も深い川はすべて最も小さな音を立てて流れる

dictum sapienti sat est　賢者には一言で十分である

omnia prius experiri quam armis sapientem decet　武器に訴えるより前にあらゆる手段を尽くすことが賢者にはふさわしい

【健全】

mens sana in corpore sano　健全なる身体に健全なる精神

【謙遜】

Davus sum, non Oedipus　私はダーウスだ　オイディプスではない

【限度】

servare modum　限度[節度]を守ること

【剣闘士】

morituri te salutamus　我ら死なんとする者たちがあなたに挨拶する

pollice verso　親指を下に向けて

【幸運】

audentes fortuna juvat　運の女神は勇敢な者たちの味方をする

fortes fortuna adjuvat　運の女神は勇敢な者たちを助ける

non cuivis homini contingit adire Corinthum　コリントスを訪れる機会は誰にでも与えられるものではない

secundas fortunas decent superbiae　幸運には傲慢が相応しい

【後悔】

diem perdidi　私は一日を失った

o mihi praeteritos referat si Juppiter annos　ああ　ユピテルが私に過ぎ去った年月を取り戻してくれたら!

【好機】

mollissima fandi tempora　話すべき最も好都合な時

occasionem cognosce　好機を知れ

【高潔】

ab honesto virum bonum nihil deterret　何事も善き人を高潔な行いから遠ざけはしない

integer vitae, scelerisque purus　人生において完全で悪事に汚されていない人

【公正】

sine ira et studio　憎悪と贔屓な

して

【幸福】

beatus ille qui procul negotiis… paterna rura bobus exercet suis 仕事から離れ父祖伝来の田園を自分の牛によって耕す者は幸せだ

nunquam est ille miser, cui facile est mori 容易に死ねる人は決して不幸ではない

o fortunatos nimium, sua si bona norint, agricolas 彼らが自己の良いものを知るならば おお幸せすぎる農夫たちよ

【国家】

est res publica res populi 国家とは国民のものである

【孤独】

magna civitas, magna solitudo 大きな都 大きな孤独

nunquam minus solus quam cum solus 独りでいる時よりも孤独ならざる時はない

【言葉遊び】

amantes amentes 愛する者たちは正気ではない

homo trium litterarum 三文字の人

【好み】

de gustibus non est disputandum 好みについて論争すべきではない

【困窮】

e flamma cibum petere 炎の中から食物を求める

malesuada Fames 悪事へ誘う飢餓

multa docet fames 飢えは多くのことを教える

【困難】

hoc opus, hic labor est これこそが仕事 これこそが仕事である

imponere Pelio Ossam ペリオン山の上にオッサ山を置く

nitor in adversum 私は逆らって進む

【最後の言葉】

esto perpetua 永遠なれかし

et tu, Brute! ブルータスよ おまえもか!

o sancta simplicitas! おお聖なる単純よ!

puto deus fio 私は神になるのだな

qualis artifex pereo 何という芸術家として私は死ぬことか!

【災難】

annus horribilis ひどい年

Ilias malorum 諸々の禍いのイーリアス

【才能】

orator fit, poeta nascitur 弁論家は作られ詩人は生まれる

【酒】

fecundi calices quem non fecere disertum? 溢れる杯が雄弁にしなかった人があっただろうか?

in vino veritas ワインの中に真実がある

nihil aliud est ebrietas quam voluntaria insania 酩酊とは自

発的な狂気に他ならない

【死】

eheu! fugaces labuntur anni ああ 年月は逃れ流れ去る

et in Arcadia ego アルカディアにも私はいる

immortalia ne speres お前が不死を望まないよう

memento mori 死ぬということを心に留めよ

mortui non mordent 死んだ者たちは噛みつかない

naturae debitum reddiderunt 彼らは自然に負債を返済した

nil igitur mors est ad nos neque pertinet hilum それゆえ死は私たちにとって無であり何の関係もないものである

omnes una manet nox ただ一つの夜がすべての人々を待っている

pallida mors aequo pulsat pede pauperum tabernas regumque turres 青白い死は等しい足で貧乏人の小屋と王の宮殿の戸をたたく

pulvis et umbra sumus 私たちは塵と影である

quis scit an adiciant hodiernae crastina summae tempora di superi? 天の神々が今日の総額に明日の時間を加えてくれるかどうかを誰が知るでしょう？

sunt aliquid Manes: letum non omnia finit 死者の霊魂は存在する 死によってすべてが終わるのではない

【詩】

deciens repetita placebit 10回繰り返しても喜びを与える

disjecti membra poetae 引きちぎられた詩人の手足

ut pictura poesis 詩は絵のようなものである

【時間稼ぎ】

interim fit aliquid その間に何かが起こるだろう

【詩作】

aut prodesse volunt aut delectare poetae 詩人たちが望むのは役に立つことかあるいは楽しませることか

brevis esse laboro, obscurus fio 簡潔であろうと努力して曖昧になる

callida junctura 言葉の巧妙な結合

desinit in piscem mulier formosa superne 上半身は美しい女性が魚に終わる

invita Minerva ミネルヴァの意にそぐわないならば

lucidus ordo 明快な配列

nescit vox missa reverti 放たれた言葉は戻ることができない

nonumque prematur in annum 9年目までしまっておくべきだ

omne tulit punctum qui miscuit utile dulci 有益を快楽に混ぜる者が全票を獲得する

purpureus pannus 紫の布切れ

vos exemplaria Graeca nocturna versate manu, versate diurna あなたがたはギリシアの模範を夜も手に取って学びなさい 昼も手に取って学びなさい

【事実】

res ipsa loquitur 事実そのものが語る

【詩人】

genus irritabile vatum 詩人たちの気難しい種族

orator fit, poeta nascitur 弁論家は作られ詩人は生まれる

【自然】

concordia discors 不調和の調和

natura abhorret a vacuo 自然は真空を嫌う

naturam expellas [expelles] furca, tamen usque recurret たとえあなたが熊手で自然を追い払っても自然は絶えず戻って来る

natura non facit saltum [saltus] 自然は飛躍しない

【実行】

facta non verba 行動にして言葉にあらず

【指導者】

stemmata quid faciunt? 家系図が何の役に立つのか?

【支配(者)】

iniqua numquam regna perpetuo manent 不正な王権が永遠に続くことは決してない

parcere subjectis et debellare superbos 征服された者たちを許し傲慢な者たちを打ち負かす

【自由】

nullius addictus jurare in verba magistri いかなる教師にも忠誠を誓うよう義務づけられてはいない

populi Romani est propria libertas 自由はローマ国民に固有のものである

veritas vos liberabit 真理は汝らに自由を得さすべし

【習慣】

abeunt studia in mores 勉学[熱意]が習性に変わる

magna est vis consuetudinis 習慣の力は大きい

nil consuetudine majus 習慣ほど偉大なものは何もない

quae fuerant vitia mores sunt かつて悪徳であったものが習慣となっている

usus [consuetudo] est altera natura 習慣[慣習]は第2の自然である

usus est tyrannus 習慣は独裁者である

【宗教】

tantum religio potuit suadere malorum 宗教にはこれほどの悪事を行わせる力があったのだ

【重大局面】

res in cardine est 事が蝶番にある

【祝杯】

nunc est bibendum 今こそ飲むべきだ

recepto dulce mihi furere est amico 友人が戻ったらばか騒ぎするのが私には楽しみだ

【賞賛】

heu pietas! heu prisca fides! ああ敬虔な心よ ああ昔の信義よ

homo antiqua virtute et fide 昔ながらの美徳と忠誠心を持った男よ

o fama ingens, ingentior armis! おお 名声において偉大な 武力においてはもっと偉大な者よ

sic itur ad astra こうして人は星々に到る

【精進】

limae labor et mora ヤスリの労苦と時間

nulla dies sine linea 一本の線も引かない日は一日もない

【商売】

lucri bonus est odor ex re qualibet 利益の香りはいかなる商品によるものであれ良いものだ

【勝利】

bis vincit, qui se vincit in victoria 勝利において自己に勝利する者は２度勝利する

in hoc signo vinces この印によりて汝勝利すべし

veni, vidi, vici 来た 見た 勝った

【叙事詩】

arma virumque cano 私は戦いと勇者を歌う

【女性】

aut amat aut odit mulier, nihil est tertium 女は愛するか憎むかのいずれかであり第３の選択はない

varium et mutabile semper femina 女は常に移り気で変わりやすいものだ

【処世術】

bene qui latuit bene vixit よく隠れる者はよく生きる

【知ること】

nosce te ipsum 汝自身を知れ

scientia est potentia 知識は力なり

【試練】

ignis aurum probat, miseria fortes viros 火は黄金を試し 苦難が勇者を試す

【信仰】

credo quia absurdum (est) 不合理であるがゆえに私は信じる

credo ut intelligam 私は知るために信じる

【真実】

ab imo pectore 胸の奥から

in vino veritas ワインの中に真実がある

veritas nunquam perit 真実は決して滅びない

veritas odium parit 真実は嫌悪を生む

veritatis simplex oratio est 真実を語る言葉は単純である

【信じること】

fide, sed cui vide 信ぜよ ただし誰を信ずるか注意せよ

possunt quia posse videntur できると思うがゆえにできる

【人生】

ars longa, vita brevis 技術は長く 人生は短い

dum vivimus, vivamus 生きている間生きようではないか

nemo ante mortem beatus 誰も死ぬ前は幸せではない

non est vivere sed valere vita est

人生はただ生きるだけではなく元気であることなのだ
vita hominis sine litteris mors est　学問[文学]のない人生は死である
vita, si scias uti, longa est　人生は使い方を知っていれば長い

【慎重】

festina lente　ゆっくり急げ
finem respice　結末を考慮せよ
nescit vox missa reverti　放たれた言葉は戻ることができない
nonumque prematur in annum　9年目までしまっておくべきだ
nulla umquam de morte hominis cunctatio longa est　人の死に関してはいかなる延期も決して長過ぎることはない
omnia prius experiri quam armis sapientem decet　武器に訴えるより前にあらゆる手段を尽くすことが賢者にはふさわしい

【心配】

post equitem sedet atra cura　黒い心配が騎兵の後ろに座っている

【人命救助】

lateat scintillula forsan　もしかしたら小さな生命の光が隠れているかもしれない

【真理】

magna est veritas, et praevalebit　真理は偉大であり勝つであろう
veritas vos liberabit　真理は汝らに自由を得さすべし

【性悪説】

bellum omnium contra omnes　万人の万人に対する戦い
homo homini lupus　人間は人間にとってオオカミ
nihil agendo homines male agere discunt　何もしないことによって人間は悪事をなすことを学ぶ

【正義】

fiat justitia et ruant coeli　正義がなされよ　天は落ちるがよい
justitia omnibus　すべての人に正義を
justum et tenacem propositi virum　正しくかつ不屈の意志の人を

【精神】

mens agitat molem　精神は物質の塊を動かす

【正当防衛】

inter arma silent leges　法律は武器の中にあっては沈黙する

【清貧】

nec habeo, nec careo, nec curo　私は持たない　私は欲しがらない　私は心配しない

【責任】

honos habet onus　名誉は重荷を背負う

【絶望】

de profundis　深き淵より

【先駆者】

vox clamantis in deserto　荒野に呼ばわる者の声

索 引

【前途有望】

magnae spes altera Romae 偉大なローマの第二の希望

【善人】

ab honesto virum bonum nihil deterret 何事も善き人を高潔な行いから遠ざけはしない
bonus homo semper tiro 善い人はいつでも未熟者なのだ

【洗練】

ad unguem factus homo 爪に合わせて作られた人間

【祖国愛】

dulce et decorum est pro patria mori 祖国のために死ぬことは喜ばしく美しい
nemo patriam quia magna est amat, sed quia sua 誰でも祖国を愛するのはそれが偉大だからではなくそれが自分の国だからである
non sibi, sed patriae 自分のためではなく祖国のために
vincet amor patriae 祖国への愛が勝利するであろう

【備え】

numquam imperator ita paci credit, ut non se praeparet bello 将軍が戦争の準備をしないほどに平和を信用するということは決してない
semper paratus 常に準備ができている

【損得】

aureo hamo piscari 金の釣り針で魚を釣る
pecuniam in loco neglegere maximum interdum est lucrum 然るべき時に金のことを考えないことが時には最大の利益となる

【旅】

caelum non animum mutant qui trans mare currunt 海を越えて行く者たちは心ではなく空を変える

【知恵】

virtus est vitium fugere et sapientia prima stultitia caruisse 美徳とは何よりまず過ちを避けること 知恵とは何よりまず愚行を欠いていることである

【中庸】

aurea mediocritas 黄金の中庸
est modus in rebus 物事には適度というものがある
in medio tutissimus ibis お前は中間を行くのが最も安全だ
virtus consistit in medio 徳は中庸にある

【中立】

fata viam invenient 運命が道を見いだす
omnibus idem 万人に公平な

【沈黙】

cum tacent, clamant 彼らは黙っているが叫んでいるのだ
tacent: satis laudant 彼らは黙っているがこれは賞賛しているということなのだ

【追悼】

ave atque vale さらばそしてさ

ようなら
multis ille bonis flebilis occidit 彼は多くのよき人々に嘆かれて死んだ

【貞淑・貞節】

agnosco veteris vestigia flammae 私は昔の炎の痕跡を認めます
casta est quam nemo rogavit 貞淑な女とは誰も求めなかった女のことだ

【敵】

occultae inimicitiae magis timendae sunt quam apertae 隠された敵意は公然たる敵意よりいっそう恐れられるべきである

【適度】

ne nimium 過ぎることなかれ
ne quid nimis 何事も度を過ごさぬように

【天才】

nullum magnum ingenium sine mixtura dementiae fuit 偉大な天才で狂気を含まないものはなかった

【同情】

miseris succurrere disco 私は不幸な人々を救うことを学んでおります
o miseras hominum mentes, o pectora caeca! おお 人間たちの惨めな精神 おお 盲目の心

【時】

dum loquor hora fugit 私が話している間にも時間は逃げ去る
eheu! fugaces labuntur anni ああ 年月は逃れ流れ去る
fugit hora 時は逃げる
fugit irreparabile tempus 時間は逃げる 取り戻すことはできない
omnia aliena sunt; tempus tantum nostrum est すべては他人のもの 私たち自身のものは時間だけである
tempus edax rerum 万物を食べつくす時間よ
truditur dies die, novaeque pergunt interire lunae 日は日に追われ新月は次々と消滅する

【読書】

multum legendum esse non multa 沢山ではなく十分に読むべきである

【努力】

olet lucerna ランプの匂いがする

【貪欲】

alieni appetens, sui profusus 他人のものを欲しがり自分のものを浪費する
amor sceleratus habendi 罪深い所有欲
auri sacra fames 忌まわしい黄金への渇望よ
crescit amor nummi quantum ipsa pecunia crescit 金銭に対する愛は金銭そのものが増えるだけ増大する
magnas inter opes inops 大きな富の中にあっても欠乏している
omne ignotum pro magnifico 未知なものはすべて偉大なものと見なされる

radix malorum est cupiditas 貪欲は諸悪の根源なり

【慰め】

sic erat in fatis これは運命なのだ

【嘆き】

o tempora! o mores! おお 何という時代よ おお 何という習わしよ！

video meliora proboque, deteriora sequor 私はより良いものが分かりそれを良しとする しかしより悪いものに従う

【納得】

hinc illae lacrimae これがあの涙の原因だ

【難問】

pons asinorum 「ろばの橋」

【憎しみ】

non amo te, Sabidi, nec possum dicere quare サビディウスよ 私はお前が嫌いだ しかしどうしてか言えない

proprium humani ingenii est odisse quem laeseris 一度傷つけた人間を憎むということは人間の習性である

【人間】

bellum omnium contra omnes 万人の万人に対する戦い

hominis est errare 誤りを犯すことは人間の性質である

homo est sociale animal 人間は社会的な動物である

homo homini lupus 人間は人間にとってオオカミ

humanum est errare 過ちを犯すことは人間的なことである

immedicabile vulnus 治療することのできない傷

nihil agendo homines male agere discunt 何もしないことによって人間は悪事をなすことを学ぶ

proprium humani ingenii est odisse quem laeseris 一度傷つけた人間を憎むということは人間の習性である

【忍耐】

optimum est pati quod emendare non possis あなたがその誤りを正すことのできないことは耐えるのが最善である

perfer, obdura 耐えるのだ 持ちこたえるのだ

【敗北】

redde legiones! 私の軍団を返せ！

【恥】

deprendi miserum est 捕まることは悲惨である

【美】

inopem me copia fecit 豊富が私を貧困にした

【美徳】

ipsa quidem pretium virtus sibi 徳はそれそのものが自らへの報償である

mea virtute me involvo 私は私の徳性で私自身を包む

vilius argentum est auro, virtutibus aurum 銀は金より 金は美徳より値段が安い

virtus est vitium fugere et sapientia prima stultitia caruisse 美徳とは何よりまず過ちを避けること 知恵とは何よりまず愚行を欠いていることである

【評判】

capax imperii nisi imperasset 皇帝として支配しなかったならば皇帝として支配することのできる者

crescit eundo 進むにつれて増大する

【貧乏】

cantabit vacuus coram latrone viator 何も持たない旅人は盗賊の目の前で歌うだろう

nescio quo modo bonae mentis soror est paupertas どうしたことか良心の姉妹は貧乏なのだ

pauper ubique jacet 貧乏人は至る所で貶められている

【諷刺（詩）】

facit indignatio versum [versus] 怒りが詩を作る

quicquid agunt homines, nostri est farrago libelli 人々のなすことは何であれ私の本の餌（題材）となる

ridendo dicere verum 笑いによって真実を語ること

solventur risu tabulae 訴訟は笑いによって幕を閉じる

【不休】

nec mora, nec requies 休止も休息もない

【復讐】

exoriare aliquis nostris ex ossibus ultor 私の骨から誰か復讐者が 立ち上がれ

inhumanum verbum est ultio 復讐は非人間的な言葉である

injuriarum remedium est oblivio 損害の療法は忘却である

【不屈】

justum et tenacem propositi virum 正しくかつ不屈の意志の人を

【不合理】

ab asino lanam ロバから羊毛を求める

【不死】

non omnis moriar 私の全部は死なないだろう

【平常心】

aequam memento rebus in arduis servare mentem 困難な状況の中で心を平静に保つことを忘れるな

nil admirari 何事にも驚かないこと

【平和】

candida Pax 白い[白衣の]平和

【忘却】

cui placet obliviscitur, cui dolet meminit 嬉しい思いをした人は忘れ 苦しい思いをした人は忘れない

injuriarum remedium est oblivio 損害の療法は忘却である

【誇り】

exegi monumentum aere perennius 私は青銅よりも永続的な

記念碑を完成させた
non omnis moriar 私の全部は死なないだろう
urbem latericiam invenit [accepit], marmoream reliquit レンガの都を見いだし[引き継ぎ]大理石の都を後に残した

【墓碑銘】

aetatis suae 彼(女)が…歳の時に
beatae memoriae 祝福された思い出の…
hic jacet …ここに眠る
hic jacet sepultus …ここに葬られ眠る
hic requiescit in pace …ここに安らかに眠る
hic sepultus …ここに葬られたり
in memoriam …を記念して
requiescat in pace 死者が安らかに憩わんことを
siste, viator 立ち止まれ旅人よ
sit tibi terra levis 汝の上に土の軽からんことを
sta, viator, heroem calcas 止まれ旅人よ お前は英雄のなきがらを踏んでいる

【本の虫】

helluo librorum 本をむさぼり食う者

【本分】

ne sutor supra crepidam judicaret 靴屋は靴型を超えて判断するな

【学ぶこと】

docendo discimus 私たちは教えることによって学ぶ
fas est et ab hoste doceri 敵から教えられるということも正しいことだ
non scholae sed vitae discimus 私たちは学校のためではなく人生のために学ぶ
quia homines amplius oculis quam auribus credunt なぜなら人は自分の耳で聞いたことより眼で見たことをずっとよく信じるのだから

【見かけ倒し】

barbae tenus sapientes あご髭までは賢者
vox et praeterea nihil 声はあるがその他に何もない

【民衆】

belua multorum capitum 多くの頭を持つ怪物
populus est novarum rerum cupiens pavidusque 民衆は政変を望みつつ恐れている

【無常】

immortalia ne speres お前が不死を望まないよう
omnia mutantur, nos et mutamur in illis 万物は変化する われわれもまたそれらの中で変化する
tempora mutantur, nos et mutamur in illis 時は変化する われわれもまたそれらの中で変化する

【無駄】

Alcino poma dare アルキーヌスに果物を与える
asinus ad lyram 竪琴にロバ
crocum in Ciliciam ferre キリ

キアにサフランを運ぶ
in scirpo nodum quaeris お前は葦の茎に節を探している
margaritas ante porcos 豚に真珠
nisi Dominus, frustra 主にあらずば徒労なり
noctuas Athenas ferre アテネにフクロウを運ぶ
quis custodiet ipsos custodes? 誰が監視役自身を監視するだろうか?
sus Minervam 豚がミネルウァに教える
telum imbelle sine ictu 弱々しく命中しない槍

【無駄遣い】

quod non opus est, asse carum est 不要なものは1アスでも高い

【名言】

alea jacta est 賽は投げられた
carpe diem 一日を摘み取れ
festina lente ゆっくり急げ
veni, vidi, vici 来た 見た 勝った

【名声】

crescit eundo 進むにつれて増大する
homo doctus in se semper divitias habet 教養ある人はいつも自分自身の中に富を有している

【名誉】

ad astra per aspera 苦難を経て栄光へ
epulis accumbere divum 神々の饗宴に横たわる
per ardua ad astra 艱難を経て星へ
sic itur ad astra こうして人は星々に到る

【盲信】

ipse dixit 彼自身が言った

【模範】

vos exemplaria Graeca nocturna versate manu, versate diurna あなたがたはギリシアの模範を夜も手に取って学びなさい,昼も手に取って学びなさい

【約束】

pacta sunt servanda 協定は維持されなければならない

【野心】

naviget Anticyram 彼は船でアンティキュラに行くがよい

【勇敢・勇気】

audentes fortuna juvat 運の女神は勇敢な者たちの味方をする
dulce et decorum est pro patria mori 祖国のために死ぬことは喜ばしく美しい
fortes fortuna adjuvat 運の女神は勇敢な者たちを助ける

【友情・友人】

alter idem もう一人の自己
amicus certus in re incerta cernitur 確かな友は不確かな状況の中で見分けられる
amicus usque ad aras 祭壇までの友人
donec eris felix, multos numerabis amicos 幸福である間あなたは多くの友人を数えることでしょう

felicitas multos habet amicos 繁栄は多くの友人を持つ
fidus Achates 忠実なアカーテス
fortunati ambo! 幸せな二人よ！
idem velle atque idem nolle 同じことを望み そして望まないことも同じ
si vis amari ama 愛されたければ愛しなさい

【雄弁】

fecundi calices quem non fecere disertum? 溢れる杯が雄弁にしなかった人があっただろうか？

【悠々自適】

otium cum dignitate 威厳ある余暇

【夭折】

quem di diligunt adolescens moritur 神々に愛される者は若死にする

【欲望】

ignoti nulla cupido 知られないものに対してはいかなる欲望も生じない
nil mortalibus ardui est 人間たちにとって困難なものは何もない
nitimur in vetitum semper cupimusque negata 私たちは常に禁じられたものを求め拒まれたものを欲する
trahit sua quemque voluptas 各々の快楽が各々を導く

【予言】

bella! horrida bella! 戦争！ 恐るべき戦争！

【良心】

mens sibi conscia recti 正しいことを自覚する心
nescio quo modo bonae mentis soror est paupertas どうしたことか良心の姉妹は貧乏なのだ

【良心の呵責】

multos fortuna liberat poena, metu neminem 幸運は多くの人を罰から解放するが誰一人恐怖からは解放しない

【冷笑】

o sancta simplicitas! おお聖なる単純よ！

【隷属】

miseram servitutem falso pacem vocatis みじめな隷属状態をお前たちは間違って平和と呼んでいる

【恋愛】

amantes amentes 愛する者たちは正気ではない
militat omnis amans 恋する者は誰でも兵士である
odi et amo 私は憎みかつ愛する
omnia vincit amor, et nos cedamus amori アモル（愛の神）はすべてを打ち負かす 私たちもアモルに従おう
parce, precor, precor 許してくれ お願いだお願いだ
quis fallere possit amantem? 誰が恋する者を欺けるだろうか？
semel insanivimus omnes 私たちは誰でも一度は気が狂ったことがある

tacitum vivit sub pectore vulnus 胸の奥底で傷は静かに生きている

tristis eris si solus eris 独りでいると悲しくなる

【恋愛術】

aut non tentaris aut perfice やらないでおくか やるなら最後までやり抜け

【労働】

labor omnia vincit 労働はすべてを征服する

【老年】

bis pueri senes 年寄りは2度目の子供である

laudator temporis acti 過ぎ去った過去の賞賛者

senectus ipsa est morbus 老年それ自体が病気だ

【ローマの平和】

miseram servitutem falso pacem vocatis みじめな隷属状態をお前たちは間違って平和と呼んでいる

solitudinem faciunt, pacem appellant 彼らは荒涼たる状態を作りこれを平和と呼ぶ

【若さ】

consule Planco プランクスが執政官の年に

諺・慣用句

【悪事千里を走る】

fama crescit eundo 噂は進むにつれて増大する

【悪銭身につかず】

male parta, male dilabuntur 不正に獲得されたものは不正に失われる

【明日の百より今日の五十】

ad praesens ova cras pullis sunt meliora 明日のひよこより今現在の卵が優れている

bis dat qui cito dat 早く与える者は2度与える

【頭から爪先まで】

a capite ad calcem 頭からかかとまで

【羹に懲りて膾を吹く】

expertus metuit 経験を有する者は恐れる

【危ない橋を渡る】

incedis per ignis suppositos cineri doloso お前は人の目を欺く灰の下に置かれた炎を伝って歩む

【雨垂れ石をも穿(うが)つ】

gutta cavat lapidem, non vi, sed saepe cadendo 力によってではなく頻繁に落ちることによって水滴が石に穴をあける

【雨降って地固まる】

amantium irae amoris integratio [redintegratio] est 恋人の喧嘩は恋の復旧である

【急がば回れ】

festina lente ゆっくり急げ

索　引

【痛し痒し】
auribus teneo lupum　私は狼の両耳をつかんでいる

【一難去ってまた一難】
incidit in Scyllam qui vult vitare Charybdim　カリュブディスを避けようと欲する者はスキュラに出会う

【一を聞いて十を知る[知れ]】
ab [ex] uno disce omnes　一からすべてを学べ
dictum sapienti sat est　賢者には一言で十分である

【一石二鳥】
uno saltu duos apros capere　一つの森で二頭のイノシシを捕まえる

【一斑を見て全豹をトす】
ex pede Herculem　足からヘラクレスを知る
ex ungue leonem（aestimare）　爪からライオンを（見積もること）

【犬に論語】
asinus ad lyram　竪琴にロバ

【烏合の衆】
mobile vulgus　移り気な群衆

【氏より育ち】
stemmata quid faciunt?　家系図が何の役に立つのか?

【噂をすれば影】
lupus in fabula　お話の中の狼

【運命のいたずら】
di nos quasi pilas homines habent　神々は我々人間をまるでボールのように扱う

【同じ穴の狢】
Arcades ambo　二人ともアルカディア人

【女心と秋の空】
varium et mutabile semper femina　女は常に移り気で変わりやすいものだ

【飼い犬に手を噛まれる】
tu viperam sub ala nutricas　お前は腋の下に毒蛇を養っている

【勝って兜の緒を締めよ】
bis vincit, qui se vincit in victoria　勝利において自己に勝利する者は2度勝利する

【金の切れ目が縁の切れ目】
donec eris felix, multos numerabis amicos　幸福である間あなたは多くの友人を数えることでしょう

【来た　見た　勝った】
veni, vidi, vici

【木に縁りて魚を求む】
ab asino lanam　ロバから羊毛を求める
in scirpo nodum quaeris　お前は葦の茎に節を探している

【窮すれば通ず】
multa docet fames　飢えは多くのことを教える

【口は禍のもと】
veritas odium parit 真実は嫌悪を生む

【健全なる肉体に健全なる精神】
mens sana in corpore sano

【恋は曲者】
video meliora proboque, deteriora sequor 私はより良いものが分かりそれを良しとする しかしより悪いものに従う

【恋は盲目】
amantes amentes 愛する者たちは正気ではない
amare et sapere vix deo conceditur 恋をしておりかつ分別があるということは神によってほとんど許されていない

【光陰矢の如し】
fugit irreparabile tempus 時間は逃げる 取り戻すことはできない

【弘法も筆の誤り】
aliquando bonus dormitat Homerus 立派なホメロスも時には居眠りをする

【骨肉相食(は)む】
acerrima proximorum odia 近親者たち同士の憎悪は熾烈を極める

【この親にしてこの子あり】
patris est filius 彼は彼の父親の息子
qualis rex, talis grex この王にしてこの群衆あり

【転がる石にコケは生えぬ】
musco lapis volutus haud obducitur

【賽(さい)は投げられた】
alea jacta est

【先んずれば人を制す】
prior tempore, prior jure 時間において先なる者が権利において先なる者である

【去る者は日々に疎し】
absens haeres non erit 不在者が相続人となることはない

【触らぬ神に祟りなし】
quieta non movere 平穏を乱さないこと

【自画自賛】
suum cuique pulchrum est 各人にとっては自分のものが美しい

【地獄の沙汰も金次第】
quid faciant leges, ubi sola pecunia regnat? 法に何ができるだろうか 金だけが支配しているというのに

【死者にむち打つな】
de mortuis nil nisi bonum 死んだ者たちについて良いこと以外は何も語るべきではない

【釈迦に説法】
sus Minervam 豚がミネルヴァに教える

【十人十色】
quot homines, tot sententiae 人

間の数だけ考えがある
suus cuique mos 人にはそれぞれの習慣がある

【正直者は馬鹿を見る】

probitas laudatur et alget 正直は賞賛されるが凍えている

【小人閑居して不善をなす】

nihil agendo homines male agere discunt 何もしないことによって人間は悪事をなすことを学ぶ

【少年老い易く学成り難し】

ars longa, vita brevis 技術は長く人生は短い

【背に腹は代えられぬ】

necessitas non habet legem 必要[緊急]は法を持たぬ

【前門の虎 後門の狼】

a fronte praecipitium, a tergo lupi 前方に断崖絶壁 背後に狼たち

incidit in Scyllam qui vult vitare Charybdim カリュブディスを避けようと欲する者はスキュラに出会う

【損して得取れ】

pecuniam in loco neglegere maximum interdum est lucrum 然るべき時に金のことを考えないことが時には最大の利益となる

【大山鳴動して鼠一匹】

parturiunt [parturient] montes, nascetur ridiculus mus 山々が産気づいている 生まれるのは滑稽な鼠一匹

【鷹は飢えても穂を摘まず】

ab honesto virum bonum nihil deterret 何事も善き人を高潔な行いから遠ざけはしない

aquila non capit muscas 鷲は蝿を捕まえない

【多芸は無芸】

nusquam est qui ubique est あらゆるところにいる人はどこにもいない人である

【他山の石】

vestigia terrent, omnia te adversum spectantia, nulla retrorsum 足跡はすべてお前の方を向いており逆向きの足跡は一つもないことが恐れさせる

【叩かれた夜は寝やすい】

accipere quam facere injuriam praestat 非道な行いはなすより受ける方が良い

【ただより高いものはない】

beneficium accipere libertatem est vendere 恩恵を受け取ることとはすなわち自由を売ることである

【蓼食う虫も好きずき】

de gustibus non est disputandum 好みについて論争すべきではない

【治にいて乱を忘れず】

numquam imperator ita paci credit, ut non se praeparet bello 将軍が戦争の準備をしないほどに平和を信用するということは

諺・慣用句

決してない

【月夜に提灯】
Alcino poma dare アルキーヌスに果物を与える
crocum in Ciliciam ferre キリキアにサフランを運ぶ
noctuas Athenas ferre アテネにフクロウを運ぶ

【つるかめつるかめ】
absit omen! これが前兆とならないように！

【鉄は熱いうちに打て】
occasionem cognosce 好機を知れ

【出る杭は打たれる】
bene qui latuit bene vixit よく隠れる者はよく生きる

【毒をもって毒を制す】
similia similibus curantur 似たものは似たものに癒やされる

【隣の芝生は青い】
optat ephippia bos piger, optat arare caballus 怠け者の牛は馬具を望み 馬は畑を鋤くことを望む

【ない袖は振れぬ】
ab asino lanam ロバから羊毛を求める
aquam a [e] pumice postulas お前は軽石に水をくれと要求している

【習(なら)性となる】
abeunt studia in mores 勉学[熱意]が習性に変わる

【成るも成らぬも金次第】
pauper ubique jacet 貧乏人は至る所で貶められている

【汝自身を知れ】
nosce te ipsum

【二番煎じ】
crambe repetita 繰り返しのキャベツ

【糠に釘】
telum imbelle sine ictu 弱々しく命中しない槍

【猫に鰹節】
ovem lupo committere 羊をオオカミに預ける

【猫に小判】
asinus ad lyram 竪琴にロバ
margaritas ante porcos 豚に真珠

【能ある鷹は爪を隠す】
altissima quaeque flumina minimo sono labi 最も深い川はすべて最も小さな音を立てて流れる

【始め半分】
dimidium facti, qui coepit, habet すでに始めてしまった人は物事の半分を達成している

【早い者勝ち】
prior tempore, prior jure 時間において先なる者が権利において先なる者である

索引

索引

【万人の万人に対する戦い】
bellum omnium contra omnes

【美人薄命】
quem di diligunt adolescens moritur 神々に愛される者は若死にする

【必要は発明の母】
multa docet fames 飢えは多くのことを教える

【人は見かけによらぬもの】
cucullus non facit monachum 頭巾は修道士を作らない
ne fronti crede 顔[外見]を信じるな

【人を見たら泥棒と思え】
homo homini lupus 人間は人間にとってオオカミ

【百聞は一見に如かず】
quia homines amplius oculis quam auribus credunt なぜなら人は自分の耳で聞いたことより眼で見たことをずっとよく信じるのだから

【貧すれば鈍する】
e flamma cibum petere 炎の中から食物を求める

【武士は食わねど高楊枝】
aquila non capit muscas 鷲は蝿を捕まえない

【ペンは剣よりも強し】
calamus gladio fortior

【負けるが勝ち】
victi vicimus 負けた我々が勝利したのだ

【馬子にも衣装】
barbae tenus sapientes あご髭までは賢者

【まさかの時の友こそ真の友】
amicus certus in re incerta cernitur 確かな友は不確かな状況の中で見分けられる

【猛犬注意】
cave canem

【もちつもたれつ】
manus manum lavat 手が手を洗う

【両雄並び立たず】
Carthago delenda est カルタゴは滅ぼされねばならぬ

【類は友を呼ぶ】
cicada cicadae cara, formicae formica セミにはセミが アリにはアリが愛おしい
pares cum paribus facillime congregantur 等しい者たちは等しい者たちと共に最も容易に集まる
simile gaudet simili 似たものは似たものを喜ぶ

【われ思う ゆえにわれ有り】
cogito ergo sum

モットー

【イエズス会】
ad majorem Dei gloriam より偉大なる神の栄光のために

【英国空軍】
per ardua ad astra 艱難を経て星へ

【エディンバラ市】
nisi Dominus, frustra 主にあらずば徒労なり

【エリザベス1世】
semper eadem 常に同じ

【オックスフォード大学】
Dominus illuminatio mea 主はわが光なり

【カリフォルニア大学】
fiat lux 光あれ

【近代オリンピック】
citius, altius, fortius より速く より高く より強く

【グローブ座】
totus mundus agit histrionem 世界全体が芝居をやっている

【ジョンズ・ホプキンズ大学】
veritas vos liberabit 真理は汝らに自由を得さすべし

【スコットランド】
nemo me impune lacessit 私を攻撃して無傷でいられる者は一人もいない

【聖パトリック勲位】
quis separabit? 誰がわれらを引き離すだろうか?

【ダートマス大学】
vox clamantis in deserto 荒野に呼ばわる者の声

【第1回十字軍】
Deus vult 神が望みたもう

【バス勲位】
tria juncta in uno 一つに合体した三つ

【パリ市】
fluctuat nec mergitur 揺れても沈まない

【プエルトリコ】
Joannes est nomen ejus 彼の名はヨハネ

【米国沿岸警備隊】
semper paratus 常に準備ができている

【米国海兵隊】
semper fidelis 常に忠実な

【米国璽】
annuit coeptis 神が企てにうなずいた

【米国璽・硬貨】
e pluribus unum 多からできた一つ

【米国璽・紙幣】
novus ordo seclorum 時代の新秩序

索　引

【ベネディクト会】

orare est laborare, laborare est orare　祈ることは働くこと　働くことは祈ることである

【ボストン市】

sicut patribus sit Deus nobis　神が私たちの祖先に対してあったのと同じように私たちに対してありますように

【ルイ11世】

divide et impera　分割して統治せよ

【ルソー】

vitam impendere vero　人生を真実にささげる

【ロンドン市】

Domine, dirige nos　主よ　われらを導きたまえ

【ワシントン D.C.】

justitia omnibus　すべての人に正義を

【MGM】

ars gratia artis　芸術のための芸術

【1ポンド硬貨】

decus et tutamen　栄誉と防御

〚米国の州〛

【アーカンソー州】

regnat populus　人民が支配する

【アイダホ州】

esto perpetua　永遠なれかし

【アラバマ州】

audemus jura nostra defendere　私たちには私たちの権利を守る勇気がある

【アリゾナ州】

ditat Deus　神は富ませたもう

【ウェストバージニア州】

montani semper liberi　山の民は常に自由人である

【オクラホマ州】

labor omnia vincit　労働はすべてを征服する

【オレゴン州】

alis volat propriis　彼女は自分の翼で飛ぶ

【カンザス州】

ad astra per aspera　苦難を経て栄光へ

【コネティカット州】

qui transtulit sustinet　われらを入植させた者はわれらを支えたもう

【コロラド州】

nil sine numine　神意がなければ何もない

【サウスカロライナ州】

dum spiro, spero　命あるかぎり希望あり

animis opibusque parati　精神と資力によって準備[覚悟]のできた人々

【ニューメキシコ州】
crescit eundo　進むにつれて増大する

【ニューヨーク州】
excelsior　より高い[高く]

【ノースカロライナ州】
esse quam videri　見かけより実質を

【バージニア州】
sic semper tyrannis　専制者たちには常にかくのごとくあれ

【マサチューセッツ州】
ense petit placidam sub libertate quietem　彼(女)は自由のもと剣によって平穏を求める

【ミシガン州】
si quaeris peninsulam amoenam, circumspice　美しい半島を探し求めているのであればあたりを見回せ

【ミシシッピ州】
virtute et armis　勇気と武力によって

【ミズーリ州】
salus populi suprema lex esto　国民の平安が最高の法であれ

【メイン州】
dirigo　われ導く

【ワイオミング州】
cedant arma togae　武具はトガ(市民服)にゆずるべし

野津 寬 (のつ ひろし)

信州大学人文学部・文化コミュニケーション学科・比較言語文化コース 准教授. 早稲田大学文学部哲学科卒業. 東京大学人文科学研究科修士課程修了. リモージュ大学人文科学研究科博士課程修了. 文学博士. 西洋古典学.
『羅和辞典 改訂版』(研究社, 2009 年刊)「和羅語彙集」執筆.『ギリシア喜劇全集 1 アリストパネース I』(岩波書店, 2008 年刊) 共訳.

KENKYUSHA
〈検印省略〉

ラテン語名句小辞典
（ごめいくしょうじてん）

2010 年 8 月 1 日 初版発行	2024 年 3 月 30 日 7 刷発行

編著者	野津 寬	© Notsu Hiroshi 2010
発行者	吉田尚志	
発行所	株式会社 研究社	
	〒102-8152 東京都千代田区富士見 2-11-3	
	電話 03(3288)7711 (編集)	
	03(3288)7777 (営業)	
	振替 00150-9-26710	
	https://www.kenkyusha.co.jp/	
印刷所	図書印刷株式会社	

ISBN 978-4-7674-9105-9 C1587
Printed in Japan
装丁 Malpu Design (清水良洋＋星野槇子)